Susanne Rauchhaus,
1967 in Gladbeck geboren, begann schon als Jugendliche mit dem Schreiben. Nach der Ausbildung zur Europasekretärin und einer Fortbildung zur Werbetexterin arbeitete sie in einer Hamburger Werbeagentur und in der Redaktion einer Fachzeitschrift. Heute lebt sie in der Nähe von Stuttgart. Sie schreibt Kurzgeschichten und Glossen für verschiedene Zeitschriften. Mehr unter www.susanne-rauchhaus.de

Von der Autorin bisher im Verlag Carl Ueberreuter erschienen:

Der Hexenspiegel
Die Übersinnlichen

Susanne Rauchhaus

Schatten wesen

UEBERREUTER

Das säurefreie und alterungsbeständige Papier EOS liefert Salzer, St. Pölten
(hergestellt aus chlorfrei gebleichtem Zellstoff aus nachhaltiger Forstwirtschaft).

ISBN 978-3-8000-5538-8

Umschlaggestaltung von init, Büro für Gestaltung, Bielefeld,
unter Verwendung von Fotos von Andrew Sanderson / Trevillion Images
und Getty Images, München
Lektorat: Luitgard Distel

Gedruckt in Österreich
7 6 5 4 3 2 1

Ueberreuter im Internet: www.ueberreuter.at

Du wirst es wissen, ich liebe den Schatten, wie ich das Licht liebe. Damit es Schönheit des Gesichts, Deutlichkeit der Rede, Güte und Festigkeit des Charakters gebe, ist der Schatten so nötig wie das Licht. Es sind nicht Gegner: Sie halten sich vielmehr liebevoll an den Händen, und wenn das Licht verschwindet, schlüpft ihm der Schatten nach.

Friedrich Nietzsche
in »Menschliches, Allzumenschliches«

Kira

Seele zu verkaufen!

Das hätte über der Garage stehen sollen, als ich fast unseren gesamten Hausstand darin und davor anbot. Farben und Leinwände meines Vaters, das Puppenbett, das er mir vor einer halben Ewigkeit gebaut hatte, seine Videokamera, das Grammofon meines Urgroßvaters und Schmuck meiner Mutter. Für all das war in meinem zukünftigen Zimmer in der WG kein Platz mehr. Unsere Wohnung musste in einer Woche leer sein – ich hatte endlich einen Käufer gefunden.

Höflich lächelnd beobachtete ich, wie wildfremde Leute in unseren Sachen kramten und versuchten ihren Wert abzuschätzen.

»Kann ich das nicht etwas günstiger haben?«, fragte mich ein Mann mit einem strengen Blick und deutete auf das Grammofon.

»Was würden Sie denn dafür bieten?«, hörte ich mich fragen.

Mit einer großzügigen Geste zog er einen Schein aus seinem Portemonnaie und legte ihn auf den wackeligen Balkontisch, auf dem ich meine Kasse aufgebaut hatte. Es war knapp die Hälfte von dem, was ich dafür haben wollte. Aber was sollte ich tun?

Frustriert steckte ich den Schein ein und dachte an die letzten Tage, die ich zwischen Umzugskartons verbracht hatte. Beim Sortieren unserer Sachen hatte ich versucht mir klarzumachen, dass mir niemand meine Erinnerungen abkaufen konnte – auch wenn mir das angesichts mancher Teile schwerfiel. Andererseits: Was konnte mir eine Cartier-Armbanduhr geben, die mein Vater mir in einem Anfall von Großzügigkeit vor zwei Jahren gekauft hatte? Der Ausdruck in seinen Augen würde mir bleiben. Und die Uhr brachte mir jetzt das Geld, das ich dringend benötigte. Dafür behielt ich unsere Fotos und einige Bilder, die Paps gemalt hatte. Und meine Schatzdose aus Kinderzeiten. Bei dem Gedanken daran musste ich lächeln. Damals war ich jeden Tag mit Freunden durch den Wald gestreift und in dieser roten Dose befanden sich meine wahren Schätze: Gold und Diamanten aus alten Piraten- und Räuberzeiten. Hauptsächlich ungewöhnliche Steine und Glassplitter.

Das Lächeln verging mir, als fünf Minuten später tatsächlich eine Frau meine Cartier-Uhr kaufte. Nun, sollte sie glücklich damit werden. Von dem Erlös konnte ich eine Weile die Miete bezahlen.

Ein kühler Wind streifte mein Gesicht und ich zog mir meine Strickjacke über. Der April hatte bis jetzt noch nicht sehr viele warme Tage gebracht. Aber vielleicht fröstelte ich auch nicht wegen der Temperaturen.

Ich musste wohl in Gedanken gewesen sein, denn als plötzlich ein Schatten über meinen Tisch fiel, zuckte ich zusammen. Zumindest hatte ich niemanden kommen hören. Vor mir stand ein großer, etwa sechzigjähriger Mann in einem hellen Trenchcoat, der mich freundlich musterte. Mit seinem dichten, langen grauweißen Haar und der kräftigen Statur erinnerte er mich sofort an einen Bären – einen Eisbären.

»Sind Sie Kira Tressler?«

Auf mein Nicken hin reichte er mir die Hand.

»Ich kannte Ihren Vater nur flüchtig. Trotzdem ist mir sein Tod sehr nahegegangen«, sagte er mit einer angenehm sanften Stimme.

Mir auch, dachte ich – sagte aber nichts.

»Als ich von dem Garagenverkauf hörte, musste ich unbedingt vorbeikommen. Er hat mir erzählt, dass er neben seiner Arbeit als Restaurator zur Entspannung gern malte. Falls er Bilder hinterlassen hat, würde es Ihnen doch sicher helfen, wenn sie Ihnen jemand abkauft?«

Ich nickte. Es gab eine Menge Bilder – mehr, als ich behalten konnte. Und die Galerie, die interessiert gewesen war, hatte mir heute Morgen abgesagt. Noch wusste ich nicht, wie ich über zwanzig Leinwände in meinem neuen Zimmer aufbewahren sollte.

»Die Bilder sind nichts für einen Garagenverkauf, deshalb stehen sie alle noch oben in seinem Atelier. Können wir vielleicht einen Termin ausmachen? Ich kann hier jetzt nicht weg.«

»Heute Abend? Um acht?«

Ich nickte, und als er ging, wurde mir bewusst, dass ich nicht einmal nach seinem Namen gefragt hatte.

Pünktlich um acht klingelte es an der Tür. Ein ungewohnt schrilles Geräusch. Seit die Wohnung so leer war, kam sie mir fremd vor. Als ich die Tür öffnete, war ich froh, nicht mehr allein zu sein – obwohl ich von diesem Mann rein gar nichts wusste. Nur dass er Charisma hatte. Sein selbstsicheres Auftreten, wie er seinen Mantel nachlässig über die Umzugskartons warf, sein entschlossener Gang, seine wachen Augen, während er sich forschend umsah und sich dann langsam zu mir umdrehte – das alles rief in mir wieder das Wort »Eisbär« hervor. Aber ich empfand es nicht als bedrohlich, sondern beruhigend. So als wäre dieser Fremde gekommen, um mich zu beschützen.

»Ich freue mich, dass Sie kommen konnten«, sagte ich ganz ehrlich. »Möchten Sie etwas trinken?«

Sein Blick wanderte in den Raum vor uns – die ehemalige Küche. Kahle Wände mit nackten Rohren. Amüsiert wandte er sich mir zu.

»Ihre Gastfreundschaft ist vorbildlich, aber ich kann mir kaum vorstellen, dass Sie etwas anzubieten haben.«

Mein Lachen hatte etwas Fatalistisches und hallte von den nackten Wänden wider – aber es tat gut.

»Ehrlich gesagt nein. Die Küche samt Kühlschrank wurde gestern abgeholt. Leitungswasser und ein sauberes Glas gibt es aber noch.«

Er wehrte ab. »Machen Sie sich keine Umstände. Schließlich ist ein Glas in der Hand ein Zeichen der Unsicherheit. Ein Halt für Menschen, die nicht wissen, wohin mit ihren Händen.«

Etwas, was er nicht brauchte. Das war eindeutig.

Lächelnd führte ich ihn in das Atelier, einen Raum, der in meiner Erinnerung immer vollgestellt und bunt gewesen war. Jetzt herrschten weiße Regale an weißen Wänden vor. Nur ein paar Farbkleckse auf dem Boden deuteten noch darauf hin, dass hier einmal jemand gearbeitet hatte.

Die Bilder hatte ich im Kreis an die Wände gelehnt, etwa zwanzig Stück, und von keinem trennte ich mich gern.

»Sind das alle?«, fragte der Eisbär.

»Nein«, gab ich zu. »Ein paar behalte ich für mich. Sie sind das, was mir von meinem Vater bleibt.«

»Kann ich die auch sehen?« Seine Stimme klang sehr freundlich, trotzdem sperrte sich etwas in mir.

»Nein, wirklich ...«

»Nur ansehen? Ich will sie Ihnen ja nicht wegnehmen«, lächelte der Fremde.

Aber ich schüttelte den Kopf. Instinktiv trat ich vor die Nische, in der die Leinwände mit dem Gesicht zur Wand standen. Meine Lieblingsstücke. Und ein paar von den schrecklichen Bildern, die vermutlich ein Hinweis auf seinen Geisteszustand kurz vor dem Ende waren. Immer wieder das gleiche Motiv: dieser grauenvolle schwarze Klecks in der Mitte, der keine Form und keine Anmut hatte. Ich hatte noch nicht den Mut gefunden, sie zu zerstören, aber ich fand, ich war es Paps schuldig, das irgendwann zu tun. Diese Bilder waren nicht er.

»Nun ... vielleicht könnten Sie auch alle Bilder behalten.«

Die Stimme des Mannes riss mich aus meinen Gedanken. Was meinte er?

»Lassen Sie uns über den Auftrag sprechen, den Ihr Vater für mich übernehmen sollte. Ich habe gehört, Sie haben ihm in den letzten Jahren beim Restaurieren geholfen?«

Ich nickte nervös.

»Und Sie sollen angeblich fast so gut sein wie er?«

Kopfschütteln. Nein, das konnte ich mir nun wirklich nicht auf die Fahnen schreiben. Wer mochte das behauptet haben?

»Worauf wollen Sie hinaus?«, fragte ich verwirrt.

Der Eisbär lächelte verständnisvoll. »Ich möchte Ihnen eine Möglichkeit bieten, Ihr Studium zu finanzieren.«

Das versuchte ich bereits selbst. Ich schob abends Paletten durch den Baumarkt und half am Wochenende im Eiscafé aus. Aber das ging auf Dauer ganz schön an die Kondition und ich ahnte, dass es trotzdem niemals reichen würde.

»Ich möchte Ihnen den Auftrag erteilen, ein Fresko zu restaurieren«, fuhr er mit verschränkten Armen fort. »Ein sehr altes Fresko. Und weil es eine Arbeit für einen Profi ist, möchte ich Ihnen den Preis zahlen, den Ihr Vater dafür bekommen hätte. Fünfundzwanzigtausend Euro.«

Das Atmen fiel mir plötzlich so schwer, als drückte eine Eisenspange auf meine Brust. Ich musste mich verhört haben. Niemand zahlte einer Abiturientin ohne Ausbildung so viel Geld! So viel Geld ... womit ich mir eine eigene kleine Wohnung mieten könnte, in die alles passen würde, was ich nicht verkauft hatte. Geld, womit ich locker studieren könnte. Schuldenfrei und sorgenfrei!

»Wann und wo?«, fragte ich mit rauer Stimme.

»Sobald Sie alles geregelt haben. Sagen wir ab dem ersten Juni? Sie können für ein paar Wochen bei mir und meiner Familie einziehen; solange Sie eben für die Arbeit brauchen. Sie hätten dort ein Gästezimmer mit eigenem Bad. Hier ist die Adresse und die Telefonnummer. Sie können es sich gern noch eine Weile überlegen und mich dann anrufen.«

Als er mir seine Visitenkarte gab, begegnete ich seinem gespannten Blick.

»Nein«, sagte ich leise.

»Warum nicht?«

»Ich meine, ich muss es mir nicht überlegen. Ich nehme den Auftrag an.«

In seinen Augen glitzerte es, als hätte er sich große Sorgen gemacht, ich könnte ablehnen.

»Tun Sie mir nur einen Gefallen: Sprechen Sie mit niemandem über den Auftrag«, sagte er. Mit einem sehr zufriedenen Lächeln schüttelte er meine Hand.

Als er gegangen war, fiel mir auf, dass ich immer noch nicht wusste, wie er hieß. Die Visitenkarte verriet es mir: *Ruben Nachtmann. Chemiker.* Wo hatte ein Privatmann wohl ein Fresko? Ob er in einem Schloss wohnte? Oder in einer umgebauten Kirche? Nun, ich würde es schon sehr bald herausfinden.

In Gedanken versunken ging ich in den Keller, um einen von den größeren Umzugskartons zu holen. Luftpolsterfolie zum Verpacken der Bilder hatte ich noch oben. Ich fand, es war an der Zeit, das Atelier endlich ganz zu räumen, ich brauchte es schließlich nicht mehr. An der Türschwelle erstarrte ich – und wich ein paar Schritte zurück. Das Bild mit dem schwarzen Fleck stand auf der Staffelei. Ich konnte mich nicht erinnern, es daraufgestellt zu haben. Oder hatte ich? In den letzten Monaten, seit dem Tod meines Vaters, hatte es manche »Zeitlöcher« gegeben, in denen ich vermutlich geistig abwesend war – und über Paps nachdachte. Darüber, ob er wirklich den Verstand verloren hatte. Darüber, ob die Leidenschaft für seine Arbeit ihn so weit getrieben hatte. Aber Blackouts waren normal, wenn man einen solchen Verlust zu verarbeiten hatte, oder? Manchmal müssen Erinnerungen einfach stärker sein dürfen als die Realität. Nun gut, dann würde dieses Bild eben als Erstes in den Tiefen des Kartons verschwinden! Ich bückte mich, um die Folie auseinanderzurollen.

Später konnte ich nicht mehr genau sagen, was ich wirklich gesehen hatte und was Einbildung gewesen war. Aus dem Augenwinkel meinte ich eine Bewegung wahrzunehmen. Etwas Dunkles – als wäre das Schwarz des Bildes zum Leben erwacht und hätte die Leinwand wie eine Rauchwolke verlassen. Als ich hochfuhr, um das Bild zu betrachten, sah es aus wie zuvor. Ganz harmlos. Dafür huschte in der hintersten linken Ecke des Raums – noch immer außerhalb meines Gesichtsfelds – ein Schatten dicht über den Boden. Sobald ich den Kopf wandte, war auch dort nichts Besonderes mehr zu sehen. Die Gardinen blähten sich vor dem gekippten Fenster und das Mondlicht ließ die Schatten in den Ecken des Raums tanzen. Und doch sagte mir mein wild pochendes Herz, dass ich etwas gesehen hatte. Wann hatte ich eigentlich das Fenster geöffnet? Mit Sicherheit hatte ich es geschlossen, bevor mein Gast kam.

Schreckliche Sekunden lang blieb ich wie steif gefroren stehen. Ich hatte das Gefühl, wenn ich mich bewegte, würde etwas Grauenvolles passieren. Aber in diesen Sekunden hörte ich nur meinen eigenen Atem, der mir selbst immer lauter zu werden schien. Mein Vater hatte kurz vor seinem Tod oft schlecht geträumt und manchmal hatte er im Schlaf von Schatten gesprochen. Aber ich ... war nicht mein Vater!

Schwungvoll griff ich nach dem Bild auf der Staffelei und packte es ohne Luftpolsterung direkt in den Karton. Dann stopfte ich eilig die anderen Bilder daneben, nur leicht abgetrennt durch eine Lage Folie. Als der Raum endlich leer und unbenutzt aussah, warf ich die Tür mit einem endgültigen Knall zu, schloss sie ab und öffnete sie bis zum Tag des Umzugs nicht mehr.

Jessy

Sie konnte sich nicht genau erinnern, wie sie hierhergekommen war. Ihre Schritte hallten von den nackten Wänden wider, während sie sich mit ihrem Langstock vorwärtstastete. Wohin würde der Gang sie führen? Ihr Unterbewusstsein flüsterte, dass sie dort etwas wiederfinden würde, was sie erst vor Kurzem verloren hatte. Aber was? Und warum waren die letzten Minuten aus ihrem Kopf verschwunden – als würde die Erinnerung von einem schwarzen Fleck überdeckt? Da war so etwas wie eine Stimme, die sie lockte. Sie versuchte dagegen anzukämpfen und zu überlegen, was mit ihr geschah.

Zuletzt war sie im Park gewesen. Auf dem Weg nach Hause. Obwohl ihre Mutter und auch die Lehrer gemeint hatten, der Park sei nicht mehr sicher. Dabei war es doch nur ein kurzes Stück! Natürlich war es schon spät, aber die Dunkelheit war nicht ihr Feind. Ihre Welt war immer dunkel.

Sie drängte die Lücke in ihrem Gedächtnis weiter zurück und jetzt erinnerte sie sich wieder an den Ball. Er hatte sie hart an der Schulter getroffen, war dann noch ein paarmal auf dem Weg aufgekommen und schließlich im Gras liegen geblieben. Sie hatte sich entsetzlich erschrocken. Vor allem weil sie niemanden gehört hatte. Und weil doch niemand im Dunkeln Ball spielte. Plötzlich hatte ein Mann vor ihr gestanden. Wie aus dem Boden gewachsen. Seltsam, sonst hörte sie Schritte bereits von Weitem, auch wenn sie leise waren. In der Stille des Parks hätte sie sie hören *müssen!* Der Mann hatte sich bei ihr entschuldigt, sich nach dem Ball gebückt und dabei etwas über den Asphalt gezogen. Etwas unangenehm Kratzendes! Gleichzeitig hatte sie etwas Kühles auf der Haut gespürt. Wie Wind, der in die Richtung des Mannes wehte. Nur lebendiger. Noch bevor Jessy ihn fragen konnte, was das gewesen sei, war er schon wieder verschwunden. Lautlos.

Seit er weg war, hatte sie dieses kribbelnde Ziehen. Eine Unruhe, die sie lockte. Querfeldein. Jessy konnte es sich nicht recht erklären und es ergab auch keinen Sinn. Warum sollte ausgerechnet sie den Weg verlassen? Dennoch hatte sie sich nicht orientierungslos gefühlt. Es war ... wie die Sehnsucht nach einem Glas Wasser, wenn man sehr, sehr durstig ist. Sie – *sie!* – war durch Gestrüpp geklettert. Vorsichtig. Tastend. Bis ihre Finger auf einmal gegen eine steinerne Kante stießen, genau in Kopfhöhe. Spätestens hier hätte sie umkehren müssen. Aber sie hatte sich gebückt und war weitergegangen. In einen Gang aus Stein. Eine Höhle mitten im Park? Träumte sie?

Ihre Gedanken wurden langsam wieder klarer. Sie würde umkehren! Was hatte sie so verwirrt? Sie blieb stehen. Lauschte in die Stille und auf ihren eigenen Atem. Und plötzlich wusste sie, dass sie nicht allein war.

Jessy unterdrückte einen Aufschrei und flüsterte: »Wer sind Sie?«

Niemand antwortete. Aber der Jemand war hinter ihr und er kam näher. Sie spürte ihn, obwohl er sich vollkommen lautlos bewegte. Ohne Schritte. Ohne Atem.

Jessy stolperte weiter. Nun nicht mehr gezogen, sondern

vorwärtsgepeitscht von ihrer eigenen Panik. Bis ihr Stock gegen etwas Hartes schlug. Eine Sackgasse? Das durfte nicht sein! Hektisch betastete sie das Hindernis vor ihr. Und keuchte erleichtert auf. Es war eine Tür! Und sie ließ sich öffnen! Jessy riss sie auf und schlug sie sofort wieder hinter sich zu. Lauschte.

Dem Luftzug nach zu urteilen stand sie in einem großen Raum. Auch hier war sie nicht allein, vor ihr murmelten Menschen, ihre Schuhe knirschten auf steinernem Boden. Im Gegensatz zu dem Jemand, der hinter ihr her gewesen war, schienen sie sich nicht verstecken zu wollen. Ein paar von ihnen näherten sich. Im gleichen Moment hörte Jessy ein metallisches Geräusch hinter sich. Einen Schlüssel in einem sehr alten Schloss.

Kira

Das Haus hockte auf dem Hügel wie ein Raubtier über seiner Beute: abweisend und kalt, mit blitzenden Fenster-Augen, die mich warnten, bloß nicht näher zu kommen.

Vielleicht hätte mich dieser Anblick abschrecken können, wenn ich zu Fuß unterwegs gewesen wäre, aber da ich im Taxi saß und der Fahrer diese Fuhre nur hinter sich bringen wollte, näherte ich mich unaufhaltsam.

Als wir anhielten, meinte ich eine Bewegung hinter einem der Fenster im ersten Stock gesehen zu haben, doch niemand öffnete. Entweder ich hatte mich getäuscht oder man wartete darauf, dass ich klingelte. Ich sah mich um und begegnete dem bösen Blick des Taxifahrers. Wahrscheinlich verfluchte er gerade das Mädchen mit dem Gepäck voller Pflastersteine. Er tat mir ja leid, aber immerhin hatte *ich* es schon geschafft, das ganze Zeug mit dem Zug hierherzubringen.

»Bitte vorsichtig!«, sagte ich betont höflich, als er den ersten Koffer grob aus dem Kofferraum schwang. »Das ist alles Material für meine Arbeit.«

Arbeit! Wie sich mein Leben doch verändert hatte! Bisher hatte der Sommer für mich immer nach Sonne, Salz und toskanischer Macchia geduftet. Und nach alter Farbe, alten Museen und jungem Wein. Wenn ich die Augen schloss, konnte ich das Ferienhaus in den Hügeln in der Nähe von Massa Marittima sehen und einen Garten, der in allen Farben des Sommers zu explodieren schien. Mich selbst sah ich im Schatten einer großen Pinie sitzen, neben mir auf der Bank einen Bücherstapel und eine Schüssel mit selbst gepflückten Orangen. Irgendwo weiter hinten im Garten stand mein Vater vor seiner Staffelei und blinzelte in die Sonne. So sollten Sommerferien sein!

Doch früher oder später musste ich die Augen wieder öffnen und mich *diesem* Sommer stellen. Wie sollte ich diese Aufgabe nur allein bewältigen? Hatte ich mich übernommen? Hatte mein Auftraggeber mich überschätzt?

Das Haus war alt, vielleicht zweihundert Jahre oder älter. Eine dreistöckige Villa, die auf den ersten Blick ehrwürdig wirkte. Und auf den zweiten Blick ein bisschen zu grau und vernachlässigt. Sie hatte den Charme einer verarmten Adligen, vor der man sich verbeugen wollte – bis man die heraushängenden Fäden an ihrer Kleidung und die wackelnden Zähne in ihrem Mund bemerkte.

Meine Finger strichen über den verschnörkelten Türklopfer auf dem schweren, schwarz gestrichenen Holz. Früher war er vermutlich einmal golden gewesen. Da ich vergeblich nach einer Klingel suchte, probierte ich den Klopfer einfach mal aus. Umgehend öffnete sich die Tür und ein äußerst trauriges Gesicht starrte durch den Spalt. Als es mich gemustert hatte, verzog es sich zu einem bemühten Lächeln und die Tür wurde ganz geöffnet. Die ältere Dame trat einen Schritt zurück, was wohl bedeuten sollte, dass ich hineinkommen durfte. Seltsame Begrüßung!

»Sie sind bestimmt Kira«, kam es sehr zögernd über ihre Lippen.

»Ich glaube, sie weiß, wie sie heißt!«, ertönte eine polternde Stimme aus dem Hintergrund.

Die Frau zuckte zusammen.

Warum konnte sie über die Bemerkung nicht einfach lächeln oder Kontra geben? Ob sie eine Dienstbotin war? Gab es so etwas noch?

Aus einer zweiflügeligen Tür gegenüber der Haustür trat Ruben Nachtmann und kam mit strahlendem Lächeln auf mich zu. Hinter ihm aus dem Raum waren Stimmen zu vernehmen.

»Sie müssen sie entschuldigen«, sagte Herr Nachtmann, während er meine Hand schüttelte.

Seine Hand fühlte sich ganz weich und erstaunlich faltenlos an.

»Sie ist immer ganz durcheinander, wenn wir Gäste bekommen! Darf ich vorstellen – meine Schwägerin Antonia. Und dies ist Kira Tressler, in die ich große Hoffnungen setze.«

Die Frau nickte mir höflich zu und nahm mir schweigend die Jacke ab.

Ebenso schweigend sah ich mich um. Die Wände der großen Halle waren bis auf Kopfhöhe mit dunklem Holz vertäfelt, an der Decke, weit über uns, hing ein Kronleuchter. Rechter Hand führte eine Treppe aus poliertem Holz in den ersten Stock, links gab es eine elegante Sitzecke mit unbequem aussehenden antiken Möbeln vor einem wunderschönen Fenster, das von dunklen Holzstreben unterbrochen wurde.

»Richard!«, rief Herr Nachtmann mit einer Stimme, die jeden Theatersaal hätte füllen können, ohne laut zu wirken.

Ein älterer Mann mit einem weichen, leicht aufgedunsenen Gesicht trat durch die Flügeltür.

»Mein Bruder Richard«, wurde er mir vorgestellt.

Etwas knapp, wie ich fand, und das Lächeln des Mannes wirkte kalt. Ob sie sich gerade gestritten hatten?

»Bring bitte die Koffer nach oben.«

Ich winkte ab. »Nur die Reisetasche und der braune Koffer sollen ins Gästezimmer, die eckigen schwarzen brauche ich dort, wo ich arbeiten soll.«

Richard nickte mir zu, sodass es wie eine leichte Verbeugung aussah.

»Vielen Dank!«, sagte ich und nickte zurück. »Das ist sehr lieb von Ihnen!«

»Wir warten im Salon«, fügte mein Gastgeber hinzu und nahm gleichzeitig meinen Arm wie der Herr in der Tanzstunde. Allein durch das Wort »Salon« fühlte ich mich ein bisschen wie in einem Jane-Austen-Roman. Allerdings nur einen Herzschlag lang. Als ich den Raum überblickt hatte, empfand ich ihn als überladen. Der gewaltige Kamin, den ein größenwahnsinniger Architekt hier platziert hatte, hätte gut in ein Schloss gepasst. Ebenso die goldenen Kerzenhalter auf dem Kaminsims. Der orientalische Teppich erinnerte hingegen eher an eine Opiumhöhle. Immerhin gefielen mir die Regale aus dunklem Holz, die links und rechts in die Wände eingelassen waren. Sie waren voller Bücher, die meisten davon dick und in Leder gebunden. Gern hätte ich mehr Zeit gehabt, sie anzusehen, aber vor mir, in einer schweren Sitzgruppe am Fenster, saßen vier Menschen, die mir mit höflichem Interesse entgegenblickten.

»Ich habe alle hergebeten, damit ich Ihnen meine Familie vorstellen kann«, erklärte Herr Nachtmann. »Das ist Kira Tressler, die schon erstaunlich viel Erfahrung im Restaurieren von alten Gemälden sammeln konnte.«

Ich lächelte irritiert in die Runde, während mein Gastgeber auf ein Mädchen in meinem Alter deutete.

»Das ist Jolanda, die Tochter meines Bruders.«

Jolanda hatte einen etwas dumpfen Blick. Klamotten waren mir ja sonst egal, aber ich fand, dass ihr Rüschenkleid perfekt mit den geblümten Vorhängen harmonierte. Selbst die etwa sechzigjährige Dame neben ihr hatte etwas Fetzigeres an. Gut, es handelte sich um ein einfaches schwarzes Kleid, verlieh ihr aber eine elegante Würde, die den anderen fehlte. Unterstrichen wurde diese Würde dadurch, dass sie mich bei der Vorstellung vollkommen ignorierte.

»Meine Cousine Katharina.«

Während die Cousine weiter elegant ins Nichts starrte, wandten wir uns einem etwa zwanzigjährigen schlaksigen Blonden zu, der sofort aufsprang und mir die Hand reichte. Als er die zwei Schritte auf mich zumachte, fiel mir auf, dass er leicht humpelte.

»Gabriel, der Sohn«, sagte er selbst, bevor sein Vater ihn vorstellen konnte. »Und machen Sie sich keine Hoffnungen, wir sind immer so«, ergänzte er mit einem schrägen Lächeln.

Ruben warf ihm einen Blick zu, der ihn zum Schweigen brachte.

»Und diese junge Dame ist genau wie Sie unser Gast: Anna Lorenz.«

Das dunkelhaarige Mädchen in dem teuer aussehenden Outfit war mir gleich beim Hereinkommen aufgefallen. Annas Augen funkelten, während die anderen mich eher gelassen betrachteten. In ihrem braunen High-Waist-Rock und den farblich passenden Römersandalen mit Nieten hatte sie keinerlei Ähnlichkeit mit den anderen. Viel zu stylish! Sogar ihre klappernden Armreifen und ihre Clutch passten exakt zum Rock.

Höflich schüttelten wir uns die Hände.

»Sie ist zwar noch jung, aber eine erstaunliche Malerin«, ergänzte Nachtmann. »Besonders hervorstechend ist ihre Technik bei der Darstellung von Gesichtern. Ihre Figuren zeichnet ein inneres Leuchten aus, als wären sie lebendig. Einfach großartig!«

Anna strahlte und ich ließ ihre Hand los, als hätte ich mir die Finger verbrannt. *Malerin?* Ganz dunkel ahnte ich, warum sie mich so angefunkelt hatte. Gelegentlich übernahmen Maler die Aufgaben eines Restaurators. Auch wenn ein Maler, der etwas auf sich hielt, immer an einen Restaurator verweisen würde. Stand vielleicht noch gar nicht fest, wer von uns beiden den Auftrag bekommen sollte? Oder noch schlimmer – wurden noch mehr Kandidaten erwartet? War das eine Art Wettbewerb? Ich bemühte mich, mir meine Überlegungen nicht ansehen zu lassen. Mit dem Geld hatte ich fest gerechnet! Und ich brauchte es dringend!

»Sind wir für die gleiche Aufgabe hier?«, wagte ich zu fragen.

Ruben Nachtmann schenkte mir ein Eisbär-Lächeln und ich hatte das Gefühl, es mache ihm Spaß, uns auf die Folter zu spannen.

»Nicht so ungeduldig! Aber wenn Sie mehr erfahren wollen, folgen Sie mir doch bitte einfach in den Keller.«

»In den Keller?« Anna sah Ruben erstaunt an.

»Unbedingt! Wir haben einen sehr exklusiven Keller«, lächelte Gabriel, der als einziges Familienmitglied mitkam.

Ein schmaler Treppenabgang aus dunklem, knarrendem Holz führte hinab. Ruben Nachtmann ging vor und wartete unten neben dem Treppenabsatz, bis alle da waren. Dann bückte er sich und hob eine hölzerne Falltür hoch. Darunter gähnte uns tiefes Schwarz entgegen. Inzwischen hatte Gabriel drei Fackeln von einem Stapel genommen und zündete sie an.

»Noch tiefer? *Da* sollen wir alle runter?«, fragte Anna überrascht.

»Keine Sorge«, lächelte Herr Nachtmann ihr zu. »Wenn wir die Leiter hinter uns haben, ist es sehr geräumig da unten.«

Bei dem Wort »Leiter« fiel mein Blick auf Annas Schuhe und ich musste mir ein Grinsen verkneifen. Beim besten Willen konnte ich mir nicht vorstellen, dass sie damit klettern konnte. Aber ich hatte sie unterschätzt. Sie zog die hippen Sandalen einfach aus und klemmte sie unter den Arm. Dann folgte sie unserem Gastgeber in die Tiefe.

Kindheitserinnerungen überfielen mich, als ich in das Loch sah: ein Keller unter dem Keller! Was mochte uns dort unten erwarten? Abenteuer hatten mich schon immer magisch angezogen und meine Fantasie machte sich ein paar Herzschläge lang selbstständig, erzählte Geschichten von Mumien, Piratenhöhlen und geheimen Wegen zum Mittelpunkt der Erde. Aber mein Verstand bremste mich und sagte klar an, dass ich hier war, um zu arbeiten. Sachlich bleiben! Hier gab es keine Wunder!

Kaum stand ich auf der Leiter, schlug mir kühle, abgestandene Luft entgegen. Der Abstieg war tiefer, als ich gedacht hatte. Endlich unten angekommen blickte ich mich staunend um: Wir befanden uns in einem Gang, der aus dem rohen Fels herausgehauen war und der im Licht der Fackeln rötlich braun leuchtete, während Rubens und Annas Gesichter plötzlich fremd wirkten. Natürlich nur durch die Spiegelung des Feuers!

Wo waren wir? Mit Sicherheit nicht in einem gewöhnlichen Vorratskeller!

Als auch Gabriel da war, schritt Ruben Nachtmann forsch voran. Das Echo unserer Schritte hallte von den Wänden und niemand sprach. Der Gang wurde breiter und der Fels ging in eine aus groben Steinen gemauerte Wand über. Kurz darauf erreichten wir drei hölzerne Türen, zwei links, eine rechts. Ruben blieb vor der ersten Tür auf der linken Seite stehen und klopfte kurz an, bevor er sie öffnete. Ich drängte mich in seine Nähe, um hineinzuspähen. Auch hier waren die Fackeln die einzige Lichtquelle – drei davon steckten in Halterungen an den Wänden zwischen Regalen voller Bücher, bunter Flaschen und bizarrer Einmachgläser. In einem glaubte ich eine Schlange zu erkennen, in einem anderen einen Tintenfisch. Und inmitten all dieser Kuriositäten auf einem Schreibtisch aus so dunklem und unebenem Holz, dass er schon von Weitem als Antiquität erkennbar war, standen einträchtig nebeneinander ein Tintenfass mit einer Feder und ein Laptop!

Am Tisch saß ein schmaler, hochgewachsener Mann mit fast schwarzem Haar, dem beim Arbeiten eine Locke in die Stirn fiel, als säße er schon seit Wochen hier und hätte das Haareschneiden schlicht vergessen. Die düstere Umgebung, seine helle Haut und die schmalen Finger, die in einem beinahe hypnotischen Rhythmus über die Tastatur flogen, ließen auf einen Workaholic schließen. Doch ich bemerkte auch die ungewöhnliche Spannung in seiner Haltung, als wäre der Stuhl ein sehr lästiges Möbelstück für ihn. Und als er aufsah, funkelten seine Augen im Widerschein des Monitors wie die eines aufgescheuchten Wolfs. Allerdings hatten Wölfe meines Wissens keine so tiefgrünen Augen wie er.

»Cyriel de Vries, mein Assistent«, stellte Ruben vor.

Überrascht musterte ich ihn. Assistent? Wohl eher ein Student, denn der Typ sah nicht viel älter aus als ich, vielleicht Anfang zwanzig.

»Komm! Es ist Zeit, unser Meisterwerk zu zeigen.«

Schweigend und in aller Seelenruhe beugte der Angesprochene sich erneut über seine Tastatur und tippte weiter, als wären wir nicht vorhanden.

Anna drängte sich an mir vorbei und lehnte sich gegen den Türrahmen.

»Ein Büro im Tiefkeller – ist das nicht unheimlich? Und ungemütlich?«, fragte sie mit einem herausfordernden Lächeln.

»Nein«, sagte Cyriel und klappte seinen Laptop endlich zu. Mit raubtierhafter Lautlosigkeit stand er auf und ging an uns vorbei. Wortlos. Was für ein unfreundlicher Mensch!

Ruben zuckte mit den Schultern und erwiderte Annas Lächeln an Cyriels Stelle. »Auch ich arbeite im Tiefkeller.« Er deutete auf die nächste Tür. »Das ist mein Labor. Hier verbringen Cyriel und ich viel Zeit und hier haben wir weit mehr Platz, als das ganze Haus uns oben bieten würde.«

Vor der letzten Tür hielt Herr Nachtmann Cyriel an der Schulter fest und zwang ihn so, vor uns stehen zu bleiben.

»Dies sind Kira Tressler und Anna Lorenz.«

Cyriel steckte einen großen, leicht verrosteten Schlüssel ins Schloss. Dann zögerte er, als hätte er Ruben erst jetzt verstanden. Trotz des flackernden Lichts konnte ich jetzt sehen, dass über seiner rechten Augenbraue eine tiefe Narbe verlief. Er sah Anna an, als wäre sie ein Kunstwerk, das er erst verstehen müsste. Seine Mundwinkel zuckten und vielleicht sollte das ein Lächeln sein. Als sein Blick zu mir wanderte, machte mich das nervös. War mein Kajal verwischt? Hatte er den kleinen angeborenen Fleck in meinem rechten Auge entdeckt? Bei mir kam jedenfalls kein Lächeln und aus irgendeinem Grund fand ich das unfair.

Das Knarren der Tür schien aus den Eingeweiden der Erde zu kommen, und ich war erstaunt, als ich die Wand betrachtete. Sie war etwa einen Meter dick! Eine Außenwand?

Anna zögerte vor der Schwelle und sah mich fragend an. Als ich ihr folgte, konnte ich ihr Zögern verstehen. Raum? Das war ein Schacht. Ein hoher, runder Schacht mit einem Durchmesser von etwa vier Metern. Damit hatte ich nicht gerechnet. Und als ich den Kopf in den Nacken legte, war das ein Gefühl, als würde mein Blick wie Kaugummi auseinandergezogen, die Perspektive stimmte einfach nicht mehr und meine Knie wurden weich. Was war das für ein Ort? Die runde Wand wuchs etwa zehn

Meter in die Höhe und ich fühlte mich wie eine Maus in einem Rohr. Der gemauerte Schacht wurde nach oben immer schmaler und ganz oben, vor einem Klecks Licht, lag ein rostiges Eisengitter. Ich musste wieder nach unten sehen, um nicht das Gleichgewicht zu verlieren. Als ich mich mit der Hand abstützen wollte, rief Ruben Nachtmanns donnernde Stimme: »Halt! *Nicht!*«

Mit einem entschuldigenden Lächeln wies er in Richtung Wand. Und ich konnte kaum glauben, dass ich es nicht gleich beim Eintreten bemerkt hatte: Sieben Personen standen im Kreis um uns herum. Sie trugen mittelalterliche Kleidung und hinter ihnen blickte man durch gotische Bogenfenster auf eine wundervolle Landschaft und in einen blauen Himmel – absolut unmöglich, so tief unter der Erde! Erst ganz langsam begriff ich: Das gesamte Rund der Wand war bedeckt von einem Fresko! An dem ungewöhnlichsten Ort, an dem ich je eines gesehen hatte.

»Das ist ja der Hammer!«, sagte Anna leise und ging näher an das Bild heran. Dann sah sie sich noch einmal um und ihre Stimme bekam einen verzweifelten Unterton: »*Das* ist es? *Hier* sollen wir arbeiten?«

Cyriels Gesichtsausdruck war unergründlich, Gabriel verkniff sich ein Grinsen und Ruben Nachtmann wirkte ernst.

»Dieses Fresko liegt unserer Familie sehr am Herzen und wir haben versucht, es so gut wie möglich vor dem Verfall zu schützen. Aber jetzt muss es dringend restauriert werden.«

Sosehr mich das Angebot vor ein paar Wochen schon gewundert hatte – hier und heute konnte ich überhaupt nicht fassen, wie Herr Nachtmann auf die Idee gekommen war, diese Arbeit an Laien zu vergeben. Gut, ich hatte mit meinem Vater zusammen viele Bilder restauriert – aber diese Erfahrungen waren kein Hochschulabschluss.

»Wer malt ein Fresko in solch einem Keller?«, fragte Anna irritiert.

»Spielt das eine Rolle?«, fragte Ruben Nachtmann und betrachtete sie eingehend.

Anna wich seinem Blick aus und gab vor, sich intensiver mit dem Bild zu beschäftigen.

Ich wusste nicht, ob sie verstand, was er meinte: Sein Honorar deckte alle Fragen ab. Wem das Fresko gehörte; ob wir nicht verpflichtet wären, diese Arbeit Profis zu überlassen. Aber damit durfte und konnte ich kein Problem haben. Für *das* Geld würde ich auch Bilder an der Innenwand einer Kühltruhe restaurieren ... dann würde ich mich eben warm anziehen. Nun ja, ein Problem gab es dennoch.

»Die Qualität der Arbeit kann nur so gut sein wie die Qualität des Lichts«, wandte ich mich an Nachtmann. »In einem meiner Koffer habe ich zwar eine Tageslichtlampe, aber ich habe keine Steckdose gesehen. Meinen Sie, man könnte ...?«

Unser Gastgeber schmunzelte und legte seine Hand auf eine Kante, die oberhalb des Freskos verlief und es optisch begrenzte. Sie war mir zunächst nicht aufgefallen. Noch erstaunter war ich, als plötzlich warmes Licht unter der Kante aufflammte.

»Es gibt Strom?«, staunte ich mit einem Lachen und entdeckte nun auch das graue Kabel, das gut getarnt an der Wand empor bis ganz nach oben durch das Gitter führte.

»Natürlich. Glauben Sie, in meinem Labor könnte ich ohne Strom arbeiten?«

»Ich dachte, weil im Arbeitszimmer Ihres Assistenten Fackeln an der Wand steckten ...«

Ruben warf Cyriel einen spöttischen Blick zu. »Er ist der Meinung, dass Licht eine Frage der Stimmung ist und dass Technik die Kreativität bremst. Andererseits benutzt er einen Laptop. Vor manchen genialen Erfindungen kann ein Wissenschaftler sich eben nicht verschließen«, lächelte er.

Cyriel zuckte scheinbar ungerührt mit den Schultern.

Fasziniert wandte ich mich wieder dem Gemälde zu. Das Licht veränderte alles und ich konnte gut verstehen, warum Cyriel Fackeln bevorzugte – obwohl sie natürlich Gift für jede Wandmalerei waren. Die Figuren wirkten jetzt weniger ... magisch. Und das Bild gab Geheimnisse preis, die ich im Halbdunkel nur vermuten konnte.

»Die Gesichter!«, stieß ich erschrocken hervor und schluckte. Das konnte nicht wahr sein, was sich da im Licht präsentierte!

Nachtmann schmunzelte und deutete auf die Person direkt vor ihm – die sein Spiegelbild zu sein schien, abgesehen von der Kleidung.

»Wir haben uns schon vor längerer Zeit den Spaß gemacht, den Figuren unsere Gesichter zu geben. Sehen Sie sich um! Das hier ist mein Bruder Richard mit seiner Frau Antonia und seiner Tochter Jolanda. Hier ist Gabriel, da meine Cousine Katharina. Und dort drüben ist sogar Cyriel.«

Seine lässige Bestätigung war eine Dreistigkeit! Mein Herzschlag galoppierte meinen Gedanken davon, während ich mich weiterhin über das Bild beugte. Nachtmann durfte mein Gesicht nicht sehen! Dass ihm das Bild nicht gehörte, damit hätte ich leben können. Aber es einfach übermalen zu lassen – das war Mord an der Kunst! Restaurieren bedeutete zu bewahren und nicht zu zerstören. Mein Vater hatte bestimmt nicht geahnt, was hinter diesem Auftrag steckte. Er wäre ausgeflippt, wenn er es gesehen hätte. Leider konnte ich mir das nicht leisten.

»Sie sagten, Sie schützen das Bild vor dem Verfall«, wechselte ich zu einem anderen, unverfänglicheren Thema.

Nachtmann nickte und deutete auf zwei graue Kästen, die ich für vorstehende Steine gehalten hatte. »Eine spezielle Klimaanlage, die Luftfeuchtigkeit und Temperatur regelt.«

Auch Anna schritt die Wand ab, doch ihrem Gesichtsausdruck konnte ich nicht entnehmen, ob sie geschockt war. Immerhin war sie sehr blass. Oder lag das am Licht?

»Großartig«, flüsterte sie. »Diese vollendete Harmonie der Farben! Diese italienisch anmutende Leichtigkeit!«

Okay, sie war vermutlich die bessere Schauspielerin von uns beiden! Cyriel trat neben sie und musterte ihr Profil interessiert, während sie mit eindrucksvoller Gestik die Linienführung des Bildes nachfuhr wie eine große Kunstkennerin – oder eine Aufschneiderin.

»Sie meinen also, dass die Details im Hintergrund italienisch wirken?«, fragte er.

Anna lächelte ihn so verführerisch an, dass ich ihr insgeheim wünschte, sie möge in seine Falle tappen. Aber ich hatte sie unterschätzt. Entweder hatte sie Ahnung oder sie war vorsichtig.

»*Manches* wirkt italienisch.« Sie wandte den Blick nicht von Cyriels Augen. »Aber Sie sind Ihrem Namen nach Holländer, also werden Sie mich jetzt bestimmt davon überzeugen, dass ein flämischer Meister dieses Fresko geschaffen hat?«

Ihre Baggerversuche und ihre offensichtliche Unkenntnis machten mich unruhig. Ich musste mich beherrschen, den Mund zu halten.

»Es ist hier nicht wie beim Fußball, wo man immer für die Mannschaft seines Landes jubelt«, murmelte ich dann doch.

Anna warf mir einen vernichtenden Blick zu, während Cyriel sich abwandte.

»Was denken Sie denn über das Fresko?«, fragte Nachtmann mich, und als ich den Kopf hob, hatte ich den Eindruck, dass er meine Zweifel an diesem Auftrag durchaus bemerkt hatte.

»Ungewöhnlich«, gab ich zurück und hoffte, dass mein Lächeln nicht allzu aufgesetzt wirkte. »Wer ist der Maler?«

»Das haben wir leider nicht in Erfahrung bringen können.«

»Ungewöhnlich schön!«, brachte Anna sich wieder ins Spiel. »Vielleicht das Werk eines Holländers, der eine Reise nach Italien gemacht hat? Vielleicht ein Schüler Tiepolos?«

»Interessante Theorie«, rutschte es mir heraus, »aber falsches Jahrhundert.«

»Und welche Theorie haben *Sie* über den Maler?«, wollte Cyriel von mir wissen.

»Der Künstler war ein Niemand«, stellte ich sachlich fest.

Anna huschte ein hämisches Lächeln über das Gesicht.

Vermutlich hatte sie recht – ich machte mich bei unserem Gastgeber damit bestimmt nicht beliebter.

»Wie kommen Sie darauf?«, fragte Cyriel mit rauer Stimme.

»Erstens weil er das Bild nicht signiert hat, weder mit seinem Namen noch mit einer Jahreszahl. Und zweitens weil er an diesem Ort gemalt hat. Warum nicht in einer Kirche oder in einer Burg? Seltsam ist allerdings, dass ihm jemand teure Farben und Pinsel zur Verfügung gestellt hat, außerdem vermutlich ein paar Hilfskräfte, denn ein so großes Fresko kann ein Maler nicht allein malen. Also viel Aufwand, wenig Ehre. Ich vermute mal, dass der arme Hund hier gestorben ist, zusammen mit seinem letzten und vermutlich größten Werk.«

Anna sah mich spöttisch an. »Woher willst du das wissen? Hast du Blutspuren gefunden?«

»Das nicht, aber was glaubst du eigentlich, wo wir hier sind?«, gab ich zurück und ein Schauder rann mir über den Rücken, bevor ich aussprach, was mir mein Verstand schon längst geflüstert hatte. »Hast du so was noch nie gesehen? Das ist ein Verlies! Eine Gefängniszelle, zu der man keinen Schlüssel mehr braucht.«

Annas Gesichtszüge entgleisten.

»Das Gitter da oben nannte man auch das Angstloch«, bestätigte Herr Nachtmann. »Früher war es der einzige Zugang zu einem Verlies. Der zweite Eingang durch die Außenwand ist wohl erst viel später entstanden.«

Ich bemerkte, dass Cyriel mir neugierige Blicke zuwarf. »Wie sieht es denn mit der kunstgeschichtlichen Zuordnung aus? Welches Jahrhundert?«

Ich ließ mir Zeit, noch einmal alle Details des Freskos

zu betrachten. Mein Vater hätte diese Antwort vermutlich viel schneller geben können, aber eine Schätzung konnte ich allemal abgeben. Nur dass mich immer noch etwas an dem Bild störte …

»Vierzehntes oder fünfzehntes Jahrhundert!«, ließ sich Anna vernehmen und deutete auf die Kleidung. »Und der Zustand ist bedenklich, wir müssten sofort anfangen, damit es nicht völlig verfällt.«

Nun, damit übertrieb sie aber dicke. Offensichtlich hatte auch sie sich mit den Tatsachen abgefunden. Brauchte auch sie Geld? Sie sah gar nicht so aus.

Fasziniert besah ich die Hände der Figuren genauer. Interessante Motive für einen Schüler Tiepolos! Unter einem Ärmel gut versteckt erkannte ich eine kaum sichtbare Armbanduhr. Ob der letzte Restaurator sie hinzugefügt hatte? In dem Fall musste er ein Komiker gewesen sein.

»Ich bin mir ziemlich sicher, dass es Ende des fünfzehnten Jahrhunderts gemalt wurde«, erwiderte ich stattdessen. »Und ich denke, der Zustand des Gemäldes ist dank der Klimaanlage recht gut. Wie lange wir etwa brauchen werden, kann ich allerdings erst nach einer genauen Befunderhebung sagen.«

»Heißt das, Sie nehmen den Auftrag an?«, fragte Nachtmann Anna und mich.

Wir nickten beide. In ihren Augen glaubte ich die gleiche Frage lesen zu können, die auch mich beschäftigte.

»Heißt das, dass wir das Honorar teilen müssen?«, sprach ich sie ganz dreist aus.

Cyriel lachte mit einem bitteren Unterton auf. »Hauptsache, das Geld stimmt, nicht wahr?«

Ruben Nachtmann lächelte, als hätte er es nicht gehört. »Nein, das ausgemachte Honorar bekommt jede von Ihnen, wenn sie den Auftrag zu Ende führt.«

Anna und ich ließen uns die Erleichterung nicht ansehen. Stattdessen taxierten wir uns – mit dem wachen Blick zweier Raubkatzen, kurz bevor sie übereinander herfallen.

Kira

Die Leiter hochzusteigen war, als hätten wir eine Zeitmaschine betreten, die uns in kleinen Schritten aus dem Mittelalter zurückbrachte – allerdings nur bis ins achtzehnte oder neunzehnte Jahrhundert. Irgendwo dort hakte der Mechanismus wohl, das bewies mir vor allem die Küche, die uns Herr Nachtmann nun unbedingt zeigen wollte. Sie lag im Keller – im oberen – und schon von Weitem duftete es ganz hervorragend. Mein Magen knurrte begeistert und ich stellte fest, dass ich nach den neuen Eindrücken der letzten Stunde einen Bärenhunger hatte.

Die Küche sah aus wie neu – neu vor zweihundert Jahren! Und darin werkelte Antonia, ganz passend mit einer weißen Spitzenschürze. Ein gusseiserner Herd mit einem riesigen Abzug bildete den Mittelpunkt. Kessel, Siebe und Schöpflöffel aus glänzendem Messing und Kupfer hingen an der Wand daneben, und in einem derben Vitrinenschrank aus Eichenholz entdeckte ich eine hübsche Kaffeemühle, Geschirr aus Zinn und verschnörkeltes Keramikgeschirr mit blauen Verzierungen. Auf der anderen Seite des Raums stand ein großer Kühlschrank, eindeutig aus unserem Jahrhundert, der im Vergleich zu der antiken Küche irgendwie billig wirkte. Andererseits war ich über seine Existenz sehr erleichtert, wenn ich daran dachte, dass wir in diesem Haus einige Wochen lang auch essen würden.

»Die Küche hatte man damals gern unten, damit die Dienstboten für die Herrschaften unsichtbar blieben und die Gerüche der Küche oben nicht störten«, erklärte unser Gastgeber.

»Wann wurde dieses Haus denn gebaut?«, fragte Anna betont interessiert und ich hatte das dumpfe Gefühl, dass es ihr ohne diesen profitablen Auftrag völlig egal gewesen wäre. »Neunzehntes Jahrhundert?«

»Achtzehntes«, erwiderte ich spontan. »Ende achtzehntes.«

Anna warf mir einen genervten Blick zu. »Bist du jetzt nicht nur ein Kunstgenie, sondern auch eine verhinderte Architektin?«

Aha, der Stachel der Konkurrenz saß bei ihr also genauso tief unter der Haut.

»Wenn es dich beruhigt: Von Architektur verstehe ich gar nichts«, sagte ich. »Aber über der Haustür steht das Baujahr: 1786.«

Zuerst dachte ich, sie wäre eingeschnappt. Aber als wir weitergingen, bemerkte ich, dass sie schmunzelte.

»Du kochst also auch nur mit Wasser.«

»Wenn es sich nicht vermeiden lässt«, gab ich zurück.

Im Erdgeschoss deutete Herr Nachtmann kurz auf die Tür zum Esszimmer und erläuterte, dass wir uns um halb acht mit ihm dort treffen sollten. Dann ging er mit uns in den ersten Stock. Die knarrende alte Holztreppe, die an einem Fenster vorbeiführte, endete auf einer Galerie, von der aus wir in die Halle sehen konnten. Auf der anderen Seite befand sich eine antike Truhe, zwei Bilder und drei Türen.

»Hier wohnen wir. Das sind die Zimmer der Familie.«

Drei Türen. Sieben Personen.

»Teilen Sie sich die Zimmer?«, fragte ich erstaunt.

Nachtmann schüttelte den Kopf. »Wir haben die Räume dahinter unterteilt, sie waren groß genug.«

Da konnte ich ja nur hoffen, dass das im zweiten Stock auch der Fall war! Eine Schrecksekunde lang sah ich mich mit Anna in einem Zimmer übernachten – oder sogar zusammen im Doppelbett liegen. Was für eine Horrorvision! Doch wir konnten beruhigt sein. Unter dem Dach war zwar alles etwas enger als auf der luftigen Galerie, aber es gab zwei hübsch eingerichtete Zimmer und ein – Gott sei Dank modernes – Bad. Die Zimmer waren trotz der Dachschräge groß genug. Ein Bett, ein Schrank, ein Schreibtisch und sogar ein Fernseher standen in jedem Raum. Beide rochen etwas muffig, als wären sie eine Weile nicht benutzt worden, aber es gab ja Fenster. Alles bestens!

Herr Nachtmann ließ uns allein und die Stille tat mir gut. Die Tür hinter all dem Neuen schließen zu können! Ich öffnete das schräge Dachfenster, stellte mich auf das Bett und sah hinaus. Zu meiner Rechten lag die Stadt, und ich fand, dass jede Stadt – selbst diese – am Abend mit ihren Lichtern einfach schön war. Auf der linken Seite konnte ich nicht viel erkennen. Ein Feld? Eine Wiese? Aber sie war von geraden grauen Linien durchzogen, manche einen halben Meter, einige wenige bis zu zwei Meter hoch. Was mochte das sein? Ein Bewässerungssystem? Ich lehnte mich noch etwas weiter hinaus und plötzlich wurde es mir klar: Das da draußen waren die Überreste einer Befestigungsanlage. Dieses Haus stand auf den Ruinen einer Burg! Beim Anblick der uralten Steinmauern, die im Mondlicht düster aus dem Gras ragten, prickelte es auf meiner Haut. Na, das musste ich mir bei Gelegenheit genauer ansehen!

Jetzt war jedoch erst mal der Koffer dran. Das war schon immer meine Art gewesen, mich an eine neue Umgebung zu gewöhnen: Revier abstecken. T-Shirts und Hosen räumte ich in den Schrank, die Kosmetiktasche ins Bad und schließlich fand ich das kleine Bild, das ich zwischen die Kleidung gelegt hatte. Paps hatte es mir zum letzten Geburtstag gemalt. Es war einer seiner Scherze gewesen: eine naive, etwas kitschige Schneelandschaft mit Schlittschuhläufern. Solche Gemälde hatte er immer gehasst, und seit ich ihm einmal gestanden hatte, dass ich diese friedlichen Motive mochte, hatte er mich damit aufgezogen. Dennoch hatte er sich viel Mühe gegeben. Ich konnte unter den Schlittschuhläufern sogar mich und meine Kindheitsfreunde erkennen, mit denen ich früher immer durch den Wald gezogen war. Meine Dschungel-Piraten, wie Paps uns genannt hatte.

Auf meiner Suche nach einem geeigneten Platz dafür entdeckte ich einen kleinen Spiegel, den ich von der Wand abnahm, um stattdessen die Schlittschuhläufer aufzuhängen. Nun fühlte ich mich schon etwas mehr zu Hause!

Zehn Minuten später klopfte Anna an der Tür. Sie sah frisch geschminkt und äußerst tatendurstig aus. Ganz im Gegenteil zu mir, vermutete ich. Aber ich hatte meine Zeit auch nicht genutzt, um aufzurüsten.

Auf dem Weg nach unten trafen wir Jolanda, die wohl gerade in ihr Zimmer gehen wollte. Sie wirkte beinahe ängstlich wie ein kleines Kind.

»Hallo«, sagte ich freundlich. »Willst du mit uns runterkommen zum Essen?«

Ihr Kopfschütteln war nur eine schwache Andeutung, dann riss sie die Tür zu ihrem Zimmer auf und wischte hinein wie eine Maus, schnell und trotz ihrer Eile beinahe lautlos.

»Irgendwie finde ich sie süß«, sagte Anna und kräuselte die Nase, als wolle sie das Mäuschen nachmachen.

»Ehrlich?«, murmelte ich. Ich fand sie eher noch seltsamer als vorhin. Ihr Zimmer war stockdunkel gewesen. Hätte nicht zumindest der Mond oder eine Straßenlaterne ein bisschen Licht spenden müssen? Es sei denn, sie hatte die Rollläden unten. Jolanda war absolut unsüß. Und sie wurde begleitet von einer tiefen Melancholie, die mir beinahe wehtat.

Das Esszimmer neben dem Salon war klein und wurde fast vollkommen von einem gewaltigen Tisch ausgefüllt. Zwei Plätze waren mit weißen Stoffsets, dem blau-weißen Keramikgeschirr und Silberbesteck eingedeckt.

Zwei Seiten des Raums bestanden komplett aus Fenstern. Tagsüber war es dadurch sicherlich hell und freundlich, doch jetzt blickte nur die Nacht durch die von innen angeleuchteten Fensterstreben herein.

Anna und ich setzten uns an die gedeckten Plätze, als Ruben Nachtmann, Cyriel und Gabriel hereinkamen und weiter vorn Platz nahmen.

»Essen Sie nichts?«, fragte ich erstaunt.

Ruben Nachtmann schüttelte den Kopf.

»Wir sind ein Haufen von Einzelgängern und das gemeinsame Familienessen hat sich bei uns nicht durchgesetzt. Wir gehen direkt in die Küche, wenn wir Hunger haben – sicherlich eine furchtbare Angewohnheit.«

Anna schenkte ihm ein strahlendes Lächeln. »Dann ist

es besonders nett, dass Sie für uns so hübsch eingedeckt haben. Aber wir können ab morgen auch gern in der Küche ...«

»Nein, nein!«, wehrte Nachtmann ab. »Antonia wird Ihnen das Essen hier auftragen. Sagen Sie ihr Bescheid, wann Sie essen möchten.«

Anna nickte an mir vorbei Ruben zu. »Vielen Dank, auch an Ihre Schwägerin, dass sie sich solche Mühe macht!«

In diesem Moment rauschte Antonia herein, in den Händen eine pompöse Terrine. Sie stellte sie vor uns auf den Tisch, nickte uns zu und wartete. Neugierig griff ich nach dem Deckel – und ließ ihn so polternd auf den Tisch fallen, dass ich Angst hatte, das Porzellan würde zerspringen. Das Ding war superheiß!

Ich fluchte, bemühte mich aber um ein Lächeln in Antonias Richtung. »Sie müssen aber sehr ... geübte Hände haben! Wie haben Sie die Terrine so tragen können?«

Sie erwiderte mein Lächeln erstaunt und etwas unsicher. Herr Nachtmann nahm ihre Hände prompt in seine und drückte sie an sich.

»Aber Antonia! Du solltest wirklich Topflappen benutzen«, sagte er sanft.

Das Gulasch sah fantastisch aus. Leider war es zäh und ich war mir schnell sicher, dass unsere Köchin Gewürze für Teufelszeug hielt. Vielleicht aß deshalb niemand, was sie kochte? Auch die Tatsache, dass die drei Männer uns beim Löffeln zusahen, während sie selbst vor einem Wasserglas saßen, ließ mich betont langsam essen.

Ruben war erstaunlich still, als warte er darauf, dass jemand anderes sprach. Sollten wir etwas sagen?

»Ruben erzählte, Sie hätten beide schon Erfahrung ...«, begann Cyriel schließlich und ich wartete darauf, dass er etwas fragte. Aber vermutlich war das die Frage. Bevor ich den Mund aufmachen konnte, tat Anna es.

»Erfahrung?«, hauchte sie und fuhr sich dabei mit einer Geste durchs Haar, die vermutlich bescheiden aussehen sollte. Aber sie hatte so viel Weibliches, dass ich ihr Berechnung unterstellte.

»In der zehnten Klasse bekam ich einen neuen Kunstlehrer und der war von Anfang an begeistert von meinen Arbeiten. Er hat meinen Eltern gesagt, dass sie mich unbedingt fördern müssten. Na, die sind aus allen Wolken gefallen, kann ich euch sagen!« Sie kicherte. »Seit Generationen gab es in unserer Familie nur Rechtsanwälte, Staatsanwälte und Richter. Und jetzt ...«

»Dann waren sie bestimmt dagegen?«, fragte Cyriel mit Bedauern in der Stimme.

»Aber nein!«, rief Anna mit hochgezogenen Augenbrauen. »Sie waren begeistert! Endlich mal etwas anderes, sagten sie, eine kreative Tochter. Sie haben einen Künstler engagiert, Angelo Fabiani, um mir speziellen Zeichenunterricht zu erteilen, und in dieser Zeit habe ich unglaublich viel gelernt. Dinge, die man im normalen Schulunterricht eben nicht lernen kann.« Sie strahlte. »Es war schon immer mein Traum, zu malen, und im Herbst fange ich mit dem Kunststudium an.«

Mein Löffel landete klappernd auf dem Tellerrand, aber mir hatte es endgültig den Appetit verdorben. Und ich dachte, ich wäre die Streberin von uns beiden! Gut, vor allem platzte ich vor Neid auf so begeisterte Eltern. Für meinen Vater war es immer ganz selbstverständlich gewesen, dass ich bei ihm lernte. Wie hätte er mich da je loben sollen?

»Und, Kira?«, riss Gabriel mich aus meinen Gedanken. »War es bei Ihnen ähnlich?«

Ich zuckte mit den Schultern. »Ich habe meinem Vater geholfen, seit ich denken kann. Er war Restaurator.«

»Das klingt, als wäre es eine Pflicht gewesen«, stellte Cyriel fest. »Hätten Sie lieber etwas anderes gemacht?«

»Manchmal vielleicht«, seufzte ich. »Manchmal war das Leben mit meinem Vater nicht einfach. Wenn er in einem Projekt steckte, dann interessierte ihn nichts anderes mehr. Aber ich habe ihm gern geholfen. Er konnte mir jeden Tag etwas Neues beibringen.«

Es fiel mir schwer, vor Fremden über Paps zu reden, über Details unserer Arbeit. Er hatte mir gezeigt, wie man Schritt für Schritt die feinsten Staubpartikel von einem Gemälde entfernte – die Kunst der Geduld. Er hatte mir gezeigt, wie man ein Gemälde betrachtete und dabei nicht nur das Bild, sondern seine Struktur und sein Herzblut erfasste – die Kunst der Aufmerksamkeit. Und er hatte mir erklärt, dass man ein Gemälde niemals verändern durfte. Dass jeder Eingriff rückgängig machbar sein muss, um die Aussage des Malers zu erhalten – die Kunst des Respekts. Aber all das brachte ich jetzt nicht über die Lippen. Stattdessen sagte ich: »In den letzten Jahren war ich an jedem Auftrag meines Vaters beteiligt und ich kannte seine Arbeit sehr gut.«

»Beteiligt – auch finanziell?«, fragte Cyriel.

»Ja, ich habe immer einen Anteil bekommen.«

»Möchten Sie also Kunst studieren, um damit möglichst viel Geld zu verdienen?«

Nun begriff ich. Er hatte meine Bemerkung im Keller missverstanden und hielt mich für geldgeil. Und er provozierte mich, damit ich das vor Ruben zugab. Aber konnte es mir nicht absolut egal sein, was dieser blöde Assistent von mir hielt? Und Ruben vertraute mir.

»Nein, ich möchte nicht Kunst studieren, sondern BWL. Mit Kunst kann man erst Geld verdienen, wenn man tot ist«, schlug ich ihm meine Antwort um die Ohren.

Cyriel reagierte erstaunlich ruhig und blickte aus dem Fenster, als gäbe es dort etwas Interessantes zu sehen, während Gabriel mir schmunzelnd zunickte.

»Eine Frau, die Prioritäten setzen kann!«

»Aber es geht doch nicht ums Geld«, ließ Anna sich leise vernehmen, während sie Cyriel einen sanften Augenaufschlag schenkte. »Kunst kann nur entstehen, wenn man nicht darüber nachdenkt, was sie wert ist.«

»Wie schön du das ausdrücken kannst«, entfuhr es mir.

Vermutlich hatte sie noch nie ein paar Wochen lang Milchreis gegessen, weil das Geld für den letzten Auftrag auf sich warten ließ. Und wenn ihr Vater mal das Zeitliche segnen sollte, würde sie wohl auch nicht feststellen müssen, dass er kurz vor seinem Tod ihr Ausbildungskonto leer geräumt hatte!

Cyriel musterte mich wieder auf seine beunruhigend intensive Art. »Was möchten Sie denn nach dem BWL-Studium anfangen? Haben Sie einen Traumberuf?«

»Können wir jetzt bitte über die Arbeit der nächsten Tage sprechen?«, fragte ich mit der letzten Luft, die mir zur Verfügung stand. Musste ich hier Rede und Antwort stehen? Vor allem auf Fragen, die ich selbst noch nicht beantworten konnte! Mein Leben lang hatte ich Restauratorin werden wollen. Ich musste mich erst daran gewöhnen, dass ich einen anderen Entschluss gefasst hatte, einen, der mich möglichst weit weg von Paps' Lebensweise – und seinem Ende – führte.

»Gern«, mischte Herr Nachtmann sich ein. »Kira, *Sie* sind unsere Restauratorin. Tun Sie, was Ihr Vater getan hätte, um das Fresko für die Zukunft zu erhalten. Und Sie, Anna, sind unsere Malerin und Spezialistin für Gesichter. Sie werden den Gesichtern ihre Lebendigkeit zurückgeben. Wir haben ausreichend Pigment vorrätig, das Sie benutzen können. Wenn Sie noch mehr Material benötigen ...«

Gerade als ich gedacht hatte, Herr Nachtmann würde mich nicht mehr überraschen können – tat er es.

»Sie soll das Bild noch mal *übermalen?*«, fragte ich. »Sie haben also kein Interesse daran, den alten Zustand des Bildes wiederherzustellen? Restaurieren bedeutet ...«

»... bewahren. Ich weiß!«, nickte er. »Ich kenne die moralischen Grundsätze Ihrer Zunft. Aber hier geht es um etwas anderes. Ich möchte, dass zumindest die Gesichter wieder aussehen wie neu. Die Farben sollen leuchten! Glauben Sie mir, Ihre Einschätzung war richtig, es handelt sich wirklich nicht um das Werk eines bekannten Meisters. Sie werden also kein Kulturerbe vernichten.«

Jetzt wurde mir auch klar, warum er mir Anna zur Seite gestellt hatte. Natürlich! Jede von uns hatte ihr Spezialgebiet!

Ruben schmunzelte. »Außerdem möchte ich noch mal darauf hinweisen, dass das Honorar nur ausbezahlt wird, wenn Sie Schweigen bewahren – und meinen Anweisungen Folge leisten.«

Ich schluckte alles hinunter, was mir auf der Zunge lag, und lehnte mich zurück. Was konnte ich schon tun? Am besten das, was der Auftraggeber wollte.

»Machen Sie bitte gemeinsam eine Liste, was Sie noch brauchen und was genau getan werden muss. Allerdings bin nicht ich der Fachmann – das ist Cyriel. Er wird regelmäßig bei Ihnen vorbeischauen und den Fortschritt Ihrer Arbeit prüfen.«

Auch das noch! Ein Fachmann also! War der Typ nicht Chemiker oder wobei assistierte er Herrn Nachtmann? Und wenn er angeblich alles konnte – warum machte er den Kram dann nicht selbst? Hatte er Angst, bunte Finger zu bekommen? Oder giftige Schimmelpilze einzuatmen, wenn er sich zu lange dort unten aufhielt?

Cyriel erwiderte meinen Blick und ich war mir sicher, dass er bemerkt hatte, wie wütend ich war. Erstaunlicherweise sah ich auch in seinen Augen Wut. Worüber? Reichte es ihm nicht aus, unser Kerkermeister zu sein?

Als wir vom Tisch aufstanden, näherte Anna sich Cyriel sehr zielstrebig. »Wie schön, dass wir zusammenarbeiten werden. Und was machen wir jetzt? Vielleicht können Sie uns heute Abend ein bisschen die Stadt zeigen?«

In Cyriels Gesicht verwandelte sich die Wut in Verblüffung.

»Es wäre doch schön, wenn wir uns vor der Arbeit etwas besser kennenlernen«, fügte Anna mit süßlichem Lächeln hinzu.

»Die Stadt?«

»Ja. Bestimmt wissen Sie doch, wo es hier die besten Kneipen gibt. Oder möchten Sie lieber ins Kino?«

»Ich ... habe noch sehr viel Arbeit«, erwiderte Cyriel,

der nicht zu wissen schien, wie er mit dieser geballten Frauenpower umgehen sollte. »Wollen Sie nicht lieber fernsehen? Ruben hatte mich gebeten, oben in den Gästezimmern zwei Geräte anzuschließen.«

Anna legte den Kopf schief. »Natürlich können wir Mädels auch allein gehen. Ich dachte nur, abends im Dunkeln …«

»Sie können sich ein Taxi nehmen«, schlug Ruben hilfreich vor, während Cyriel ohne ein weiteres Wort auf der Kellertreppe verschwand.

Anna war die Enttäuschung anzusehen.

»Tut mir leid, ich bin auch nicht so der Kneipengänger«, murmelte ich, obwohl mir klar war, dass ich kein Ersatz für Cyriel sein konnte.

»Dann lass uns mal in der Küche nachsehen, ob wir Knabberzeug finden. Machen wir doch einfach eine gemütliche Zimmerparty zu zweit!«, sagte meine neue Kollegin und überraschte mich mit einem freundlichen Lächeln.

»Gern«, erwiderte ich und folgte ihr.

Annas Zimmer sah schon jetzt nach Annas Zimmer aus, obwohl sie erst wenige Stunden hier war. Im halb geöffneten Schrank hingen mehrere T-Shirts, Designerjeans und Blazer, und auf dem Boden des Schranks konnte ich mindestens sechs Paar Schuhe und ein Paar Overknee-Stiefel erkennen. Auf dem Nachttisch stand eine große Schüssel voll mit Ketten und Klimperarmbändern. An der Wand hing ein Kalender mit abfotografierten Gemälden. Es war einer von diesen Do-it-yourself-Kalendern. Neugierig trat ich näher heran. Das Juni-Bild war das Ölporträt eines attraktiven Mannes mit einer langen markanten Nase und funkelndem Blick.

»Darf ich?«, fragte ich.

Anna nickte und ich blätterte weiter. Lauter Porträts. Einige Mädchen, eine ältere Frau, aber auffallend oft derselbe Mann.

»Hast du diese Bilder gemalt?«

Sie nickte wieder.

»Mister Juni scheint es dir angetan zu haben.«

Sie stellte sich neben mich. »Mein Zeichenlehrer. Deshalb habe ich ihn so oft gemalt.«

»Ach, diesen Herrn Fabiani hatte ich mir älter vorgestellt«, erklärte ich amüsiert. »Und so einen bezahlen dir deine Eltern?«

Schwungvoll klappte sie den Kalender zu. »Er hat mir das Malen beigebracht.«

»Und das nicht mal schlecht«, rutschte es mir heraus. Eigentlich hatte ich ihr kein Kompliment machen wollen, aber die Qualität der Bilder hatte mich doch überrascht. »Herr Nachtmann hat recht, die Gesichter wirken erstaunlich lebendig.«

Anna ließ sich auf das Bett fallen und stellte in die Mitte den Teller mit den Salzstangen, die sie in der Küche nach langem Suchen gefunden hatte.

Ich schenkte uns O-Saft ein – das einzige Getränk außer Wasser, das es hier gab – und setzte mich zu Anna.

»Warum hast du den Kalender mitgebracht?«

Anna zuckte mit den Schultern. »Ich war mir unsicher, ob Herr Nachtmann dieses Wahnsinnsangebot nicht doch noch zurückziehen würde, deshalb wollte ich zur Sicherheit meine Mappe mitbringen. Wie man sich eben als Künstler so vorstellt. Aber das schien mir dann doch zu umfangreich und zu … aufdringlich.«

Ich musterte sie und stellte fest, dass Annas perfekte Fassade etwas bröckelte: Das selbstbewusste Streberweib war in Wirklichkeit ein unsicheres und vermutlich wohlbehütetes Mädchen.

»Und wie findest du unseren Auftraggeber?«, lenkte sie vom Thema ab. »Manchmal wirkt er ein bisschen bedrohlich, oder?«

Ich schüttelte den Kopf. »Das finde ich nicht. Er ist ein roher Klotz, wenn es um Kunst geht, würde ich mal behaupten. So ein Bild zu übermalen …! Andererseits hat er etwas, das ich mag.«

»Er ist ein echter Pascha, wenn es um seine Familie geht!«, konterte Anna.

»Wohl wahr«, murmelte ich. »Er behandelt seinen Bruder und dessen Frau wie Dienstpersonal …

»… was die sich andererseits auch gefallen lassen«, ergänzte Anna.

»Trotzdem wirkt er sehr offen und interessiert«, warf ich ein. »Ich glaube, dass er uns eine Chance geben will, etwas im Leben zu erreichen. Zumindest ich würde ohne ihn ziemlich im Regen stehen – während du das Geld wahrscheinlich gar nicht brauchst, oder?«

»Eigentlich wollte ich nicht über Ruben Nachtmann reden«, wich sie mir aus. »Nun sag, was hältst du von den beiden Jungs?«

Ich verdrehte die Augen. »Hast du deinen Kunstlehrer denn schon verdaut?«

Sie schenkte mir einen giftigen Blick und knabberte an einer Salzstange. »Interessieren Männer dich nicht? Lebst du nur für die Kunst?«

»Ach«, gab ich zurück, »beim Abendessen hast du mich

eher so dargestellt, als würde ich mich ausschließlich für Geld interessieren.«

Annas Lächeln sah aus wie der Versuch einer Entschuldigung und ich zog meine Krallen wieder ein.

»Natürlich interessieren mich Männer«, sagte ich nach einigem Zögern. »Aber die Jungs, die ich bisher kennengelernt habe, waren alle so ... hohl. Was will ich mit einem Typen, der keine Leidenschaft und kein Ziel hat? Ich meine, es muss ja nicht Kunst sein, aber sie sollten echte Begeisterung für irgendetwas zeigen. Die meisten interessieren sich höchstens für Fußball – ohne selbst ins Schwitzen zu geraten – oder Musik, wobei sie sich nie wünschen, sie selbst spielen zu können. Hauptsache, man fährt ein dickes Auto und hat die richtigen Klamotten an!«

»Willst du mir wirklich erzählen, du hättest dir Cyriel und Gabriel nicht richtig angesehen?«, grinste Anna.

»Okay, welchen von den beiden willst du denn?«, fragte ich. Wenn schon, dann sollte sie konkret werden, fand ich. Über Annas Gesicht huschte ein erstaunlich schüchternes Lächeln. Nanu? Sie würde doch nicht etwa rot werden?

»Kannst du dir das nicht vorstellen? Wen findest du attraktiver?«

Im gleichen Moment, als ich mit den Schultern zuckte, wusste ich die Antwort. Und dass Anna ihr Revier sicher verteidigen würde.

»Ich finde, du würdest toll zu Gabriel passen«, sagte sie mit einem nicht ganz echten Beste-Freundin-Lächeln. »Er ist so ... witzig.«

»Lass mal«, wehrte ich ab. »Mach mir nicht die Reste schmackhaft!«

Annas Blitzen in den Augen entging mir nicht. Aber warum sollte mich das stören? Schließlich war ich hier nicht auf Männerfang, sondern wollte mir meine Freiheit verdienen.

»Dann hast du vermutlich nichts gegen Cyriel als Wachhund?«, sagte ich nachdenklich.

Annas Mundwinkel zuckten. »Ein süßer Wachhund! Sag mal, du kannst nicht zufällig morgen, wenn er da ist, mal nach oben gehen, weil du etwas im Zimmer vergessen hast?«

»Nein«, gab ich knapp zurück. »Sonst werden wir mit dem Fresko niemals fertig. Und wenn ich es richtig verstanden habe, hast du bisher noch keine Erfahrungen mit Fresken gesammelt?«

Anna schüttelte den Kopf.

»Oder mit Restaurieren?«

Kopfschütteln.

»Aber ich werde es lernen«, lächelte sie und ich hasste sie für ihre Überheblichkeit.

Wie konnte jemand sich *so wenig* für Kunst interessieren und dann so malen, wie sie es tat?

Sie zwinkerte mir zu und schnappte sich die letzte Salzstange vor meinen Fingern weg. »Wenn mich auch ein hübscher Kunstlehrer schon mal ablenken kann!«

Jessy

Jessy wachte vom Knarren der Tür auf. Sie lag auf einer bequemen Matratze unter warmen Decken. Dennoch war ihr sofort klar, dass sie nicht in ihrem Bett lag. Es roch muffig und in der Ferne hörte sie jemanden weinen. Vom Gang drang das Gemurmel und Geschlurfe durch die Tür, das sie schon gestern auf ihren Wegen begleitet hatte, auf der Suche nach einem Ausgang. Gefunden hatte sie allerdings nur weitere endlose Gänge. Steinerne Wände und steinernen Boden.

Die Menschen, die hier lebten, waren verwirrt. Die meisten von ihnen klangen alt. Auf Jessys Frage, wo sie sich befand, hatte niemand eine vernünftige Antwort geben können.

Eine Frau, die nicht ganz so abwesend zu sein schien, hatte Jessy nach langem Herumirren gestern Nacht an die Hand genommen und ihr einen Schlafplatz gezeigt.

»Du bist bestimmt hungrig. Komm mit!« Offenbar war *sie* es, die gerade in der Tür stand.

»Wie lange habe ich geschlafen?«, fragte Jessy noch leicht benommen. »Es muss schon sehr spät sein.«

»Spät?« Die Frau schien zu überlegen, was das Wort bedeutete. »Alle schlafen sehr lange an ihrem ersten Tag hier. Und jetzt steh auf, sonst gibt es kein Essen.«

Jessys Magen zog sich krampfhaft zusammen vor Hunger. Schnell tastete sie nach ihrem Stock und folgte der Frau.

»Frühstück, Mittag- oder Abendessen?«, fragte sie. Aber die Frau schien vergessen zu haben, dass Jessy existierte.

Die Schritte der anderen führten sie eine Treppe hinunter zu einem Raum, in dem lautes Stühlerücken und noch lauteres Gemurmel vermuten ließen, dass sich gerade alle »Bewohner« dort versammelten.

»Ist hier noch ein Platz frei?«, fragte Jessy.

Eine Hand zog sie sanft auf einen Stuhl.

»Wo sind wir? Ist das eine Art ... Pflegeheim?«

»Psst!«, zischte die Frau von vorhin.

In diesem Augenblick brach das Gemurmel schlagartig ab. Die Stille knisterte im Raum, als wäre er plötzlich leer. Dann hörte Jessy hier ein unterdrücktes Hüsteln und dort ein scharfes Einatmen. Schließlich ein metallisches Klingeln. Ein Rumpeln. Etwas Schweres rollte herein. Jessys Magen knurrte laut, als sie Bratenduft in die Nase bekam. Und Kohlrabi.

»Warum sind alle so still?«, flüsterte sie.

Ihre Nachbarin drückte ihr schweigend eine Hand auf den Mund.

Jessy erschrak – und schwieg auch dann noch, als die Hand sich von ihrem Mund gelöst hatte. Hinter ihrem Rücken hörte sie den Essenswagen näher kommen. Jemand stellte Teller und Gläser auf die Tische. Als er bei Jessy war, streifte ein durchaus menschlicher Arm ihre Schulter. Aber das konnte sie nicht täuschen. Das Wesen war vollkommen lautlos. Keine Schritte. Kein Atem.

In panischer Erstarrung wartete Jessy, bis das Etwas an ihr vorbeigegangen war. Ihr Hunger war verflogen und sie hatte das Gefühl, sich nie wieder rühren zu können.

Kira

Am nächsten Morgen war Cyriel schon im Verlies, als Anna und ich kamen. Er hatte zwei Stühle und einen alten Holztisch in die Mitte des Raums gestellt und war soeben dabei, Material darauf auszubreiten, das ich neugierig begutachtete.

Ein Mikroskop, eine alte, dicke Lupe, einige Reinigungspinsel, Skalpelle, Mikroschwämme und Viskoseschwämme auf der einen Seite, die vermutlich für mich gedacht war. Auf der anderen – Annas Seite – gab es Pinsel, Pipetten, Glaspaletten, ein Glas mit Zellulose und eine Reihe von Glasbehältern mit Pigmenten. Pigmente, die den Raum zum Leuchten brachten!

Plötzlich bemerkte ich, dass Cyriel mich bereits eine Weile ansah. Ich hoffte nur, dass er mein begeistertes Strahlen nicht auf sich bezog.

»Diesen Anblick fand ich schon immer toll«, sagte ich.

Er wandte mir den Rücken zu und schob die fast gerade ausgerichteten Pipetten so, dass sie perfekt parallel zueinander lagen.

»Ungewöhnlich für eine BWL-Studentin«, bemerkte er trocken.

Aha, er wollte also Krieg!

»Nicht ungewöhnlicher als ein angeblicher Fresko-Experte, der Chemie studiert hat, nehme ich an.« Ich lächelte ihm offen ins Gesicht. Er runzelte die Stirn.

»Das alles hier können Sie benutzen«, sagte er, als hätte er nichts gehört. »Falls Sie Hilfe brauchen, stehe ich gern zur Verfügung.«

Wie großzügig! Sein Blick legte nahe, dass er uns nicht allzu viel zutraute.

»Danke!« Ich ließ meine Reisetasche von der Schulter zu Boden gleiten. »Aber ich habe eigenes Material dabei.«

Ich spürte, dass er mich genau beobachtete, während ich den Reißverschluss öffnete und vorsichtig in die Tasche griff.

«Schön, dass Sie vorbereitet sind. Trotzdem muss ich darauf bestehen, dass Sie keine modernen Farben verwenden«, erwiderte er ernst, während er mich beobachtete.

»Keine Sorge, ich habe meine Filzstifte zu Hause gelassen. Ehrlich gesagt habe ich *gar keine Farben* dabei!«

Bisher hatte ich es genossen, ihn zu provozieren – weil es so herrlich einfach war. Aber langsam machte er mich wirklich wütend.

Anna lachte nervös auf und schenkte Cyriel einen Blick, der besagte, dass sie ihre zickige Kollegin auch nicht verstand.

»Wir werden natürlich gern Ihre Farben benutzen«, sagte sie sanft.

Musste die sich jetzt auch noch einmischen?

»*Du* wirst sie benutzen!«, murmelte ich leise und knallte meine Kopflupe etwas zu hart auf den Tisch. »*Du* wirst malen. Ich bin ja nur die Restauratorin.«

Cyriel musterte skeptisch die skurrile Lupe, die zugegebenermaßen wirkte wie ein Helm aus »Krieg der Sterne«. An den Trägerbügeln aus Kunststoff war die eigentliche Lupe befestigt, die aussah wie ein kleines Fernglas.

»Eindrucksvoll!«, sagte er trocken. »Zumindest Ihrer Ausrüstung nach müssen Sie ein Profi sein.«

Was bildete der sich ein? In meiner Wut wäre ich ihm am liebsten ins Gesicht gesprungen. Stattdessen bemühte ich mich zumindest äußerlich, seine Angriffe an mir abprallen zu lassen. Mit übertriebener Ruhe holte ich eine Spritze, einige Spatel, Pinsel und Schwämme heraus, die seinen sehr ähnlich waren. Zum Schluss klappte ich den Koffer mit der Tageslichtlampe auf, die ich aber erst später aufbauen wollte.

Cyriel betrachtete die Gerätschaften sehr genau. Schließlich nickte er, als hätte er meine Duellwaffen akzeptiert.

Anna stand daneben und bemühte sich, ihn mit ihrem Lächeln aufzuheitern. »Können wir nicht oben bei einem Kaffee besprechen, wie wir weiter vorgehen? Das wäre doch viel gemütlicher!«

Cyriel sah sie erstaunt an. »Haben Sie noch nicht gefrühstückt?«

Ich musste mir ein Grinsen verkneifen. Immerhin, auch Anna biss bei diesem Typen auf Granit. Der Begriff »gemütlich« kam in seinem Vokabular vermutlich nicht vor – und Kaffeetrinken fiel wohl eher in den Bereich »Nahrungsaufnahme«.

Mit verschränkten Armen betrachtete er die Wand, als würde sie gleich zu uns sprechen. »Womit würden Sie nun beginnen?«, fragte er dann ausdrücklich mich, und vorübergehend hatte ich das Gefühl, dass er mich ernst nahm.

»Ich beginne mit einer Befunderhebung!«, erwiderte ich und versuchte auch im Ton sachlich zu bleiben. »Zuerst möchte ich mir das Fresko im Streiflicht ansehen, um herauszufinden, welche Pigmente und welche Bindemittel vom Maler verwendet wurden. Außerdem werde ich Fotos für eine ordentliche Dokumentation machen. Dann sollten wir …«

»Wie ich es mir gedacht habe!«, unterbrach er mich. »Wenn ich das so höre und wenn ich mir Ihre technische Ausrüstung ansehe, habe ich den Eindruck, Sie werden erst ein paar Monate analysieren, bevor Sie mit der eigentlichen Arbeit anfangen. Vergessen Sie nicht, dass ein Pauschalpreis vereinbart wurde – Sie müssen uns nicht mit großem Aufwand beeindrucken.«

Ich stöhnte und stemmte die Arme in die Hüften. »Herr de Vries, wenn wir …«

»Nennen Sie mich bitte Cyriel«, sagte er. »Und es ist wichtig, dass Sie mir zuhören.«

»So genau wie Sie mir?«, ging ich dazwischen.

Cyriels Kopf schnellte herum und seine Augen funkelten. »Ich spreche im Sinne Ihres Auftraggebers. Sie können auch ihn fragen, wenn Sie mir nicht trauen. Aber er wird Ihnen nichts anderes sagen: Wichtig ist ihm vor allem, dass diese Arbeit schnell und sauber erledigt wird, damit dieses Fresko möglichst bald wieder der ganzen Familie zur Verfügung steht.«

Zur Verfügung? Seine Ausdrucksweise fand ich seltsam, aber noch seltsamer fand ich, was er nun zu mir sagte – und *wie* er es sagte. Auf erstaunlich sanfte Art.

»Ich weiß, dass das Geld Sie reizt. Aber mal ehrlich, bisher haben Sie beim Restaurieren nur geholfen und es ist überhaupt nicht schlimm, dass Ihnen dieses Projekt eine Nummer zu groß erscheint. Warum sagen Sie das Ruben nicht einfach – damit er sich jemand anderen sucht?«

Die Wut ballte sich in meinem Magen und für einen

Moment war ich versucht, mit stolz erhobenem Haupt aus dem Raum zu rauschen, vorbei an diesem arroganten Fatzke!

Anna legte eine Hand auf meine Schulter und drückte mich mit erstaunlicher Kraft auf den Stuhl. »Kira meint damit, dass wir das Fresko sehr zu schätzen wissen und dass wir natürlich schnell und sauber arbeiten werden.«

So gern ich sie auf den Mond geschossen hätte, so war mir doch klar, dass sie gerade für uns beide in die Bresche gesprungen war. Offensichtlich wollte sie mich hierbehalten. Nanu, wollte sie nicht Cyriel für sich allein haben? Wofür war ich in ihrer Anna-Welt überhaupt gut?

»Das wäre sehr freundlich«, sagte unser Kerkermeister mit beachtlicher Selbstbeherrschung. Nun gut, er war ja auch nur sauer auf die geldgeile Kira. Nicht auf Miss Sunshine.

»Hatten Sie sich auch schon überlegt, wie wir die Arbeit aufteilen sollen?«, versuchte ich es mit einer sachlichen Frage, während meine Fingernägel sich in den Stoff meiner Jeans gruben.

»Solange das Fresko nicht gereinigt ist, kann Anna mit dem Malen nicht beginnen«, nickte Cyriel, ohne mich anzusehen, »deshalb werden Sie, Kira, möglichst schnell ein Stück vorlegen, während ich Ihnen, Anna, etwas über Fresken und alte Pigmente erzählen werde.« Er schenkte ihr ein offenes Lächeln.

Erstaunlich, dass dieser Mann dazu fähig war! Annas Baggerversuche stellten seinen Eisschrank also schon auf Abtauen.

»Wenn das erste Teilstück gereinigt ist, kann Anna mit ihrer Arbeit anfangen.«

Ich atmete tief ein und fand spontan zwanzig Flüche für diesen Chemikerassistenten, der sich für Leonardo da Vinci hielt. Danach funktionierte mein Hirn wieder und sortierte die Priorität Nummer eins nach vorn. Er hatte recht. Dies war die einzig sinnvolle Aufteilung. Aber warum musste er uns dabei behandeln wie Goldmarie und Pechmarie?

»Beginnen Sie jetzt bitte mit Ihrer Prüfung des Freskos, was immer Sie damit machen wollen. In drei Stunden sprechen wir alles Schritt für Schritt durch. Wenn Sie noch Fragen haben – ich bin in meinem Arbeitszimmer.«

»Drei Stunden?«, formten meine Lippen lautlos.

Als die Tür sich hinter ihm schloss, funkelte Anna mich an. »Wie hast du es geschafft, dass er dir die Leitung überträgt?«, zischte sie wütend.

»Die Leitung?«, gab ich zurück. »Du meinst, ich bin dein Palettenhalter. Ich mach deine Wand sauber – und du übernimmst die Kunst.«

Anna zuckte mit den Schultern. »Ich gehe mal in die Küche und sehe nach, ob man da noch einen Kaffee bekommen kann. Dann zeigst du mir, worauf man bei einem Fresko achten muss.«

Aha, und jetzt hatte ich auch herausgefunden, warum sie mich noch brauchte!

Noch immer aufgewühlt griff ich in meine Tasche und holte die Notizbücher meines Vaters heraus, die ich als Arbeitshilfe mitgebracht hatte. Darin hatte er mit seiner gestochenen Handschrift aufgeschrieben, wie man ein Gemälde analysierte, worauf man achten sollte und mit welchen Mitteln man die Verschmutzungen reinigte. Diese Aufzeichnungen hatten mir in den letzten Wochen vor seinem Tod sehr geholfen, als er mir immer mehr seiner Arbeit überließ. Außerdem tat es gut, diese alten Kladden zu berühren. Etwas von ihm war noch da, um mir Rat zu geben.

Ich vertiefte mich in das rot gebundene Buch, worin viel über die erste Analyse stand. Obwohl ich schon oft darin gelesen hatte, wollte ich sichergehen, dass ich nichts vergaß. Und bis Anna wiederkam, hatte ich meine innere Ruhe zurück, die ich für die Arbeit brauchte.

Gemeinsam bauten wir die Tageslichtlampe auf und schritten das Fresko langsam ab. Anna schrieb, während ich mit meiner Lupe näher heranging, um die Kanten der Tagwerke genau festzulegen, oder gelegentlich mit einem Spatel an die Wand klopfte, um Hohlräume aufzuspüren. Außerdem versuchte ich mir ein Bild zu machen über den Grad der Verschmutzungen. An einer Stelle blieb Anna plötzlich verblüfft stehen.

»Oha!«, sagte sie und gab schließlich ein Prusten von sich. »Dieser Auftrag steckt ja voller Überraschungen.«

Ich folgte ihrem Blick. »Du meinst die Armbanduhr? Ist sie dir noch nicht aufgefallen? Da hat sich wohl jemand einen Scherz erlaubt.«

»Und wer?«, fragte Anna und nahm mir die Lupe ab, um die Stelle genauer zu betrachten. »Der Maler des Originals kann es wohl kaum gewesen sein, wenn das Bild wirklich aus dem fünfzehnten Jahrhundert stammt.«

Ich nickte. »Die Uhr muss entweder der letzte Restaurator hinzugefügt haben oder eine andere Person, die Zugang zu dem Bild hatte.«

»Aber warum?«

Genau das fragte ich mich auch. »Wir sollten in den

nächsten Tagen auf weitere Unstimmigkeiten achten«, schlug ich vor. »Vielleicht kommen wir dem Rätsel so auf die Spur.«

»Rätsel?« Anna schnaubte. »Meinst du nicht, dass jemand, der Gesichter in einem alten Fresko ändern lässt, es auch lustig finden würde, wenn etwas Modernes darin vorkommt? Dein Rätsel ist eher ein Kneipenwitz.«

So sicher wie Anna war ich mir nicht. Irgendetwas anderes gab es da noch, aber ich kam einfach nicht dahinter, was. Die Perspektive? Oder waren es die Proportionen? Das Licht?

Konzentriert arbeiteten wir weiter. Während Anna notierte, zog ich die Kamera aus der Reisetasche und begann zu fotografieren. Es war wichtig für die Arbeit, das Werk im Urzustand immer wieder vor Augen zu haben. Später würde ich die Fotos auf meinen Laptop übertragen und direkt im Bild die fehlerhaften Stellen einzeichnen.

Als wir alles erfasst und eine Skizze davon angefertigt hatten, kam Cyriel zu uns herein. Auf die Minute pünktlich, die drei Stunden waren um. Gewissenhaft prüfte er unsere Notizen und verglich sie an einigen Stellen mit dem Original. Unsere Arbeit gefiel ihm wohl, er nickte anerkennend.

»Also können Sie nach dem Mittagessen schon anfangen?«

»Gern«, erwiderte Anna schnell. »Werden Sie denn mit uns essen? Dann könnten wir vielleicht die Details besprechen.«

Cyriel schüttelte den Kopf, während er mit dem Fingernagel über einen kleinen schwarzen Fleck auf einem der Bogenfenster kratzte.

»Ich esse meistens bei der Arbeit eine Kleinigkeit. Tut mir leid, ich glaube nicht, dass ich Ihnen heute Gesellschaft leisten kann.«

Als er die Existenz des Flecks mit unserem Protokoll verglichen hatte, verschwand er wieder und ließ eine enttäuschte Anna zurück.

»Was hat der nur in seinem Arbeitszimmer? Einen Geheimgang ins Moulin Rouge?«

Ich musste lachen. »Meinst du nicht, du überschätzt das Nachtleben dieser Kleinstadt? Das müsste schon ein sehr langer Geheimgang sein!«

Anna schmollte, während ich mir noch ein paar Notizen machte. Im Bild waren mir einige Details aufgefallen, denen ich demnächst einmal in Ruhe nachgehen wollte. Ohne das Anna-Kind.

Auf einmal bemerkte ich, dass sie bereits ein paar Minuten starr dastand und den Kopf neigte.

»Hörst du das?«, flüsterte sie mit ungewohnt ernster Miene.

Ich horchte und dann bemerkte ich es auch. Ein Geräusch. Es klang gedämpft, wie ein Schleifen.

Kurz entschlossen ging ich auf die Tür zu.

Anna zischte und lenkte damit meine Aufmerksamkeit auf sich. »Das klingt ... unheimlich, oder? Nicht nach Schritten. Jedenfalls nicht von einem Menschen.«

Ich verdrehte die Augen und öffnete die Tür. Was erwartete uns da draußen? Poltergeister? Auf dem Gang lauschte ich wieder. Es war etwas lauter geworden. Jetzt klang es wie das Scharren von Krallen und machte inzwischen auch mich ein bisschen nervös. Spontan versuchte ich die Labortür zu öffnen, aber sie war verschlossen. Von dort kam das Geräusch auch nicht, sondern aus der Tiefe des Gangs, der rechts weiterführte. Wohin, hatte ich mich bis eben noch nicht gefragt.

Plötzlich hörte ich lautes Atmen genau neben meinem Ohr. Ich fuhr herum – und sah in Annas entsetztes Gesicht. Wen hatte ich erwartet?

»Musst du mich so erschrecken?«, fragte ich genervt.

Sie zuckte mit den Schultern und öffnete die Tür zu Cyriels Arbeitszimmer. Ich spähte über ihre Schulter. Drinnen flackerte das übliche Fackellicht, aber der Raum war leer.

Aus der nächsten Halterung nahm ich eine brennende Fackel und hielt sie vor mich, während ich dem Gang weiterfolgte, dem Geräusch entgegen.

»Willst du etwa allein nachsehen?«, flüsterte Anna.

»Nein, mit dir! *Du* wolltest doch wissen, was das ist.«

Ihre Augen funkelten im Licht der Fackel. »Und das da ist deine Waffe?«

Ich schüttelte den Kopf. »Ich brauch nur mehr Licht«, sagte ich und hoffte, dass sie die eindeutige Lüge überhörte.

»Ich fand diesen Tiefkeller von Anfang an scheißunheimlich!«, schimpfte sie ungewohnt heftig. »Mein nächster Auftrag wird *über* der Erde sein!«

Langsam ahnte ich, dass Anna hier unten einige Ängste bekämpfte, nicht nur vor dem Dreck, der an ihrer Kleidung kleben bleiben könnte. Und ich nahm es ihr übel, dass sie mich angesteckt hatte. Bis vor Kurzem war ich wirklich nicht schreckhaft gewesen. Und genau aus diesem Grund wollte ich ihr zeigen, dass dieser Spuk eine völlig natürliche Ursache hatte.

Wir näherten uns den Geräuschen, die immer wieder mit kurzen Unterbrechungen zu hören waren. Konnten das Tiere sein?

Der Gang machte jetzt eine enge Kurve und wir standen vor einer massiven Holztür. Die Ursache für das Scharren musste sich direkt dahinter befinden! Aber wenn es ein Mensch war, könnte er die Tür doch einfach öffnen oder daran rütteln?

Als ich nach der Türklinke griff, sprang Anna hinter mir ein paar Schritte zurück.

»Ich öffne sie nur einen kleinen Spaltbreit, damit wir etwas sehen können«, beruhigte ich sie, ohne diese Ruhe selbst zu spüren.

Doch die ganze Aufregung hatte sich nicht gelohnt. Die Tür war abgeschlossen. Und in dem Moment, in dem ich die Klinke drückte, war auch nichts mehr zu hören. Absolute Stille. Als hielte etwas auf der anderen Seite den Atem an. Das fand ich noch viel unheimlicher als das Scharren, aber das würde ich vor Anna niemals zugeben.

»Wir könnten Herrn Nachtmann fragen, wohin die Tür führt«, sagte ich. »Vielleicht sind es ja Käfige mit Mäusen, die er für seine Versuche braucht?«

Anna war mit dieser Auflösung nicht zufrieden. Bisher hatte sie sich hinter mir gehalten, aber meine Untätigkeit machte sie offenbar noch nervöser. Zögernd ging sie an mir vorbei zur Tür und bückte sich zu dem Schlüsselloch, um vorsichtig hindurchzulinsen.

Schließlich richtete sie sich wieder auf. »So kann ich gar nichts sehen. Wenn hier die helle Fackel ist und dahinter ist es dunkel ...«

»Kein Problem«, erwiderte ich, denn ich hatte soeben

einen Sandeimer entdeckt, der vermutlich für das Löschen von Fackeln gedacht war. Ohne zu zögern, drückte ich die Fackel in den Eimer und gleich darauf standen wir im schwarzen Nichts.

»Bist du wahnsinnig?«, quiekte Anna und irgendwie konnte ich mich nicht dagegen wehren, dass mir ihre Panik gefiel. Nur dass mich ihr Herumgezupfe an meinem T-Shirt in dieser Dunkelheit nervös machte.

»Jetzt guck durch dein Schlüsselloch, damit wir endlich gehen können!«, sagte ich mit gespielter Ruhe.

Ich spürte, dass sie sich bückte, obwohl ihr doch klar sein müsste, dass sie bei diesen Lichtverhältnissen rein gar nichts sehen würde.

Auf einmal zuckte sie zusammen, als hätte sie jemand geschlagen, und stieß einen spitzen Schrei aus. Noch einmal rupfte sie kräftig an meinem Shirt, dann rannte sie durch den stockdunklen Gang zurück, als wäre ein Dämon hinter ihr her.

Auf mein »Was denn?« reagierte sie nicht. Deshalb bückte ich mich vorsichtig und spähte ebenfalls durch das Schlüsselloch. Inzwischen schlug auch mein Herz ein paar Purzelbäume und mein Unterbewusstsein flüsterte mir, dass ich gleich etwas Schreckliches sehen würde. Doch da war nichts. Rein gar nichts!

Ich folgte Anna bis vor die Tür des Verlieses, wo sie vor lauter Atemnot ein Keuchen von sich gab – als könne sie immer noch nicht glauben, was sie gesehen hatte.

»Und?«, fragte ich ungeduldig. Natürlich war ich neugierig. Aber ich fand, dass es Anna mit ihrer Panik übertrieb.

Auf einmal öffnete sich die Arbeitszimmertür – und Cyriel trat heraus.

»Was ist los?«, fragte er mit unbewegter Miene.

»Wo kommen Sie denn her?«, fragte ich zurück. »Sie waren doch eben gar nicht da?«

»Wie Sie sehen – doch!«, gab er zurück. »Kann ich helfen?«

Anna schluckte und drückte sich die Handflächen gegen die Schläfen. »Hinter der letzten Tür ... war ein Kratzen! Und als ich durchs Schlüsselloch gesehen habe ... Da waren Augen! Sie haben mich angestarrt!«

Cyriel betrachtete sie eine Weile nachdenklich. »Nun, unsere Geister mögen es nicht, wenn sie angestarrt werden. Dann starren sie einfach zurück.«

Ich unterdrückte ein Kichern, während Anna mich böse anfunkelte.

»Hinter der Tür befindet sich ein Aufgang zu unserem Heizungskeller«, erklärte Cyriel, noch immer sehr ruhig. »Sie werden noch öfter Geräusche von dort hören. Wenn jemand im Haus das warme Wasser anstellt oder wenn die Heizung anspringt. Und was Sie gesehen haben, war vermutlich ein Display, das an- und wieder ausgegangen ist. Licht und Schatten können das Auge sehr täuschen.«

Anna sah ihn ungläubig an und ich hatte das Gefühl, dass sie zitterte. Schließlich schloss Cyriel die Tür zu seinem Arbeitszimmer und legte einen Arm um Anna.

»Ich werde Sie nach oben zu Antonia bringen – und ihr sagen, dass sie Ihnen nichts mehr von ihrem Spezialkaffee geben soll. Das Zeug hilft Ruben und mir großartig, wenn wir mal nachts länger arbeiten. Aber wenn man es nicht gewohnt ist, macht diese Giftmischung einen furchtbar nervös.« Er schenkte Anna ein breites Lächeln.

Kaum zu glauben: Cyriel lächelte!

Und Anna sank wie ein hilfloses Tier an seine Schulter.

Interessante Strategie, dachte ich und hätte ihr am liebsten die Augen ausgekratzt. Ob Anna das in ihrer Verzweiflung so geplant hatte – oder hatte sie wirklich etwas hinter der Tür gesehen?

Kira

So schnell wir am Vormittag vorangekommen waren, so mühsam ging es am Nachmittag, denn an einigen Stellen musste die Oberfläche gefestigt werden und wir mussten unheimlich aufpassen, dass uns dabei nicht der ganze Putz entgegenkam. Annas ruhige Hand wäre sicherlich eine Hilfe gewesen, aber als ich die Injektionsnadel und die feinen Schläuche auspackte, mit denen der Kalkputz eingeführt werden sollte, stellte sich heraus, dass sie viel zu große Angst hatte, etwas kaputt zu machen. Vielleicht hatte sie auch nur Angst, schmutzig zu werden, bevor Cyriel sie in ihrer tollen Sommertunika gesehen hatte. Auf jeden Fall arbeitete ich mehr oder weniger allein.

Cyriel ließ sich beim Abendessen nicht blicken und Annas Strahlen erlosch, als sie begriff, dass er nicht mehr kommen würde. Aber immerhin setzte sich Ruben Nachtmann zu uns, was mich sehr freute. Er erkundigte sich, wie es lief. Obwohl er von uns Dinge verlangte, die einem Restaurator die Tränen in die Augen trieben, wusste er doch erstaunlich viel über die verschiedenen Arbeitsweisen beim Restaurieren, und so empfand ich das Gespräch als äußerst interessant – während Anna sich in ihrem Stuhl immer weiter zurücklehnte. Als sie sich recht früh verabschiedete, wunderte mich das nicht. Natürlich langweilte sie sich und natürlich war sie müde. Ihre Hormone hatten ihre Energie gestern Abend und heute Vormittag schon bis zur Erschöpfung beansprucht.

»Und Sie sind gar nicht müde?«, fragte Herr Nachtmann lächelnd.

»Es geht so«, erwiderte ich. »Ich glaube, ich brauche noch ein bisschen frische Luft. Eigentlich wollte ich mir mal die Burg ansehen.«

Herr Nachtmann runzelte die Stirn. »Das ist nicht ganz ungefährlich. Deshalb stehen auch überall Schilder, dass man das Gelände nur auf eigene Gefahr betreten darf. Leider ist in unserer Stadt bisher kein Geld vorhanden gewesen, um die Anlage so herzurichten, dass man Touristen herumführen könnte. Andererseits …« Er grinste verschmitzt. »… wer will schon Touristen in seinem Vorgarten haben?«

»Schade«, sagte ich ehrlich.

»Sie sind ja keine Touristin, sondern mein Gast. Was halten Sie davon, wenn ich Ihnen die Ruinen zeige?«

»Jetzt?« Ich war ganz begeistert von seiner Spontanität.

»Natürlich jetzt«, nickte er.

Zum Glück war es noch recht hell, aber auf unserem Weg quer über die Wiese begriff ich bald, weshalb es hier gefährlich war. Überall taten sich Abgründe auf, zwischen Grasnarben und Brennnesseln ging es mehrere Meter abwärts in die Tiefen der Burg.

»Eine interessante Wohnlage haben Sie, Herr Nachtmann«, sagte ich, während ich mich umsah.

Eine Weile gingen wir schweigend nebeneinanderher, bis wir die ersten Mauern erreicht hatten, die die Umrisse der früheren Gebäudeteile erkennen ließen.

»Wie kommt es, dass Ihr Haus auf den Ruinen einer Burg steht?«, fragte ich.

»Der Bauherr der Villa hat es irgendwie durchgesetzt, dass er als Einziger auf diesem Hügel bauen durfte. Vermutlich hat es ihn eine Stange Geld gekostet. Ich habe das Haus gekauft, als es schon eine Weile leer stand. Mir gefiel die einsame Lage. Hier stört uns niemand und trotzdem haben wir eine Stadt in der Nähe. Außerdem ist die Aussicht sehr schön.«

Ruben deutete auf die Mauer, von der noch am meisten stand.

»Das ist der Wohnturm. Dort lebten der Ritter, seine Familie und einige Dienstboten und Berater. Dieser Teil wurde Ende des zwölften Jahrhunderts erbaut. Die Gesindewohnungen waren in der Ringmauer untergebracht.«

»Die Anlage muss recht groß gewesen sein«, sagte ich anerkennend. »Spannend, sich vorzustellen, wie es damals hier ausgesehen haben mag. Und wo kommt der Schacht vom Verlies heraus? Das Loch ist doch überdacht?«, wollte ich wissen.

Ruben nickte. »In unserem Haus.«

Ich runzelte die Stirn. »Dann hat der Bauherr sozusagen um das Verlies herum gebaut. Und das Fresko vermutlich gekannt. Ob er das Haus wegen des Bildes dort gebaut hat?«

Er zuckte mit den Schultern. »Ehrlich gesagt weiß ich nicht viel über den ersten Besitzer. Aber ausschließen würde ich diese Idee nicht.«

Ein lauer Abendwind ließ das Gras um uns herum sanft rauschen und trug Blütenduft mit sich, aber darüber hinaus war es still. Eine zeitlose Stimmung hier, zwischen den Ruinen, fand ich und hätte stundenlang auf einem Stein sitzen mögen. Es hatte mich schon immer fasziniert, so dicht an Geschichte heranzukommen, dass man das Gefühl hatte, sie atmen zu können.

»Kira ...«, fing Herr Nachtmann an und brach wieder ab.

»Ja?«, ermutigte ich ihn und setzte mich auf ein niedriges Mauerstück.

»Über den Tod Ihres Vaters stand einiges in den Zeitungen. Ich weiß, dass es Zweifel daran gibt, ob sein Sturz aus dem Fenster ein Unfall war.«

Ich seufzte. Musste er jetzt davon anfangen? Schade, gerade hier in dieser anderen Welt hatte ich die Geschichte mal kurz vergessen.

»Ein Kollege von der Universität hat ihm unterstellt, dass er ... Probleme hatte.«

»... geisteskrank war«, korrigierte ich den Satz. Es tat weh, es auszusprechen, aber ich kannte das Gerede.

»Ich will Sie mit diesem Thema nicht nerven«, sagte Nachtmann, der offenbar bemerkt hatte, dass er genau das tat. »Ich möchte Ihnen bloß sagen, dass ich mir vorstellen kann, was Sie durchgemacht haben. Und dass Sie jederzeit zu mir kommen können, wenn Ihnen das hilft.«

Die Tränen kamen so plötzlich, dass ich gar nicht mehr versuchen konnte sie zu stoppen. Peinlich berührt durchsuchte ich meine Jacke nach einem Taschentuch. Herr Nachtmann griff in seine Tasche und reichte mir eins.

»Das wollte ich nicht«, sagte er etwas unbeholfen und setzte sich neben mich.

»Sie haben ja nichts getan«, sagte ich leise. »Es gab nur bisher niemanden, mit dem ich darüber reden konnte. Er hat mich im Prinzip schon ein paar Wochen vor seinem Tod alleingelassen. Die Typen von der Uni, die mies über ihn reden, haben zwar keine Ahnung, aber sie haben nicht ganz unrecht. Mein Vater hat sich zuletzt in etwas reingesteigert. Eine Erfindung. Und je näher er der Lösung kam, desto mehr hat er sich von der Welt entfernt. Er hat sich immer mehr zurückgezogen und war kaum noch ansprechbar. Zum Schluss hat er ausschließlich schwarze Kleckse produziert. Und was hat er erreicht? Nichts! Die große Erfindung hat er nie vollendet.«

Ruben sog die Luft scharf ein. »Hat er das behauptet?«

Verwirrt sah ich ihn an. »Ich *weiß*, dass er sie nie vollendet hat – sonst hätte er mir doch davon erzählt!«

Ruben wich meinem Blick aus. »Hat er mit Ihnen darüber gesprochen, worum es bei dieser Erfindung ging?«

»Ja«, seufzte ich. »Er wollte das tiefste Schwarz finden. Ein Schwarz, das alles Licht schluckt. Aber ich glaube – ehrlich gesagt –, dass das ein Symbol für seine Depressionen war. Und dass er sein Scheitern wohl wirklich als schwärzestes Schwarz empfunden hat.«

So deutlich hatte ich meine Meinung noch nie ausgesprochen, und es tat gut, diese schreckliche Theorie einmal loszuwerden. Aber mein Gastgeber schüttelte den Kopf, stand auf und fuhr sich durchs Haar.

»Als ich mit ihm über den Auftrag hier gesprochen habe, haben wir ein Glas Wein zusammen getrunken. Nun, vielleicht waren es auch zwei oder drei Gläser.« Er schmunzelte. »Und dann hat er ganz frei von seiner Erfindung erzählt, als müsse er sich eine Last von seinem Herzen schaufeln – und ich war zufällig gerade da. Das Ganze hat ihn regelrecht erdrückt. Einerseits war er so stolz: Er hatte das schwärzeste Schwarz tatsächlich gefunden. Es reflektierte nur 0,3 Prozent des frontal einfallenden Lichts.

Es war der reine Wahnsinn – im wahrsten Sinne des Wortes. Ich habe es gesehen: Es schmerzte in den Augen!«

Die Bilder, die missglückten Versuche! Die kannte ich. Aber wenn Paps es geschafft hätte ... das hätte er mir doch nie verschwiegen?

»Er hat mir gesagt«, fuhr Herr Nachtmann fort, »er habe eine Farbe gefunden, die alles möglich macht. Und gleichzeitig müsse er sie mit in sein Grab nehmen – *weil* sie alles möglich macht. Ich habe das an jenem Abend als Gerede abgetan, aufgebauscht durch den Wein. Er hat irgendetwas gemurmelt, dass er diese Farbe mit niemandem teilen wolle.«

Nicht mal mit mir! Der Gedanke tat weh. Mit Ruben Nachtmann *hatte* er es geteilt!

Mein Innerstes stand in Flammen, die alles niederbrannten, was sich in meine Gedanken stahl. Ich wusste nur noch eins: dass ich wütend auf meinen Vater war! Der nach Jahren erfolgreicher Arbeit seinen Ruf aufs Spiel gesetzt hatte wegen einer fixen Idee! Der diese Idee nicht veröffentlichen wollte und damit hinnahm, dass alle Welt ihn verspottete!

Schweigend stand ich auf und ging langsam zurück in Richtung Haus. Nachtmann schritt neben mir her, ohne mir zu nahe zu kommen, als wolle er mich in meinen Gedanken nicht stören.

»Meinen Sie nicht«, fragte er sehr sanft, »er wollte der Welt etwas hinterlassen, was wirklich *er* geschaffen hat?«

Diese Frage konnte ich nicht beantworten. Mein Vater war für mich jetzt ein Fremder! »Und was ist ihm geblieben? Seine ehemaligen Freunde verachten ihn. Laurin Tressler, den gefragten Restaurator, hat es plötzlich nie gegeben. Nur einen Verrückten, der Selbstmord begangen hat.«

Ich spuckte die Worte mit Bitterkeit aus.

Ruben blieb stehen, atmete tief ein und blickte in die Wolken, die sich gerade orange färbten. Wie eine Marionette, die niemand führt, hielt ich ein Stück von ihm entfernt inne.

»Dann müssen *Sie* seine Erfindung eben veröffentlichen – unter seinem Namen«, sagte Ruben. »Und die anderen werden sehen, dass er weiter gedacht hat als sie alle.«

»Wie denn?«, fragte ich verzweifelt. »Ich war an seinem verfluchten Schwarz nicht beteiligt. Und selbst wenn ich die Formel finden würde ... Ich bin eine neunzehnjährige Abiturientin ohne Ausbildung. Wie sollte ich das Schwarz hinkriegen? Und wer würde meine wunderbare Entdeckung veröffentlichen?«

Nachtmann legte eine Hand auf meine Schulter. »Als Chemiker kann ich Ihnen das Material bestellen, das Sie brauchen, das tue ich gern. Außerdem habe ich Kontakte. Ich werde bestimmt eine Möglichkeit finden, die Erfindung Ihres Vaters platzen zu lassen wie eine Bombe. Wir müssen nur noch herausfinden, wie man sie baut.«

Sein raues Lachen irritierte mich. Wie sollte er auch ahnen, wie sehr mich das erschütterte?

In meinem Zimmer hatte ich das Gefühl, zu ersticken. Der Raum war viel zu klein für meine Gedanken. Sie rasten im Kreis wie in einer Spirale, die immer weiter wurde. Auch als ich das Fenster aufriss, half das nichts. Ich sah die Burgmauer vor mir, auf der ich eben noch gesessen hatte.

Verdammt, Paps! Warum durfte ich nicht wissen, was du irgendeinem x-beliebigen Auftraggeber schon nach einem Glas Wein erzählt hast?

Ganz automatisch zog ich die schwere Reisetasche neben mich aufs Bett und tastete nach den Notizbüchern. In den letzten Wochen hatte ich sie immer mal wieder gelesen, um die Aufträge für Paps erledigen zu können, die er nicht mehr schaffte. Aber es gab auch neue Kladden, die alle in der Zeit entstanden waren, in der sich mein Vater von mir entfernte. Vier Stück, wie ich jetzt feststellte. Und keine davon hatte ich je anfassen wollen. Weil ich glaubte, dass er sie in einer Umnachtung geschrieben hatte, von der ich nichts wissen wollte. In der Angst, ich könnte mich durch diese Zeilen Stück für Stück von mir selbst entfernen, wie auf einem Weg, der in die Dunkelheit führte. Oder hatte Herr Nachtmann recht und sie führten mich zu meinem Vater?

Ich biss mir auf die Lippen und legte das erste Buch gegen meine Stirn, als könnte ich mich dahinter verstecken. Aber dann nahm ich es in die Hand und begann zu lesen. Der Stil war anders, als ich ihn kannte. Es war eher ein Tagebuch. Der sonst so präzise und sachliche Laurin Tressler fand hier Worte, die nichts mit Sachlichkeit zu tun hatten – voller Gefühl und Sehnsucht. Eine ganz neue Seite von ihm, die dennoch zu ihm passte.

Restaurieren bedeutet Demut – vor anderen Künstlern, ihren Materialien und ihren Ideen. Und sosehr ich meinen Beruf liebe, so sehr möchte ich etwas schaffen, das ein Teil von mir ist. Mit der Malerei wird mir das nie gelingen, so ehrlich bin ich. Mit meiner Tochter ist mir das gelungen. Obwohl sie mehr ist als nur ein Teil von mir, das muss ich zugeben, jetzt, da sie erwachsen wird. Besonders ihre Neugier und ihr Mut – beides Dinge, die sie nicht von mir hat – machen mich sehr stolz. Und vielleicht geben diese Eigenschaften auch mir endlich den Mut, einem alten Traum hinterherzujagen: dem schwärzesten Schwarz.

Die Tränen liefen schon, bevor ich die Taschentücher finden konnte. Du verschlossener Dummkopf! Warum hast du mir nie gesagt, dass du stolz auf mich bist?

In alten Legenden heißt es, im tiefsten Schwarz läge der Eingang zum Totenreich. In anderen Geschichten führt es zu unendlichem Wissen und Macht und daran glaube ich: Aus der Sicht der Wissenschaft würde es eine enorme Weiterentwicklung in der Optik bedeuten. Wäre es nicht unglaublich, wenn Weltraumteleskope durch mein Schwarz verbessert werden könnten? Wenn ein Teil von mir durchs All fliegen würde?

Danach folgten endlose Materiallisten, Versuchserklärungen und Aufzeichnungen seiner Misserfolge. Da ich nicht viel davon verstand, blätterte ich durch die anderen Notizbücher bis zum letzten, wo ich das richtige Versuchsprotokoll zu finden hoffte. Aber so etwas gab es nicht. Das letzte Notizbuch bestand wieder aus Tagebuchnotizen, die mich erschreckten: Die Handschrift meines Vaters war nicht wiederzuerkennen. Alles sah aus wie in Eile hingekrakelt, leicht verschmiert, manchmal fehlten sogar Wörter. Auf den ersten Blick konnte ich die Panik zwischen den Zeilen lesen.

Mein Atem ging schneller. Dafür war ich heute Abend nicht bereit! Vielleicht würde ich es nie sein. Ich sprang auf, lehnte mich weit aus dem Fenster und atmete ein, als hätte ich unter Wasser zu lange die Luft angehalten. Der Sauerstoff berauschte mich, machte mich schwindelig und gleichzeitig wacher, als ich es im Moment sein wollte.

Um mich abzulenken, schaltete ich den Fernseher an. Schon nach wenigen Minuten bemerkte ich, dass ich kein Wort von dem mitbekam, was die Leute da redeten. Ich schaltete um. Aber vor meinem inneren Auge flackerten schwarze Kleckse auf weißen Leinwänden. Meine Gedanken waren meilenweit entfernt und ich ahnte, dass ich die ganze Nacht nicht schlafen würde. Ich beschloss, es mit dem Einzigen zu versuchen, was mich wirklich ablenken konnte: mit Arbeit.

Hastig warf ich mir meine Strickjacke über, schnappte mir Notizblock, Stift und Digicam und raste die Treppe hinunter in der Hoffnung, dem Fresko sein Geheimnis zu entlocken. Wenn es sich dagegen so wehrte wie bisher, würde mich das ein paar Stunden beschäftigen, bis ich müde genug war!

Jessy

Manche dieser Menschen hatten Pfade. Wie Raubtiere im Zoo. Sie liefen immer wieder die gleichen Gänge entlang und wendeten an den gleichen Stellen. Dabei glitten ihre Finger über die Wände und sie murmelten etwas. Jessy glaubte an ihren Stimmen zu hören, dass ihre Köpfe ständig in Bewegung waren, als suchten sie etwas Bestimmtes.

Manche Menschen aber waren weniger eingefahren. Sie gingen nicht immer die gleichen Wege und sie erreichten auch entlegenere Orte.

»Gestern war ich im Turm«, zischte eine Stimme einer anderen gerade zu. Die andere wartete fragend ab. »Dort gibt es Fenster. Aber sie sind viel zu hoch«, fuhr die Stimme fort. Es war eine Frau.

Jessy ging näher heran. Bisher hatte ihr niemand verständliche Antworten auf ihre Fragen gegeben, aber hier schien eine zu sein, die nicht so geistig abwesend war wie die anderen.

»Wo sind wir?«, fragte Jessy. »Und wie komme ich hier wieder raus?«

Die Frau schwieg. Aber sie schwieg in Jessys Richtung, als würde sie sie intensiv ansehen, während die andere Person schlurfend verschwand.

»Du bist wohl neu? Wir suchen alle den Ausgang. Manche von uns bereits sehr lange.«

Jessy runzelte die Stirn. »Wer sind die Menschen hier? Ist das ein Heim? Oder sind sie Gefangene?«

»Heim!«, lachte die andere auf. »Gefangene trifft es wohl eher.«

»Ich dachte nur, weil hier so viele alte Leute leben«, sagte Jessy, doch gleich darauf tat es ihr leid. Schließlich klang diese Frau vor ihr auch schon älter. »Entschuldigung!«

»Warum entschuldigst du dich? Ich bin achtzehn. Ich heiße übrigens Lara.«

Jessy schwieg verblüfft. Sie selbst war siebzehn, aber diese Stimme klang eher wie sechzig.

»Wo bist du denn reingekommen?«, fragte die Frau nun und legte eine Hand auf Jessys Handgelenk. Eine faltige Hand. »Würdest du die Tür wiederfinden? Kannst du sie mir zeigen?« Der Griff wurde fester und Jessy entzog sich ihm ruckartig.

»Ich bin in dem Raum neben dem Speisesaal angekommen. In dem mit den Säulen.«

»Da gibt es keine Tür!«, schnaubte die Frau enttäuscht. »Aber warum frage ich auch eine Blinde nach dem Weg!«

Kira

Es brannte kein Licht. Erleichtert, dass ich hier unten allein sein würde, entzündete ich eine Fackel, und als das nicht gleich klappte, stellte ich mir die Frage, warum um Himmels willen diese Familie keine modernen Taschenlampen bereitlegte. Die Antwort konnte ich mir gleich darauf selbst geben, als ich den Steingang entlangging.

Die Stimmung! War es nicht erstaunlich, wie stark Stimmungen von der Art der Beleuchtung abhingen? Neonlicht oder Kerzenlicht. Tageslicht oder Straßenlaternen. Taschenlampen oder Fackeln. Da lag eine ganze Tonleiter der Gefühle dazwischen! Und ich war Herrn Nachtmann mit einem Mal dankbar, dass er dem Fresko diesen emotionalen Rahmen gegeben hatte. Allein der Weg zum Bild bereitete den Betrachter vor, machte ihn langsamer – und kleiner.

Allein mit dem Bild zu sein, war anders. Noch magischer als beim ersten Mal im Kreis der anderen. Insgesamt vier Fackeln steckte ich in ihre Halterungen und sah das Gemälde vermutlich so, wie der Maler es damals gesehen hatte. Die oberste Regel – untersuche das Werk bei Tageslicht – konnte in diesem Fall nicht gelten. Dieses Bild hatte nie Tageslicht gesehen und ich wollte die Stimmung seines Entstehens nachempfinden. Mit dem Finger fuhr ich die Linien, den Schwung der Gewänder nach. Wie lebendig die Figuren wirkten!

Auf einmal stand ich vor der strengen Katharina. Ihr Blick hatte selbst auf dem Fresko eine gewisse Schärfe und ihr Mund war übertrieben blass gemalt. Katharina, die Stumme. Ob der Maler das mit dem kaum vorhandenen Mund ausdrücken wollte?

Jolanda gehörte zwar zu den Erwachsenen, wurde aber sehr zerbrechlich und kindlich dargestellt. Wann mochten die Gesichter übermalt worden sein? War Jolanda damals noch ein Kind und man hatte ihr Gesicht auf eine erwachsene Figur gesetzt, weil kein Kind da war? Aber warum waren die anderen auch nicht viel jünger als heute?

Gabriels Gegenstück stand lässig, aber irgendwie bemüht selbstbewusst da. Seine Mundwinkel schienen zu zucken, als hätte er gerade einen Witz gemacht. Dennoch hatte ich das Gefühl, ich müsse seinem Blick ausweichen, und starrte auf seine Schuhe. Seltsam, daneben, am untersten Bildrand, lag ein Gemüse, eine Rübe oder ein Rettich. Ob Gabriel gern kochte? Schlechter als Antonia konnte es ihm eigentlich nicht gelingen.

Der Nächste war Cyriel. Irritiert trat ich einen Schritt zurück. Etwas an ihm war anders als in Wirklichkeit: Ich fand hier keine Anzeichen von Wut und Düsternis. Stattdessen spiegelten seine grünen Augen Stolz wider, der von Traurigkeit überdeckt wurde. Ein Stolz, der sich auch in seiner Körperhaltung ausdrückte. Wie immer wirkte Cyriel wie ein Wolf kurz vor dem Sprung. Auf dem Fresko sah er sehr gut aus – was mir in der Realität nicht gleich aufgefallen war. Vielleicht weil er mich ständig so reizte, bis ich die Krallen ausfuhr. Hier gefiel er mir – denn hier konnte er nur attraktiv schweigen. Ich nahm meine Lupe vom Materialtisch und betrachtete seine verblüffend unpassende Armbanduhr genauer, eine hochmoderne Digitaluhr mit einem schwarzen Armband. Die Marke konnte ich nicht erkennen.

Ruben Nachtmanns Blick war in die Ferne gerichtet, als hätte er eine Vision. Sein Ärmel fiel in weiten Falten über seine Hand, doch er hielt nichts darin, deshalb wandte ich mich seinem Mantel zu. Er war sehr weit, sehr prächtig und hatte einen Pelzbesatz – eindeutig der Mantel eines mächtigen Mannes.

Als ich mich fast schon Richard und Antonia zuwenden wollte, fiel mir auf, dass Rubens Pelz am unteren Saum etwas hervorstand. Ich bückte mich und zog wiederum die Lupe hervor.

»Was ist denn das?«, murmelte ich. »Du hast ja Augen! Also, was bist du?«

»Ein Eichhörnchen«, erklang eine Stimme hinter mir.

Zu Tode erschrocken sprang ich auf – und sah in Cyriels Gesicht. Diesmal das echte.

»Wie lange sind Sie schon hier?«

»Lange genug«, sagte er, während er noch näher kam und dicht an mir vorbei zum Fresko ging. »Ich habe gesehen, dass Sie sich Notizen machen. Und dass es dabei nicht um Schmutzpartikel oder Fissuren geht.«

»Ist das verboten?«, fragte ich, weil ich wieder eine seiner wütenden Zurechtweisungen erwartete.

Aber als er sich zu mir umwandte, zuckten seine Mundwinkel amüsiert. »Nein. Mich interessiert nur, *was* Sie entdeckt haben.«

War das ein Test? »Sie kennen das Bild viel besser als ich. Verraten Sie mir, warum Ihre Figur eine Armbanduhr trägt?«

»Weil der Maler sich schon immer eine richtige Uhr gewünscht hat?«, schlug er vor.

Ich musste lachen. »Und Sie glauben, er wollte dieses Fresko dem Weihnachtsmann schicken?« Dann wurde ich wieder ernst. »Wann hat denn der letzte Restaurator daran gearbeitet? Digitaluhren kamen so in den Siebzigern auf, soweit ich weiß.«

Cyriel zuckte mit den Schultern. »Ich weiß nicht, das war vor meiner Zeit in diesem Haus.«

»Erstaunlich«, fand ich. »Immerhin sind Sie mit auf dem Bild. Und niemand sieht viel jünger aus als heute. So alt können die Übermalungen also nicht sein.«

»Nein, die wurden erst vor Kurzem hinzugefügt«, nickte Cyriel.

»Dafür sieht die Farbe aber sehr alt aus«, fand ich. »Und noch etwas. Die Perspektive stimmt nicht. Gerade eben – als ich mich im Raum bewegt habe – ist mir klar geworden, was der Grund dafür ist: Die Schatten der Menschen zeigen in Richtung Tür. Die Schatten der Gegenstände in die andere Richtung.«

Cyriel hob die Augenbrauen. »Vielleicht hatte der Maler Probleme mit der Rundung des Raums?«

»Möglich«, gab ich zu, obwohl es unwahrscheinlich war. »Und noch ein interessantes Detail: In der Landschaft vor einem der Fenster gibt es einen dunklen Fleck.« Ich deutete darauf. »Unter der Lupe besehen ist es ein kleiner Junge, der am Fluss steht. Er schützt sein Gesicht mit der Hand vor der Sonne und sieht dabei in die Ferne.«

Cyriel nahm die Lupe vom Tisch und besah sich die Stelle genauer, die ich ihm gezeigt hatte.

»Tatsächlich! Sie haben erstaunlich gute Augen«, stellte er fest.

»Nein. Aber meine Hightech-Ausrüstung ist ein bisschen besser als Ihre Pfadfinderlupe«, lächelte ich.

Cyriel warf mir einen unergründlichen Blick zu. »Pfadfinder?« Auf einmal lachte er. »Dann haben Sie also keine so guten Augen – aber eine ziemlich scharfe Zunge.«

Da das seltsamerweise wie ein Kompliment klang, widersprach ich ihm nicht.

»Das erklärt aber noch nicht, warum Sie diese Details im Bild nachts ansehen.«

»Ich brauche beim Arbeiten manchmal das Alleinsein«, erklärte ich. »Die Stille hier unten und das besondere Licht ... Das ist, als ob das Bild zu mir sprechen könnte.«

Er nickte. »Das kann ich verstehen. Ich stehe oft in diesem Raum und lasse die alten Farben, die Stimmung und das Licht in den Fenstern einfach auf mich wirken. Man muss ein Gemälde atmen können, wenn man es verstehen will. Aber dabei störe ich Sie besser nicht länger ...«

Als er sich abwenden wollte, hob ich die Hände.

»Nein, nein! Sie stören nicht!« Im nächsten Moment spürte ich, dass ich rot wurde. Mist, warum musste mir das passieren? »Ich wollte sagen ...« Und warum stotterte ich jetzt auch noch? »... dass ich schon fertig war. Und es ist immer gut, wenn man mit jemandem über die Ergebnisse seiner Arbeit reden kann.«

Cyriel lächelte mich amüsiert an. »Ach? Und bisher dachte ich, Sie sehen in mir weniger einen Berater als einen Aufseher.«

»Nur weil wir manchmal anderer Meinung sind?« Ich bemühte mich um ein unschuldiges Gesicht. Nein, eigentlich bemühte ich mich um ein geheimnisvolles Anna-Lächeln. Gleichzeitig fragte ich mich, was ich hier gerade tat. Ich flirtete doch nicht etwa mit dem Mann, den ich heute Nachmittag noch für einen arroganten Fatzke gehalten hatte?

»Das freut mich«, erwiderte Cyriel mit einem Nicken. »Verraten Sie es mir doch bitte, wenn Sie etwas über diese Details im Fresko herausgefunden haben.«

Sein Blick hielt meinen etwas länger fest als nötig. Annas Abwesenheit bekam unserem ... Arbeitsverhältnis auf jeden Fall gut.

Ein Geräusch ließ mich hochfahren. Es klang wie ein paar kleine Steine, die auf Steinboden fielen, und das Klackern wurde von oben heruntergetragen, viel lauter als sein Ursprung, wie es schien – vermutlich durch das Echo der Wände verstärkt.

Cyriel war ebenfalls zusammengezuckt und wir beide sahen nach oben. Aber es war nichts zu sehen. Und es war still.

»Haben wir Ihre Gespenster wieder aufgestört?«, fragte ich mit einem unsicheren Lachen. »Vielleicht den Geist des Malers?«

Cyriels Gesichtszüge waren plötzlich wie in Stein gemeißelt und er war wieder unnahbar und düster. »Es wird Zeit, schlafen zu gehen, wenn wir morgen arbeiten wollen«, sagte er und ging ohne ein weiteres Wort zur Tür.

»Ebenfalls gute Nacht!«, murmelte ich irritiert.

Aber er hörte mich schon nicht mehr.

Kira

Man sollte meinen, dass für zwei Personen ein Badezimmer ausreichend wäre, aber bei uns wurde es knapp. Anna hatte an diesem Morgen über eine Stunde gebraucht, und als ich endlich hineindurfte, empfing mich eine Wolke aus Deo und Parfum, sodass ich erst einmal das Fenster aufreißen musste.

Viel zu spät saß ich allein beim Frühstück, wo ich mir nur schnell eine trockene Scheibe Toast und zwei Schlucke zu heißen Kaffee gönnte. Und viel zu spät kam ich unten in unseren Katakomben an. Als ich die Tür zum Verlies öffnete, sah ich Cyriels und Annas Rücken. Beide saßen auf einem Hocker vor dem Materialtisch und betrachteten seine Farben.

»Alle Farben, die man beim Fresko benutzen kann, kann man auch beim Malen ›a secco‹, also auf trockener Wand, benutzen«, erklärte er gerade. »Umgekehrt gilt das allerdings nicht. Zum Beispiel Grünspan, Bleiweiß, Zinnober oder Auripigment. Aber Sie muss das nicht interessieren, Sie werden ›a secco‹ malen, also auf trockenem Untergrund.«

»Guten Morgen!«, sagte ich mit übertriebener Freundlichkeit.

Beide drehten sich halb zu mir um, grüßten kurz und wandten sich wieder einander zu. Anna nahm ein Glas mit Pigment in die Hand.

»Cinabrese«, las sie etwas mühsam ab. »Ist das richtig, dass man das für die Farbe der Haut benutzt hat?«

Er nickte sichtlich beeindruckt und dieser Anblick machte mich wütend. Anna hatte keine Ahnung von Fresken! Die Nuss musste über Nacht in ihrem Laptop recherchiert haben!

»Hergestellt aus hellem Sinopia«, warf ich ein, obwohl ich wusste, dass ich mich kindisch benahm. »Normalerweise gemischt mit Bianco-Santogiovanni, einem Weiß, das aus gereinigtem Kalk hergestellt wurde.«

Cyriel nickte – allerdings in Annas Richtung. »Stimmt, aber bei Ihrer Hautfarbe würde man vermutlich recht wenig Weiß benutzen.«

Anna kicherte, als wäre es ihr peinlich.

»Ein Freskomaler arbeitete gegen die Zeit«, fuhr Cyriel fort, »deshalb musste er seine Farbschattierungen gut vorbereiten. Er bearbeitete nur einen Teil des Bildes an einem Tag, die sogenannte ›giornata‹. *Giorno* bedeutet auf Italienisch Tag.«

»Sie sprechen Italienisch?«, fragte Anna, die ihm ergeben an den Lippen hing. »Apropos, warum haben Sie als Holländer eigentlich fast keinen Akzent?«

»Ich lebe schon sehr lange hier«, gab Cyriel knapp zurück.

»Wobei ich den holländischen Akzent unheimlich süß finde«, fügte Anna hinzu.

Ich verdrehte die Augen und setzte schwungvoll meine Reisetasche ab.

»Ich fang dann mal an!«, verkündete ich der Wand – die genauso wenig antwortete wie meine Mitstreiter. Ein paar Minuten vertiefte ich mich in das blaue Notizbuch, um sicherzugehen, dass ich bei der Fixierung der Oberfläche nichts falsch machte.

Plötzlich hörte ich eine Stimme sehr dicht hinter mir: »Beruhigend! Zu sehen, dass Sie auch nicht alles auswendig wissen.«

Als ich aufsah, war ich ein bisschen enttäuscht. Vor mir stand nicht Cyriel, sondern Gabriel, in der Hand eine dampfende Tasse Kaffee. Ich hatte ihn gar nicht hereinkommen hören.

»Entschuldigung! Ich hab Sie erschreckt«, lächelte er.

»Ja!«, sagte ich wahrheitsgemäß.

Gabriels Gesicht nahm einen bedrückten Ausdruck an. Er drehte sich um und ging, wobei er wie immer sein rechtes Bein etwas nachzog. Als die Tür ins Schloss gefallen war, blickte ich in die ebenso verwunderten Gesichter von Anna und Cyriel. Was sollte das denn?

Gleich darauf klopfte es laut und deutlich. Gabriel steckte den Kopf herein und sagte: »Diesmal habe ich mich aber korrekt angemeldet, oder?«

Auch wenn er die Show etwas übertrieb – ich fand es witzig.

»Antonia erzählte mir gerade in der Küche, dass Sie heute Morgen keine Zeit dafür hatten, und da dachte ich ...«

Er reichte mir die Tasse Kaffee, die er noch immer in der Hand hielt. Sein breites Grinsen war unwiderstehlich. Lachend nahm ich die Tasse an.

»Und ich?«, fragte Anna mit einem Blick, der alle Männerherzen schmelzen ließ.

Fast alle, denn Gabriel erwiderte: »Jederzeit gern, aber Sie hatten schon zwei Tassen und es geht das Gerücht, dass mehr Kaffee unsere Gespenster weckt.«

Anna wurde mit einem Schlag knallrot. Zum Glück konnte ich meinen Fröhlichkeitsausbruch schnell hinter meiner Tasse verstecken.

Inzwischen war Cyriel aufgestanden und hatte die Hand nach meinem Notizbuch ausgestreckt, das ich auf dem Materialtisch abgelegt hatte.

»Bitte nicht!«, sagte ich schnell und griff danach.

»Entschuldigung«, murmelte Cyriel und sah mich fragend an. »Ich ahnte nicht, dass es sich um private Aufzeichnungen handelt.«

»Es sind die Notizen meines Vaters«, erklärte ich zögernd. »Ich bereite meine Arbeit damit vor. Aber sie sind nicht … öffentlich.«

Cyriel nickte. »Verstehe.«

Na klasse! Jetzt hatte ich ihn sicher beleidigt.

Als er sich abwandte, verzog Gabriel amüsiert die Mundwinkel. Dann ging er zur Tür, öffnete sie und bedeutete mir mit einer Kopfbewegung, ihm zu folgen. Als die anderen beiden uns nicht mehr hören konnten, sagte er: »Eigentlich bin ich aus einem anderen Grund gekommen. Mein Vater erzählte mir, dass du dich für die Burg interessierst. Ich darf doch Du sagen?«

Ich lächelte. Seine lockere Art fand ich sehr angenehm. Dieses ständige Sie gab mir das Gefühl, mehr Verantwortung zu tragen, als ich konnte.

»Jedenfalls wette ich, als guter Gastgeber hatte er dein Wohl im Auge und hat dir nur ein paar ungefährliche kaputte Steine auf der Wiese gezeigt. Oder?«

Ich nickte und wurde langsam neugierig.

»Wenn du mehr sehen willst, komm doch einfach heute Abend nach dem Essen in die Halle. Diesmal gehe ich mit dir nach draußen. Wir machen eine kleine Tour ins Innerste der Burg!«, raunte er mir zu, etwas geheimnisvoller als nötig.

»Wow!«, entfuhr es mir und ich hoffte, dass die beiden drinnen mich nicht gehört hatten. »Gern. So um acht?«

Er nickte und zwinkerte mir zu. »Und sag deiner Gespensterjägerin nichts. Die Strecke ist nichts für sie.«

Mühsam unterdrückte ich ein Grinsen.

Als ich wieder ins Verlies zurückging, betrachtete ich Cyriels Rücken. Wenn ich auf eine eifersüchtige Reaktion gehofft hatte, war ich auf dem Holzweg. Wir mochten uns gestern Abend vielleicht etwas nähergekommen sein, aber mehr war da wohl nicht. Im Moment bemerkte Cyriel nicht mal meine Anwesenheit. Nur Anna warf mir ein paar neugierige Blicke zu.

»Heute sollten Sie einen ersten Farbabgleich machen«, sagte Cyriel gerade zu ihr, »damit Sie wissen, welche Farben Sie für welche Fläche benutzen sollen. Morgen können Sie auf dieser Seite schon beginnen, wenn der Putz von gestern trocken ist.«

Er stand auf, ging zur Wand und deutete auf ein paar kleine Risse.

»Seien Sie hier besonders vorsichtig, Kira, und nehmen Sie den dünnsten Schlauch, den Sie haben. Damit die Oberfläche nicht gefährdet wird.«

»Ich arbeite immer vorsichtig«, murmelte ich.

»Vielleicht sollten Sie mit unauffälligen Stellen beginnen«, fuhr er fort, als hätte er mich nicht gehört. »Es darf nichts zerstört werden!«

Zerstört? Meine Wut lief zu Bestform auf.

»Schade. Ich wollte eben meinen Presslufthammer holen, um Teile des Freskos herauszuschlagen und oben in der Sonne zu betrachten. Oder meinen Sie, ein Stemmeisen reicht aus?«

Immerhin hatte ich erreicht, dass Cyriel mich ansah. Zum ersten Mal an diesem Morgen. Seine Augen waren zwar dunkel, aber nicht voll Wut wie meine.

»Ich habe Ihnen keine mangelnde Vorsicht unterstellt«, sagte er mit sanfter Stimme. »Mir liegt nur sehr viel an diesem Bild.«

Als er die Tür leise hinter sich schloss, zischte Anna: »Warum musst du immer gleich so hochgehen? Typen wie Gabriel magst du damit vielleicht beeindrucken ...«

»Ich dachte, du willst nicht, dass ich Cyriel beeindrucke?«, erwiderte ich. »Und ich gebe mir die größte Mühe, deinem Wunsch zu folgen.«

Anna setzte sich etwas beleidigt wieder an den Materialtisch und begann testweise eine Farbe anzumischen. Während sie konzentriert arbeitete, kämpfte ich mit einer besonders widerspenstigen Stelle, die sich nicht festigen lassen wollte – bis ich merkte, dass der Hohlraum darunter größer war, als ich gedacht hatte. Also mischte ich neuen Kalkputz, setzte einen weiteren Schlauch auf die Injektionsnadel und verfüllte den Raum unter dem Riss, so vorsichtig es mir möglich war.

Als die Tür sich zwei Stunden später öffnete, blickte ich verdutzt auf die Uhr. War es schon Mittag? Mir kam es vor, als hätte ich gerade erst angefangen.

Cyriel trat ein und begutachtete mein Werk genau. Suchte er nach Fehlern?

»Gute Arbeit!«, nickte er schließlich und lächelte mich an.

»Ich habe ein paar Farben geprüft und für Jolandas Gewand hier ein Verdeterra mit Weiß aufgehellt«, mischte Anna sich ein, die sich tatsächlich schnell auf das Thema Fresko eingestellt hatte. Aber musste sie sich immer in den Vordergrund spielen? Cyriel nickte ihr bewundernd zu, als hätte sie Blattgold auf einen Heiligenschein aufgetragen.

»Eine Bitte hätte ich noch«, sagte ich und hielt meine Digicam hoch. »Für die Arbeit an den Gesichtern wäre es sicherlich hilfreich, wenn wir die Familienmitglieder fotografieren könnten.«

Cyriels Freundlichkeit fiel von ihm ab wie ein Vorhang und seine Blicke durchbohrten meine unschuldige Kamera. »Keine Fotos in diesem Haus!«

Als ich vor seiner schneidenden Stimme zurückschreckte, bemerkte er offensichtlich seine unnötige Heftigkeit.

»Bitte! Wir mögen Fotos nicht gern. Und ich bin sicher, dass Sie auch ohne technische Hilfe die Gesichter wiederherstellen können, die ja schon auf dem Bild vorhanden sind. Sie müssen ja nichts Neues hinzufügen.«

Ich nickte möglichst ruhig, obwohl ich langsam das Gefühl bekam, dass die ganze Familie einen leichten Schuss hatte. Jeder auf seine Weise.

»Aber meine Arbeit muss ich fotografieren! Das ist eine übliche Maßnahme, bevor man anfängt.«

»Tun Sie, was Sie nicht lassen können. Aber nur das Fresko! Keine Personen!«

Ich seufzte. »Für Annas Arbeit wäre es einfacher ... aber gut. Haben die Herrschaften Angst, ihre Frisur könnte nicht richtig sitzen? Oder sie könnten ein Doppelkinn haben?«

Cyriel schüttelte den Kopf. »Keine Diskussion. Und

wenn Sie ein Problem damit haben, wenden Sie sich an Ruben.«

Auf dem Weg zum Mittagessen verabschiedete Cyriel sich natürlich bereits wieder vor seinem Arbeitszimmer. Kaum war seine Tür zu, zischte Anna mich an: »Solange ich heute Morgen mit ihm allein war, war er ganz handzahm. Eine Stunde länger und er wäre mit mir ausgegangen!«

Was für eine Vorstellung! Cyriel an einem Bartresen, in der Hand einen bunten Cocktail mit einem Glitzerschirmchen.

»Träum weiter!«, kicherte ich. »Den kriegst du nicht mal dazu, sich mit dir vor den Fernseher zu setzen.«

»Schon passiert«, gab Anna zurück. »Gestern, spätabends.«

Ich blieb so ruckartig auf der Leiter stehen, dass Anna fast das Gleichgewicht verlor. »Nicht im Ernst!«, bemühte ich mich um einen trockenen Kommentar, obwohl es mir einen Stich versetzt hatte.

Anna lächelte triumphierend. »Meine Fernbedienung hat nicht funktioniert. Und weil Cyriel die Fernseher doch für uns aufgestellt hat, dachte ich ...«

Ich holte tief Luft. »Da holst du mitten in der Nacht, weil dir nach einer Talkshow zumute ist, den Assistenten des Hausherrn zu dir ins Zimmer? Weißt du eigentlich, dass ein Fernseher auch ohne Fernbedienung funktioniert?«

Annas Blick war eine Mischung aus süß und hundsgemein. »Wenn Cyriel in mein Zimmer kommt – wen interessiert denn da noch der Fernseher?« Sie zwinkerte mir zu und schob mich weiter.

Auf dem Weg nach oben verging mir der Hunger. Ich konnte nicht anders, als mir in den schillerndsten Farben vorzustellen, was zwischen den beiden vorgefallen war. Und ich hatte geglaubt, er mochte mich! Ich naive Nuss! Wenn es um Männer ging, war ich wohl der Amateur – und Anna der Profi.

Nach dem Essen, das wir beide schweigend einnahmen, gingen wir auf unsere Zimmer. Auf der Treppe nach oben zückte ich aus einer Laune heraus meine Digitalkamera und fotografierte von oben die Eingangshalle. Es war, als böte ich Cyriel die Stirn. Als könnte ich ihm so meine Wut entgegenschleudern. Okay, meine Rebellion war winzig und nur durch ein kaum hörbares Klicken wahrnehmbar. Aber ganz spontan fühlte ich mich besser. Im ersten Stock drückte ich wieder auf den Auslöser. Ein Foto einer Galerie mit einer Truhe und drei Türen. Im zweiten Stock blieb Anna vor ihrem Zimmer stehen und wandte sich um.

»Damit riskierst du einen Riesenärger und ich brauche diesen Auftrag«, sagte sie leise. »Lass das mit den Fotos oder ich muss es Herrn Nachtmann sagen.«

Erstaunt sah ich sie an. »Seit wann siehst du, was ich tue? Ich dachte, ich wäre Luft für dich.«

Anna legte die Hand auf die Klinke. »Ich hab hier schon einiges gesehen und gehört, was mich nichts angeht. Aber es geht um fünfundzwanzigtausend Euro. Vergisst du das nicht manchmal?«

Damit verschwand sie in ihrem Zimmer und ließ mich mit meinen Fragen zurück: warum sie das Geld brauchte und was sie wohl gesehen oder gehört hatte.

In meinem Zimmer hob ich die Kamera, fotografierte aus Protest, nun gegen Anna. Das Zimmer, den Blick aus dem Fenster, das Burggelände, meine Klamotten im Schrank und das Bild an der Wand. Und ich würde weitere Fotos machen. Solange ich Lust hatte.

Doch dann stellte ich meine Tasche ab und spürte, wie das Gewicht von meinen Schultern abfiel. Nicht allein das Gewicht der Notizbücher, sondern eines, das ich innerlich mit mir herumtrug und das mich heute den ganzen Tag runtergezogen hatte. Wie schwer konnte Papier sein, das ich nicht einmal gelesen hatte?

Ich versuchte einen Umweg, ging wieder ans Fenster, ging wieder zum Fernseher, aber nichts davon berührte ich. Weil es mich nicht berührte. Ich musste es tun. Also nahm ich das letzte Buch in die Hand und las.

Kira

Die Handschrift war selbst für mich schwer zu lesen, und die Kälte in meinem Nacken sagte mir, dass dies die Worte eines Fremden sein sollten – aber das waren sie nicht. Sie waren ein Hilferuf und das tat weh.

Das Werk ist vollbracht, der Teufel lacht. Ich weiß nicht, ob ich meinen Sinnen trauen kann, sie sind völlig außer Kontrolle. Wenn ich mein wunderbares Schwarz auf die Leinwand auftrage, huscht etwas an mir vorbei. Hinein und heraus. Als wäre es die Seele des Schwarz, die nicht in der Farbe bleiben will! Ich muss alles vernichten. Alles, was auf diese unsägliche Erfindung hindeutet!

Weiter hinten konnte ich die Schrift wirklich kaum noch lesen. Aber der letzte Absatz war wieder klar. Die letzten Worte meines Vaters:

Heute war es wieder da! Es ist nur eins, das sich aber in viele zerteilen kann. Es kann überall sein, sich überall verstecken und auf mich lauern. Wird es merken, was ich vorhabe? Wichtig ist, dass niemand findet, was ich fand. Kira, wenn du das jemals liest: Vernichte es, ich konnte es nicht. Es ist dort versteckt, wo ich es sicher glaubte. Aber nichts ist sicher. Folge deiner Neugier und mit deinen Freunden wirst du den Schatz finden!

Mein Vater hatte mir eine Nachricht hinterlassen. Eine wirre, vom Wahnsinn geprägte Nachricht, die mir überhaupt nichts sagte. Was sollte ich vernichten? Seine schwarzen Bilder, die ich nun doch aufgehoben hatte? Aber die waren nie versteckt gewesen, er hatte sie achtlos zur Seite gestellt. Die Notizbücher? Nun, niemand würde daraus viel herauslesen können. Oder? Ob ein Chemiker etwas damit anfangen könnte? Vielleicht sollte ich sie Herrn Nachtmann zeigen? Aber wollte ich überhaupt vernichten, was Vater anscheinend gefunden hatte? Wollte ich vielleicht doch nach dem Geheimnis suchen und es veröffentlichen? Ich meine, die Ängste meines Vaters kurz vor seinem Tod waren ja mit Sicherheit nicht real gewesen. Die Bedrohung war sicher nicht real gewesen. Aber konnte ich seinen letzten Wunsch guten Gewissens ignorieren?

Aufgewühlt verließ ich mein Zimmer, weil meine Beine rennen wollten. Aber für meine Burgtour mit Gabriel war ich noch viel zu früh in der Halle. Spontan beschloss ich, dem Fresko einen weiteren späten Besuch abzustatten. Der Gedanke an die versteckten Hinweise würde mich vielleicht noch einmal ablenken. Und je länger ich darüber nachdachte, desto mehr glaubte ich daran, dass der Maler *und* mindestens ein Restaurator ihre Zeichen hinterlassen hatten. Aber warum? Warum sollten die beiden ein Spiel spielen, das über Jahrhunderte Bestand hatte und auch noch ständig erweitert wurde? Sah das Spiel vor, dass ich auch einen Hinweis hinterließ? Dann musste ich das Rätsel zunächst entschlüsseln. Oder war es nur eine Anhäufung von Zufällen und Gedankenlosigkeiten, die rein gar nichts besagten?

Nachdenklich ging ich den Gang entlang. Ich musste

kein Licht machen, eine brennende Fackel hing in ihrer Halterung. Und ich hörte Stimmen. Meine Hoffnung, dass sie aus dem Labor kamen, wurde schnell zunichtegemacht – sie kamen aus dem Verlies. Zuerst hörte ich Cyriel und erstaunlicherweise freute ich mich auf einen erneuten Schlagabtausch. Doch dann erkannte ich die zweite Stimme. Es war Anna. Ein guter Grund, sich möglichst leise der Tür zu nähern.

Einen kurzen Blick riskierte ich: Cyriel und Anna standen mit dem Rücken zu mir vor dem Fresko. Als er mit den Armen ausholte, um seine Erklärungen mit engagierten Gesten zu unterstreichen, zog ich mich hinter die Tür zurück und lauschte.

»Ein Fresko besteht aus mehreren Schichten Kalkmörtel oder Putz, die für die Arbeit noch frisch sein müssen, daher das Wort ›fresco‹. Die oberste Schicht ist der ›intonaco‹, die Malschicht, aber man bereitet nur so viel vor, wie man an einem Tag schafft.«

»Für einen Chemiker weißt du aber viel über Fresken«, stellte Anna fest und ich musste ihr beipflichten.

»Die Malerei hat mich schon immer gefesselt«, gestand Cyriel ernst. »Wenn unsere Fantasie das Sprechen lernen würde, wären es keine Worte, die herauskämen. Sondern Bilder.«

Wie gefühlvoll! Aber warum ging er ausgerechnet bei Anna so aus sich heraus?

»Wenn deine wahre Leidenschaft die Malerei ist – warum versteckst du dich dann so oft und so lange in deinem Arbeitszimmer? Hast du wirklich so viel zu tun? Oder hast du Angst vor mir?«

Vor meinem inneren Auge konnte ich den tiefen Blick

sehen, den Anna und Cyriel gerade tauschten, und ich spürte die Luft zwischen den beiden knistern. Sollte ich jetzt hineinplatzen und »Oh, tut mir leid!« ausrufen? Doch meine Neugier sagte mir, dass ich es laufen lassen musste – wohin auch immer.

»Ich habe keine Angst vor dir«, erwiderte Cyriel nach einigem Zögern. Immerhin! Sein Ton war längst nicht mehr so ... intim.

»Wenn ich arbeite, vergesse ich alles andere, und ich arbeite gern. Die Chemie ist anders als die Malerei, aber auch voller Geheimnisse. Sie verlangt vollen Einsatz, viel Suchen und Forschen. Aber es ist wie ein Rausch, wenn man plötzlich vor der Lösung steht – die schon immer da gewesen ist. Manchmal ist man nur zu blind, um in die richtige Richtung zu sehen.«

»Vielleicht«, flüsterte Anna, »siehst du auch jetzt in die falsche Richtung.«

Die anschließende Stille machte mich verrückt. Verdammt, was passierte da? Ich spickte um die Ecke. Cyriel sortierte wieder einmal mit akkurater Genauigkeit die Malwerkzeuge.

»Du glaubst, das Leben ist ein Spiel.«

Nun klang er wieder wie der launische Gutsherr, den ich kannte! *Finger weg von mir, ich beiße!* Erleichtert lehnte ich mich an die Wand.

»Aber kennst du auch immer deinen Einsatz?«, fuhr er leiser fort. »Was ist mit deiner Begeisterung für die Kunst? Warum nimmst *du* einen Auftrag wie diesen hier an?«

Anna schien etwas aus dem Konzept gebracht. »Warum nicht? Wäre es dir lieber, ich wäre nicht dabei? Möchtest du ... mit Kira allein sein?«

O ja, ich hörte den betörenden, provozierenden Unterton durchaus heraus. Aber Cyriel überraschte mich, indem er ihr nicht auf den Leim ging. Erstaunlich souverän – für einen Mann in Annas Händen!

»Kira braucht das Geld, das weiß ich inzwischen. Aber was ist mit dir? Weißt du, was ich tun würde, wenn ich vom Leben so begünstigt wäre wie du? Wenn ich das studieren könnte, was ich mir immer schon gewünscht habe?«

Anna schnaubte – ein absolut untypisches, unweibliches Schnauben.

»Meine Eltern sind ... ganz anders, als ich erzählt habe. Weißt du, wie sie reagiert haben, als ich ihnen erzählte, dass ich Kunst studieren will? Sie haben gesagt, dass sie mir keinen Cent dafür geben werden!« Sie atmete tief ein. »Also habe ich behauptet, dass ich mich für Jura eingeschrieben habe. Angeblich bin ich jetzt auf einer Sprachreise in England, aber sobald alles herauskommt – war's das! Für meinen Traum brauche ich dringend das Geld ...«

Ihre Stimme kippte und ich hörte einen unterdrückten Schluchzer. Was waren das für Geständnisse? Die perfekte Anna! Noch einmal linste ich um die Ecke und sah, wie Cyriel den Arm um sie legte, während sie sich verzweifelt mit einem Papiertaschentuch durchs Gesicht wischte. Schnell verschwand ich wieder im Halbdunkel der Tür.

»Jedenfalls«, schniefte Anna, »habe ich ein tierisch schlechtes Gewissen deshalb. Meinst du, ich sollte meine Eltern anrufen – und ihnen alles beichten? Ich meine, da ich das Geld ja von Herrn Nachtmann bekomme, kann mir das Donnerwetter doch egal sein.«

»Nur du kannst entscheiden, welchen Weg du gehen willst«, sagte Cyriel.

Ich vermutete, dass er sie gerade anlächelte, denn sie lachte unsicher unter Tränen auf – zwischen ihnen eine ganz neue Vertrautheit, die Cyriel gerade geschaffen hatte.

Vollkommen unerwartet legte sich eine Hand auf meine Schulter. Ich zuckte zusammen und nur mit Mühe konnte ich einen Aufschrei unterdrücken. Als ich mich umwandte, stand vor mir Gabriel, der – überrascht von seiner Wirkung auf mich – breit grinste.

»Der Lauscher an der Tür kann eigentlich nichts dafür«, hauchte er und zwinkerte mir zu. Dann warf er einen kurzen Blick in das Verlies, zog die Augenbrauen hoch und bedeutete mir, ihm zu folgen.

Wir gingen über die Leiter und die Kellertreppe nach oben und durch die Haustür hinaus, in absolutes Schweigen gehüllt. Natürlich war ich neugierig auf die angekündigte Burgtour. Aber ich war auch etwas nervös, weil ich mir nicht ganz sicher war, was Gabriel sich davon versprach. Oder ich mir. Nun, er sah gut aus, größer als Cyriel und blond, und seine schlaksige, humorvolle Art war wesentlich vertrauenerweckender als Cyriels geheimnisvolle Düsternis. Trotzdem empfand ich Gabriel einfach als Freund. Als Mann interessierte er mich nicht.

Auf der Wiese hinter dem Haus blieben wir stehen. Es war bereits dunkel und Gabriel zog zwei Taschenlampen aus seiner Jackentasche.

»Ich hoffe, ich habe dich nicht bei etwas Wichtigem gestört?«, fragte er interessiert.

Ich schüttelte den Kopf. »Was Anna macht, ist ihre Sache«, sagte ich und fand die Antwort ganz genial, weil sie bedeutete, dass ich mir nur um Anna Sorgen machte. Ob Gabriel das schluckte?

»Lass die beiden! Wenn zwei Aufschneider sich begegnen, verstehen sie sich eben auf Anhieb.«

Aha. Er mochte also beide nicht. Bei Anna fand ich das ja okay. Aber wollte Gabriel mit seiner offenen Abneigung erreichen, dass ich Cyriel abhakte? Oder bildete ich mir jetzt zu viel ein?

»Vergiss die beiden! Vergiss mal deine Arbeit, deine Sorge um Anna – und dieses olle Fresko. Willst du die richtige alte Burg sehen?«

»Du meinst, die Ruinen?«, lächelte ich.

»Nix Ruinen! Der obere Teil der Burg mag ja schon lange tot sein, aber da unten ...«

Er zeigte mit dem Strahl seiner Taschenlampe auf das Loch vor unseren Füßen – in das man ohne Lampe problemlos hineinstürzen konnte.

»... da ist die Vergangenheit noch lebendig. Traust du dich?«

Als ich einen zweifelnden Blick in die Dunkelheit warf, lachte Gabriel. »Du wolltest doch was sehen! Also komm!«

Er kletterte voraus und ich leuchtete ihm, solange er seine Lampe nicht festhalten konnte. Seine schnellen Griffe ließen vermuten, dass dies nicht sein erster Ausflug in die Unterwelt war. Und sein verletztes Bein schien ihn hierbei überhaupt nicht zu stören.

Schon bald sprang er den letzten Meter in die Tiefe und stand sicher am Boden. Als Nächstes leuchtete er mir, und ich konnte bald sehen, dass es nicht so schwierig war, wie ich gedacht hatte. Die verfallenen Steine waren angeordnet wie Stufen. Gabriel gab von unten Anweisungen, wo ich mich festhalten sollte, und bald stand ich neben ihm.

»Na bitte, ich wusste, dass du mutig bist. Nicht wie Lady Anna«, sagte er und wandte sich um in die Dunkelheit.

Ich folgte ihm.

Die Lichtstrahlen unserer Lampen wanderten über graue Mauern und felsigen Boden, auf dem immer wieder Wasser stand. Der gemauerte Gang führte uns tief unter die Erde.

Gabriel ging schnell und dabei fiel auch sein Humpeln wieder stärker auf.

»Deine Verletzung – war das ein Unfall?«, fragte ich ihn, nachdem ich mir eine Weile Gedanken darüber gemacht hatte.

Sein Gesicht verdüsterte sich kurz. Dann zuckten seine Mundwinkel. »Ja, so könnte man es nennen.«

Als ich schwieg, wandte er sich zu mir um und lächelte. »Ein Unfall. Auf dem Weg in die nächste Stadt. Seitdem bleibe ich lieber zu Hause.«

Verblüfft sah ich ihn an. »Beeinträchtigt es dich denn so sehr? Du kannst doch recht gut gehen. Und bestimmt auch Auto fahren?«

Er zuckte mit den Schultern. »Ja, natürlich. Aber sieh dich mal hier um! Wir befinden uns jetzt unter dem ehemaligen Wohnturm der Burg. Oben ist fast nichts mehr zu erkennen, nur noch die Grundmauern. Aber hier unten ...«

Gabriel bog nach rechts ab. Gleich darauf standen wir in einem großen tunnelartigen Raum. Ein Gewölbekeller, in dem man feiern könnte, wenn man sich Licht und Tische und Kerzen hinzudachte.

»Wow!«, entfuhr es mir. »Was war das früher?«

»Ein Lagerraum«, erklärte Gabriel. »Für Lebensmittel oder Wein, denke ich.«

»Darf ich ein Foto machen?«, fragte ich einerseits, weil ich diese Tour wirklich als Abenteuer empfand. Andererseits wollte ich auch einfach sehen, ob Gabriel genauso kleinkariert reagierte wie Cyriel. Aber er nickte freundlich.

»Nur zu!«

»Stellst du dich mal mitten in den Raum?«, ging ich noch einen Schritt weiter.

Da winkte Gabriel kopfschüttelnd ab. »Vergiss es! Erschreck meinetwegen die Mäuse mit dem Ding, ich mag keine Fotos.«

»Warum seid ihr eigentlich alle so scheu?«, fragte ich, während ich den Gewölbekeller fotografierte.

Gabriel sah mich nachdenklich an. »Eine alte Familientradition. Aber jetzt komm! Es wird noch interessanter.«

Seine funkelnden Augen erinnerten mich an meine Kindheit, an unsere Ausflüge in den Wald, wo wir Abenteuer erleben wollten. Ob er es genauso empfand? Oder kannte er diese alte Burg längst so gut, dass es langweilig für ihn geworden war?

Auf einmal blieb er stehen und ich stellte fest, dass wir vor einer großen Halle angekommen waren. Wieder ein Gewölbekeller, aber diesmal wirklich riesig und daher durch Säulen abgestützt.

»Das waren unterirdische Stallungen«, sagte er mit einer weiten Geste.

»Stallungen? Du meinst, hier hat man die Pferde untergebracht?«

Er lächelte. »In anderen Burgen waren sie oft in Holzgebäuden, wo leicht der Blitz einschlagen konnte. Hier hatten sie es trocken, warm und sicher. Außerdem konnte man durch einen geheimen Ausgang hangabwärts gleich losreiten. Sehr praktisch!«

»Ein Geheimgang?«, fragte ich begeistert. »Kann ich den sehen?«

Gabriel lachte auf. »Leider ist der schon seit Hunderten von Jahren verschüttet. Aber endlich kommst du mal auf andere Gedanken! Nicht immer nur Pinsel, Putz und Superschwarz! Aber ich kann dir hier noch mehr zeigen, was dir gefallen wird.«

Hatte ich richtig gehört? Ich folgte ihm sehr langsam in den nächsten Gang und blieb schließlich stehen. Gabriel bemerkte es und drehte sich um.

»Superschwarz? Hat dein Vater dir von unserem ... vertraulichen Gespräch erzählt?«, fragte ich ihn und konnte den Vorwurf aus meiner Stimme nicht ganz verbannen.

Gabriel fuhr sich mit den Fingern durchs Haar und kam auf mich zu. »Tut mir leid, das war unüberlegt von mir. Ich wollte dich nicht verletzen.«

Ich erwiderte seinen Blick ohne eine Regung und wartete auf eine Antwort.

»Entschuldige! Mein Vater und ich reden über alles, was uns beschäftigt. Und er denkt viel über dich nach, weil er dich mag. Er hatte Sorge, dass er in ein Fettnäpfchen getreten ist, als er dir erzählt hat, was er über die Erfindung deines Vaters wusste. Aber ich habe ihm gesagt, dass es richtig war. Ich bin einfach der Meinung, dass du ein Anrecht darauf hast, alles über deinen Vater zu wissen.«

»Vielen Dank für deine Erlaubnis!«, erwiderte ich sarkastisch und ging an ihm vorbei tiefer in den Gang.

Gabriel übernahm wieder die Führung, blieb aber an meiner Seite. Schweigend. Und ich hatte ein schlechtes Gewissen.

»Tut mir leid, es ist ja nicht deine Schuld«, sagte ich.

»Doch«, erwiderte er und schenkte mir ein trauriges Lächeln. »Ich habe nicht nachgedacht. Manchmal bin ich ein Trampel.«

Ich bemühte mich um ein Lächeln.

»Und? Hast du über das Angebot meines Vaters nachgedacht?«, fragte er leise. »Er will dir wirklich helfen, dieses seltsame Schwarz noch einmal zu entwickeln.«

Ich seufzte. Respektierte in dieser Familie denn niemand die Grenze der Privatsphäre?

»Warum sollte ich meinem Vater auf den Spuren folgen, die ihn in den Tod getrieben haben?«

»Um ihn zu verstehen«, erwiderte Gabriel und blieb vor mir stehen. »Um endlich mit der Vergangenheit abzuschließen. Du wirkst immer sehr ... traurig.«

»Mein Vater ist gerade mal drei Monate tot. Soll ich da hüpfen und glücklich sein?«

»Nein!« Gabriel machte Anstalten, den Arm um meine Schultern zu legen, aber ich wich ihm geschickt aus. Mein Rückgrat mochte im Moment aus Gummi sein, aber was wusste ich schon über das Rückgrat von Gabriel?

»Ich kann diese Erfindung gar nicht vollenden, weil ich nie an dem Projekt beteiligt war«, murmelte ich, obwohl ich mir dessen nicht mehr ganz sicher war. Aber bestimmt würde Gabriel das seinem Vater erzählen und dann hatte ich erst einmal Ruhe vor den beiden – und konnte überlegen, ob ich eine Veröffentlichung überhaupt wollte.

»Du brauchst Zeit«, sagte Gabriel zögernd, »dann wirst du dich vielleicht an vieles erinnern. Erinnern wollen, meine ich. Aber manchen Schmerz kann man nicht ewig aushalten. Du trägst eine Wut in dir, die dich auffrisst, wenn du ihm nicht bald verzeihst.«

Schweigend ging ich weiter neben ihm her, obwohl alles in mir sich danach sehnte, allein zu sein. Längst hatte ich keine Ahnung mehr, wo wir waren und wie wir hierhergekommen waren. Die Gänge sahen sich alle so ähnlich.

Nach ein paar weiteren Abzweigungen gelangten wir zu einer Treppe nach oben – die aber schon nach wenigen Stufen verschüttet war. Daneben lag ein Durchgang, der früher wahrscheinlich mit einer Holztür versehen gewesen war. Gabriel ging mit großen Schritten darauf zu. Obwohl der Raum klein, leer und unauffällig war, hatte ich das starke Bedürfnis, umzukehren.

»Die Folterkammer«, erklärte Gabriel mit der Stimme eines stolzen Hoteliers, der seine neue Sauna präsentierte. »Früher hingen an den Wänden Ketten, Handfesseln und eiserne Masken. Da vorn stand eine Streckbank mit Stachelwalzen und einem großen hölzernen Rad am Kopfende.«

»Woher weißt du das so genau?«, fragte ich.

»Als ich ein Kind war, standen die Sachen noch hier. Erst vor Kurzem hat man sie in ein Museum gebracht.«

Dieser Raum war unheimlich. Bei einer Museumsführung mit lauter Touris um mich herum hätte ich ihn bestimmt amüsant gefunden, aber es wirkte alles so … echt.

Das Gefühl, dass lange niemand hier gewesen war, jagte mir Schauer über den Rücken. Als wäre die Vergangenheit nur Stunden von uns entfernt und nicht Jahrhunderte.

»Gibt es noch mehr oder wollen wir umkehren?«

Gabriel lachte, was ich ihm übel nahm, denn das Echo der alten Wände gefiel mir nicht. Ich fühlte mich wie in einem Sarg.

Auf dem Rückweg war ich zwar völlig in Gedanken, dennoch bemerkte ich, dass ab und zu etwas auf dem Boden herumlag. Nicht viel, mal ein Kaugummipapier oder eine Zigarettenkippe.

»Sind manchmal Obdachlose in diesen Gängen?«

Gabriels Gesicht wurde düster. »Obdachlose? Nein. Die verdammte Polizei – die sind auch nicht besser als andere!«

Er kickte einen Brotrest an die Seite. »Die waren tagelang hier, als sie nach diesen verschwundenen Jugendlichen gesucht haben. Und danach sah es aus wie auf einer Müllhalde!«

»Was bitte?«, fragte ich irritiert.

»Na ja, hast du nicht in der Zeitung davon gelesen? In dieser Stadt sind einige Jugendliche spurlos verschwunden. Irgendwann kam die Polizei auf die Idee, sie könnten sich in den Gängen der Burg verlaufen haben. Aber sie mussten ohne jede Spur wieder abziehen. Du solltest jedenfalls abends nicht allein rausgehen, vor allem nicht in den Park!«

»Hatte ich nicht vor«, murmelte ich. »Hat man die Jugendlichen denn inzwischen gefunden? Oder weiß man was Genaueres?«

Gabriel schüttelte den Kopf.

»Leider nicht. Aber mach dir keine Gedanken! Bei uns bist du sicher!«

Als wir zurück im Haus waren, wollte Gabriel sich verabschieden. Aber mir war noch etwas eingefallen – und ich wusste nicht, ob ich schon wieder allein sein konnte.

»Könntest du mir noch zeigen, wo der Schacht zum Verlies endet? Dein Vater sagte, er sei in eurem Haus.«

Und was mich besonders interessierte: War dieser Teil für jeden offen zugänglich? Das Geräusch, das gestern Abend mein Gespräch mit Cyriel so abrupt unterbrochen hatte, war von dort gekommen und ich wollte nun genau wissen, was da oben war.

»Klar«, sagte Gabriel. »Folgen Sie mir, Madame.«

Im Keller der Villa, also im neueren Teil, neben der Falltür, befanden sich drei Türen. Gabriel spielte den perfekten Gastgeber, öffnete die erste Tür und verbeugte sich.

»Der Heizungskeller. Ganz auf dem neuesten Stand der Technik!«

Ich spähte um die Ecke. Hier kamen also Annas Geister her.

»Gibt es in dem Raum auch einen Abgang, der am Ende des unteren Gangs endet?«

»Wozu sollte das gut sein?«, fragte Gabriel. »Die Heizung ist für das Haus, unten wird nicht geheizt.«

Aha. Das machte die letzte Tür wieder zur Geheimtür und auf die würde ich Cyriel noch mal ansprechen.

Inzwischen öffnete Gabriel die zweite Tür. »Die Vorratskammer, Madame«, sagte er noch immer im Ton eines Butlers.

Und die dritte Tür. »Das Angstloch«, flüsterte er nun mit großen Augen.

Inzwischen fand ich sein Gehabe übertrieben. Leise trat ich ein. Im Boden des sonst leeren Raums befand sich ein Loch mit einem Gitter, etwas über einen Meter breit. Und als ich mich darüberbeugte, hoffte ich, Cyriel und Anna noch einmal beobachten zu können. Noch mehr hoffte ich, dass sie gar nicht mehr da wären. Ihre Nähe zueinander machte mich nervös. Aber auf den Anblick, den ich nun zu sehen bekam, war ich nicht vorbereitet: Unten im Verlies beleuchtete nur Fackellicht das Fresko. Und an der runden Wand entlang huschte ein Schatten. Ein körperloser Schatten, der nicht von einem Menschen verursacht werden konnte! Mal schnell, mal langsam bewegte er sich von einem Punkt zum anderen, als würde er bestimmte Stellen des Bildes in sich aufsaugen. Meist blieb er dicht am Boden oder an der Wand, elegant wie ein Rochen auf dem Meeresgrund. Aber er konnte auch frei im Raum schweben, und zwar unglaublich schnell.

Die Art der Fortbewegung erinnerte mich mit Schrecken an einen anderen Abend an einem anderen Ort. War das etwa derselbe Schatten, den ich im Atelier meines Vaters gesehen zu haben glaubte? Gab es ihn wirklich?

Wie in Trance riss ich meine Digitalkamera hoch, schaltete sie ein und zielte auf das Ding dort unten.

»Was ist denn? Du bist ja ganz blass!«, sagte Gabriel und hockte sich neben mich.

Im gleichen Moment wischte der Schatten zur Tür und verschwand unter der Schwelle wie Rauch – wie in einem Film, der rückwärts abgespielt wurde. Das leise »Klick« meiner Kamera konnte niemanden mehr verjagen.

»Hast du es gesehen?«, fragte ich Gabriel vorsichtig.

Mit fragendem Blick schüttelte er den Kopf. Entweder war der Schatten zu schnell gewesen – oder er existierte nur in meinem Kopf. Wie ein schwarzes Loch, das hoffentlich nicht noch größer wurde.

In meinem Zimmer wollte ich es genau wissen. Konnte solch ein Wesen wirklich der Einbildung entspringen? Hatte ich eine Chance auf ein Beweisfoto? Aber wahrscheinlich hatte meine Kamera nichts mehr mitbekommen, genau wie Gabriel!

Zweiundvierzig Fotos zeigte meine Digicam an, so viele hatte ich bereits gemacht, wobei etwa die Hälfte unsere Arbeit am Fresko dokumentierte. Das letzte Bild vom Angstloch … war leider absoluter Mist! Ich hatte den Blitz nicht abgeschaltet, so schnell hatte ich nicht gedacht. Das Ergebnis war ein gestochen scharfes Foto vom Eisengitter über dem Loch. Daneben hatte ich noch einen verwackelten Schatten drauf, wahrscheinlich den Fuß von Gabriel. Super Leistung!

Während ich mich auf meinem Bett gegen die Wand lehnte, klickte ich die anderen Bilder durch. Die unterirdischen Stallungen. Ein gewölbter, dunkler Gang. Der leere Lagerraum unter der Burg. Fresko, Fresko, Fresko – dann wieder ein Gang, diesmal mit Fackeln, ohne Blitz und etwas verschwommen. Es folgten die Bilder von meinem Zimmer und meinen Sachen. Die meisten davon konnte ich wohl löschen. Auch das nächste war langweilig: die Galerie im ersten Stock. Doch … halt! Das Bild war seltsam. Ich wollte schon weiterklicken, aber etwas daran hielt meinen Blick fest. Ein Schatten mitten im Bild.

Er wurde nicht an die Wand geworfen, wie anständige Schatten es tun sollten, sondern er stand wie eine Säule mitten auf der Galerie, als wäre ich beim Hinaufgehen, kurz bevor das Bild entstand, durch ihn hindurchgegangen. Mein Puls beschleunigte wieder auf Endspurttempo. War das der Schatten, der mir in letzter Zeit zu folgen schien? Das Ding aus dem Verlies und aus dem Atelier? Mir fiel auf, dass in dem Bild außerdem eine Art Viereck zu erkennen war. Der Fehler sah ein bisschen so aus wie das Fernsehbild, wenn der Sender nicht ganz sauber eingestellt war und zwei Bilder sich überlagerten.

Ob das ein technisches Problem sein konnte? Beim Weiterklicken erreichte ich schließlich das Bild, das ich von der Eingangshalle aufgenommen hatte. Auch hier gab es ein unerwartetes Viereck an einer leeren Wand. Und auf einem Küchenbild, das ich heimlich aufgenommen hatte, als Antonia nicht da war, entdeckte ich wieder einen Schatten. Nervös klickte ich immer schneller die Bilder durch. Wenn ich mich selbst nicht verrückt machen wollte, musste ich dringend den Zustand meiner Kamera von einem Fachmann überprüfen lassen. Morgen würde ich sie durchchecken lassen. Ein Haus voller Schatten – oder eine Kamera, die einfach nur feucht geworden war?

Jessy

Jessy wollte Laras Nähe eigentlich meiden. Andererseits wusste sie, dass diese Frau schon sehr weit in das Labyrinth der Gänge vorgedrungen war. Vielleicht fand sie durch sie neue Wege?

Heute war sie ihr gefolgt, in großem Abstand, so leise wie möglich.

Plötzlich veränderte sich etwas, aber nicht um sie herum. Das Gefühl, das sie am ersten Tag gezogen hatte, war wieder da! Mit solch einer Wucht, dass ihre Knie fast nachgaben! Und es war wunderschön – wie früher, wenn an Weihnachten eine helle, kleine Glocke verkündete, dass die Geschenke im Wohnzimmer lagen. Hinter der nächsten Ecke, der nächsten Kurve …

Jessy spürte, dass die Frau vor ihr mit den Händen über die Wand fuhr, sanft und streichelnd.

»Hallo!«, sagte sie in Jessys Richtung. »Hast du diesen Ort auch gefunden? Wir sind oft hier, alle. Niemand weiß, warum. Diese Wand hat eine magische Ausstrahlung, aber leider keinen Durchgang.«

Ihr Lachen hatte einen bitteren Nachgeschmack und Jessy fühlte sich schwach. Enttäuscht. Sie lehnte den Kopf gegen die Wand, die an dieser Stelle nicht kühl war. Und dann ging Jessys Atem auf einmal schneller, ihre Haut prickelte. Ihr ganzer Körper reagierte auf diese Wand, als stünde sie vor einem Zuckerwattestand als Nächste in der Schlange. Oder am Strand, vertieft in das Rauschen der Wellen, kurz bevor die Zehen das Wasser berührten. Ihre Sinne bereiteten sich darauf vor, dass etwas Großartiges passieren würde. Aber nichts geschah.

Jessy hob den Kopf wieder und wandte sich um. Sie hatte eine Bewegung dicht hinter sich wahrgenommen. War die Frau an ihrem Rücken vorbeigegangen, ohne dass sie sie gehört hatte? Sie mochte es nicht, wenn diese Fremde ihr so nahe kam.

»Bist du noch da?«, fragte sie leise.

»Ja, natürlich!«, erklang die Stimme der Frau – von links, mindestens vier Meter entfernt.

Das Wesen direkt vor ihr schwieg und verharrte. Lautlos.

»Und wer bist *du* dann bitte?«, hauchte Jessy atemlos. Ihre Hände ballten sich zu Fäusten, als müsse sie sich gleich verteidigen.

»Mit wem sprichst du?«, fragte die Frau irritiert.

Jessy hob das Kinn. »Siehst du das nicht? Genau hier. Es starrt mich an«, flüsterte sie. Irrte sie sich? Nein. Ihre Nase nahm einen leichten Geruch wahr. Woran erinnerte sie dieser Geruch nur?

»Du stehst vor einer Nische«, sagte Lara. »Das sind ganz gewöhnliche Schatten. Aber die kannst du doch gar nicht sehen. Warum also hast du Angst?«

Sie kicherte und bald verhallten ihre Schritte hinter der nächsten Kurve.

Jessy konnte den Gedanken nicht ertragen, mit dem Ding allein zu sein. Sie rannte los, so schnell ihr Langstock ihr den Weg zeigen konnte.

Kira

In dieser Nacht schreckte ich zweimal hoch, weil ich von Schatten geträumt hatte. Entsprechend müde wachte ich am nächsten Morgen auf.

Als unser Gastgeber beim Frühstück kurz ins Esszimmer hereinschaute, bat ich ihn, heute in die Stadt gehen zu dürfen, um in der Apotheke etwas gegen meine Kopfschmerzen zu holen. Herr Nachtmann willigte sofort ein, bot mir sogar seine Begleitung an. Auch Anna fragte mit leuchtenden Augen, ob sie nicht mitkommen könne. Aber da mein Ziel nicht nur die Apotheke war, lehnte ich ab. Die Schatten würde ich mit Aspirin allein nicht aus meinem Kopf vertreiben können.

Die Stadt bekam mir gut. Erst an der frischen Luft wurde mir bewusst, wie sehr ich die Sonne vermisst hatte, seit ich einen Großteil des Tages tief unter der Erde verbrachte.

Also ließ ich mir Zeit, bummelte an den Schaufenstern vorbei, kaufte mir in weiser Voraussicht eine Taschenlampe – und zur Entspannung ein großes Eis. Ich fand, dass ich es mir verdient hatte, und blinzelte zufrieden in die Sonne. Kurz darauf entdeckte ich einen Fotoladen. Genau das, wonach ich gesucht hatte!

Der Verkäufer, der kurz nach dem Läuten der Ladenglocke hinter dem dunklen Vorhang hervorkam, war ziemlich jung, nicht viel älter als ich. Freundlich strahlte er mich an. Als ich ihm erklärt hatte, was mit meiner Kamera nicht stimmte, nahm er sie entgegen und machte ein Testfoto von mir. Das betrachtete er und zuckte mit den Schultern.

»Hier ist jetzt nichts zu sehen. Darf ich die betreffenden Fotos anschauen - oder sind sie privat?«, fragte er sehr rücksichtsvoll.

Ich klickte die Bilder durch und zeigte ihm schließlich das Galeriebild mit den ungewöhnlichen Schatten.

»Kann so etwas durch Feuchtigkeit entstehen? Oder wenn die Kamera vielleicht mal runtergefallen ist?«, fragte ich und hoffte auf sein Nicken. Meine größte Angst aber war, dass er sagte, er könne keinen Schatten auf dem Foto sehen.

»Ist schon merkwürdig«, murmelte er und hielt das Display in verschiedenen Winkeln vor sein Auge. »Wenn es ein analoges Bild wäre, würde ich behaupten, die Kamera hätte doppelt belichtet, weil der Film nicht weitertransportiert wurde. Aber bei einer Digitalkamera scheint mir dieser Fehler sehr unwahrscheinlich. Haben Sie noch ein Beispielbild?«

Ich nahm die Kamera und klickte weiter. Bei einem Foto, auf dem ich das Haus von außen aufgenommen hatte, hob er die Augenbrauen.

»Das Geisterhaus? Dann wundert mich gar nichts mehr. Wohnen Sie da?«, fragte er mit einem breiten Grinsen.

»Was meinen Sie damit? Geisterhaus?« Sein Interesse an meiner Adresse ignorierte ich.

Immerhin hatte er meine partielle Taubheit bei diesem Thema wohl bemerkt und hob abwehrend die Hand. »Entschuldigung, das geht mich natürlich nichts an. Aber seit ich denken kann, haben da ein paar Spinner gewohnt, die mit anderen Leuten nichts zu tun haben wollten und die nie vor die Tür gingen. Einmal haben sie einen Handwerker bestellt. Der hat vielleicht verrückte Geschichten erzählt.«

»Was denn genau?« Jetzt wurde ich doch hellhörig. Waren meine und Annas Geister vielleicht wirklich welche?

»Ach, vergessen Sie's, Sie wollen sich in Ihrem neuen Haus doch nicht mit alten Geschichten von den Vorgängern belasten. Jedenfalls ist es beruhigend, zu hören, dass Neue dort eingezogen sind – noch dazu so nette!« Er zwinkerte mir zu.

»Nein, ich bin nur Gast bei den ›Spinnern‹«, erwiderte ich. »Aber mit der halben Geschichte können Sie mich jetzt nicht stehen lassen.«

»Na ja, der alte Herr Kuhlen, der Klempner ... also, auf seine Geschichten muss man nichts geben. Er hat damals behauptet, er hätte bei der Arbeit hinter sich jemanden gespürt, obwohl niemand da war. Und aus den Rohren im Bad will er schaurige Stimmen gehört haben.«

Ich sah ihn wie erstarrt an. Allerdings nicht, weil ich geschockt war – sondern weil ich auf eine Schattengeschichte gehofft hatte und von der Handwerker-Story ein bisschen enttäuscht war. Sie war zwar schön gruselig, aber sie klang nicht sehr realistisch und lieferte mir keine Erklärung für meine Wahnvorstellungen.

»Und Sie sind sicher, dass die Kamera in Ordnung ist?«, lenkte ich den Verkäufer wieder zurück aufs Thema.

Er zuckte mit den Schultern, machte noch mal ein Testbild gegen das Licht des Schaufensters und betrachtete das Ergebnis.

»Bei der heutigen Technik kann man das nicht mehr mit Bestimmtheit sagen, aber ich denke, die ist okay«, erklärte er und reichte mir die Digicam. »Vielleicht waren diese Schatten auch wirklich da? Durch Sonneneinstrahlung, Wolken oder so?«

Wenn ich das nur wüsste, fuhr es mir durch den Kopf.

»Nicht so ernst nehmen«, beruhigte er mich. »Das Haus ist sicher vollkommen in Ordnung. Man redet eben gern darüber, weil es auf den Ruinen einer alten Burg errichtet wurde, die die Dörfler schon im Mittelalter niedergebrannt haben. In manchen Kulturen baut man nicht auf zerstörten Städten – um die Geister in Frieden ruhen zu lassen.«

Er lächelte und schob mir die Kamera genau vor die Finger, da ich sie immer noch nicht zurückgenommen hatte. Kein Wunder, sie kam mir gerade vor wie ein Ding aus einer anderen Welt.

Als ich zurückkehrte, war Anna nicht mehr da.

Zunächst machte ich mir keine Gedanken. Ich ging ins Esszimmer, wobei ich wohl etwas zu spät zum Mittagessen kam. Antonia wartete bereits mit Fisch und Kartoffeln auf mich. Wie sie so dastand, in ihrem geblümten Kleid mit der gestärkten Schürze, hätte sie eine gute Werbepuppe für ein Wachsfigurenkabinett abgegeben, Abteilung neunzehntes Jahrhundert. Und sie wirkte, als hätte sie in dieser Haltung bereits lange und geduldig auf mich gewartet, als sei das ihre einzige Aufgabe an diesem Tag.

Mit einem entschuldigenden Lächeln setzte ich mich auf den einzigen eingedeckten Platz.

»Ist Anna schon fertig?«, fragte ich, während ich mir etwas Fisch auf den Teller legte.

Antonia antwortete nicht, und als ich sie fragend ansah, zuckte sie mit den Schultern und lächelte breit – als hätte ich sie auf Japanisch nach der Uhrzeit gefragt. Mit diesem Lächeln, das wie eintätowiert in ihrem Gesicht stand, verließ sie den Raum.

Der Fisch war wie immer geschmacksneutral, aber inzwischen bemerkte ich es kaum noch. Vermutlich würde mich nach meiner Rückkehr nach Hause eine Prise Salz zu Tränen rühren. Geistesabwesend aß ich auf und lief schließlich die Treppen nach oben.

Der Anblick meines Zimmers ließ mein Herz aussetzen. Ich fühlte mich, als wäre ich in einen Fahrstuhl eingestiegen, der keine Kabine mehr hatte. Auf jeden Fall war ich jetzt hellwach – und begriff: Mein Zimmer war durchwühlt worden!

Zögernd trat ich ein und sah mich um. Wer würde so etwas tun? Einen Einbrecher im Dachgeschoss schloss ich aus. Wer auch immer das getan hatte, war hier aus dem Haus. Und er – oder sie? – hatte sich nicht einmal die Mühe gemacht, es unauffällig zu tun. Meine Kleider lagen aufgehäuft vor dem Schrank, mein Koffer stand offen und das Futter war aufgeschlitzt. Das Schlittschuhbild war von der Wand und aus seinem Rahmen gerissen worden. Und das Schlimmste: Paps' Notizbücher lagen über den Boden verstreut, manche Seiten waren herausgerissen und die Innenseiten der Klappdeckel waren aufgeschnitten worden. Immer wieder fuhr ich mir mit den Fingern durchs Gesicht und durch die Haare, als würde beim erneuten Hinsehen alles wieder gut sein. Aber nichts war gut! Jemand war in mein Privatleben eingebrochen und hatte darin herumgetrampelt.

Ich fiel auf die Knie und sammelte mit zitternden Fingern die Notizbücher ein, zählte sie durch, verzählte mich zweimal und stellte schließlich fest, dass alle noch da waren. Das kleine Gemälde legte ich auf den Nachttisch – den Rahmen konnte ich nur noch wegwerfen –, ich hob meine Kleidung auf und hängte sie zurück in den Schrank. Dabei fiel etwas sehr Leichtes zwischen zwei Blusen heraus und segelte zu Boden. Es war ein Halstuch. Ein »Plomo o Plata«, das genau zu Annas Outfit von heute Morgen passte!

Wütend sprang ich hoch, riss die Tür auf und rannte ins Nachbarzimmer. Und blieb mitten in der Bewegung stehen, als hätte man mir den Stecker herausgezogen. Das Zimmer war leer. Das Bett war frisch gemacht, der Schrank stand zum Lüften offen und nicht ein einziges kleines Teil lag auf dem Nachttisch, auf dem Schreibtisch oder auf dem Boden. Es sah aus, als sei das Zimmer nie benutzt worden. Erst als ich mich umdrehte und wieder hinausgehen wollte, bemerkte ich etwas: An der Wand hing noch immer der Kalender und Annas Kunstlehrer strahlte mich auf seinem Porträt mit leuchtenden Augen an.

Im Dauerlauf rannte ich die Treppe hinunter mit dem Gefühl, als würde mir die Lunge im Leib platzen. Und ich hielt erst wieder an, als ich vor der Labortür stand, pumpend und nach Luft schnappend und froh darüber, dass das heftige Atmen die Tränen zurückgedrängt hatte. Gott sei Dank, die Tür war offen! Cyriel hielt sich gerade einen Messbecher dicht vors Gesicht, während er eine bläuliche Flüssigkeit hineinfüllte. Meine Anwesenheit interessierte ihn offenbar wenig. Herr Nachtmann, der über ein altes, dickes Buch gebeugt stand, drehte sich um und sah mich fragend an. Aber in seinem Gesicht stand das stille Lächeln, das ich von ihm kannte.

»Was …?«

»Wo … ist … Anna?«, keuchte ich.

Sein Blick trübte sich ein wenig, als er auf mich zukam. »Tut mir leid, Kira. Ich weiß auch nicht, was in sie gefahren ist, das Ganze ist sehr ominös. Leider war ich heute Vormittag nicht im Haus, sonst hätte ich sie vielleicht aufhalten können. Cyriel sagte mir, dass sie einen Anruf bekommen hätte. Kurz darauf verkündete sie, dass sie uns verlassen würde, weil sie ein anderes Jobangebot hat.«

»Sie hat … was?«, fuhr ich auf.

»Mit weniger Spinnen, weniger Dreck und weniger Gespenstern, vermute ich.« Herr Nachtmann zwinkerte mir zu. »Wir wussten ja, dass die Lady Probleme mit der Umgebung hier unten hatte.«

Ich warf Cyriel einen scharfen Blick zu, doch der reagierte nicht und arbeitete ruhig weiter. Hätte Anna ihn wirklich so kampflos aufgegeben? Oder hatte er ihre Annäherungsversuche heute zurückgewiesen? Aber hatte sie nicht gestern Abend noch gesagt, dass sie das Geld wirklich dringend brauchte? Oder war auch das gelogen gewesen?

Kopfschüttelnd verwarf ich all diese Gedanken wieder. Vermutlich war der geheimnisvolle Anrufer ganz einfach ihr geliebter Angelo Fabiani gewesen, der sie zurückhaben wollte.

»Tatsache ist, dass sie vorher noch mein Zimmer durchwühlt hat«, stieß ich hervor.

Mein Gastgeber betrachtete mich verwirrt. »Sie hat … was?«

Mit brennenden Wangen, die mir verrieten, wie rot ich vor Wut sein musste, schilderte ich ihm, wie ich mein Zimmer vorgefunden hatte. Und fragte mich jetzt zum ersten Mal, was sie da überhaupt gesucht haben könnte. Herr Nachtmann legte den Arm um mich und drückte meine Schultern.

»Das tut mir sehr leid!«, sagte er leise. »Vielleicht hat sie uns belauscht und von der Erfindung Ihres Vaters gehört. Und womöglich hat sie auf schnelles Geld gehofft – nachdem sie auf meins verzichtet hat, weil die Aufgabe sie überforderte. Dass sie so etwas tut, hätte ich ihr nie zugetraut! Wenn sie Ihr Eigentum beschädigt oder sogar diese Formel gefunden hat ...«

»Die Formel hat sie nicht«, sagte ich und gleichzeitig fragte ich mich, woher ich das wissen wollte. Aber wenn ich selbst sie nicht gefunden hatte – wie hätte sie das in wenigen Minuten schaffen sollen?

»Trotzdem ...«, sagte Ruben mit gerunzelter Stirn. »Ich kann gern bei ihr zu Hause anrufen und mit den Eltern sprechen. Sie sollen Ihnen zumindest ersetzen, was sie beschädigt hat!«

Ich schüttelte den Kopf. Damit war mir nicht geholfen.

Meine Wut flackerte nur noch auf Sparflamme, stattdessen spürte ich eine unendliche Verlassenheit, als ich mein Zimmer weiter aufräumte. Das hier waren die letzten Überbleibsel meines alten Lebens. Und für einen kurzen Moment, neulich in ihrem Zimmer, hatte ich Anna für eine Freundin gehalten.

Sehr vorsichtig nahm ich das Bild mit den Schlittschuhläufern noch mal in die Hand. Paps hatte es mir mit

Rahmen geschenkt, sodass ich den Rand noch nie gesehen hatte. Er sah ein bisschen verwischt aus und an einer Stelle konnte ich eine Schrift erkennen. Was war das?

Kira im Regenwald, stand da. Seltsamer Titel für ein Schneebild! Und seit wann schrieb er die Titel seiner Bilder seitlich an den Rand?

Ich betrachtete das Gemälde genauer. Vaters feiner Pinsel hatte versucht, mein Gesicht und das meiner Freunde möglichst gut zu treffen – auch wenn Paps kein genialer Maler war. Als ich die anderen Kindergesichter ansah, spürte ich die Sehnsucht nach diesen glücklichen Zeiten. Unbändige Freiheit, viel Fantasie und jeden Tag ein neues Abenteuer. Mein Vater hatte mir diese Freiheit gelassen, obwohl er meine Begeisterung nicht wirklich verstand.

Mit geschlossenen Augen lehnte ich mich im Bett sitzend an die Wand und gab mich den Erinnerungen hin. *Die Dschungel-Piraten. Wald. Regenwald. Wald – Regenwald?* Da war doch etwas! Plötzlich war ich wieder neun Jahre alt. Wir Kinder zogen mit Taschen und Kästen in den Wald, zu unserem Geheimplatz, einer Art Hütte, die wir im Unterholz gebaut hatten. Dort stellten wir eine Staffelei auf, die ich von meinem Vater »geliehen« hatte, und malten mit unseren Tuschkästen die Natur um uns herum, wie wir sie sahen. Pirateninseln, den Sherwood Forest und versunkene Städte – das war unsere Realität. Plötzlich mussten wir los, weil ein Unwetter über uns hereinbrach. Also rannten wir mit unserem Material unter dem Arm nach Hause.

Paps war zuerst wütend wegen der Staffelei, die wir mitgenommen hatten, aber dann nahm er mich in den Arm und war einfach erleichtert, dass ich wieder zu Hause war.

Ich erzählte ihm, was wir mit der Staffelei gemacht hatten, und tatsächlich wollte er meine Fantasielandschaften gern sehen. Ich zog die Bilder aus der Tasche, doch sie waren vom Regen völlig zerlaufen. Meine versunkenen Städte waren nur noch Blätter voll tränender Farben. Frustriert fing ich an zu weinen. Aber Paps meinte, die Bilder seien eben expressionistisch. Für ihn wäre das ab heute die Serie »Kira im Regenwald«. Dann haben wir beide darüber gelacht.

Mit einem Mal fuhr ich hoch und sprang aus dem Bett. Der Titel war ein Hinweis! Ich hatte das Bild einfach so im Rahmen entgegengenommen. Nicht mit den Augen eines Restaurators, sondern mit den Augen einer Tochter. Aber zusammen mit diesem anderen Hinweis ... Hastig durchwühlte ich den Stapel der Notizbücher, fand das richtige und las den letzten Absatz noch einmal:

Ich habe es versteckt, wo ich es sicher glaubte. Aber nichts ist sicher. Folge deiner Neugier und mit deinen Freunden wirst du den Schatz finden!

Jetzt war ich fast sicher, was er gemeint haben könnte – wenn ich nicht langsam durchdrehte! Und ich hatte eine Ahnung, wo der Schatz versteckt war!

Im Bad nahm ich einen Schwamm und befeuchtete ihn gut, aber so, dass er nicht zu nass war. Der nächste Schritt tat weh: Ich wischte damit über das Schlittschuhläuferbild und sah zu, wie ich das letzte Geschenk meines Vaters zerstörte. Tatsächlich verlief die Farbe – es handelte sich um Leimfarbe. Nie hatte ich auf die Technik und das Material geachtet, sondern nur auf das Motiv. Hoffentlich würde sich die Aktion lohnen! Hoffentlich würde mir mehr bleiben als eine nasse, verschmutzte Leinwand!

Der Schwamm strich über die Farbe, verteilte sie und machte es schwer, darunter etwas zu erkennen. Aber mit jedem Wischen wurde deutlicher, was ich kaum zu hoffen wagte: Unter dem Bild erschien eine Schrift, mit einem schmalen Pinsel in schwarzer Ölfarbe akkurat gemalt! Und als die Kinder auf dem See endgültig und unwiederbringlich verschwunden waren, konnte ich sie lesen: die Formel für das schwärzeste Schwarz der Welt!

Trotz all der Aufregung war ich schon bald todmüde. Oder gerade deshalb. So viele Dinge waren in den letzten Tagen passiert, und ich wusste einfach nicht, was ich nun mit dieser verdammten Formel anfangen sollte. Eins beruhigte mich immerhin: Anna konnte sie dort nicht gefunden haben. Aber jetzt lag sie offen und ich konnte nicht ständig die ganze Leinwand mit mir herumtragen. Wo versteckte ich sie am besten? Kurzerhand stand ich noch einmal auf, setzte mich an den Schreibtisch und schrieb alles genauestens ab. Den kleinen Zettel rollte ich zusammen und steckte ihn mir in den Ausschnitt. Schließlich zog ich mir Jacke und Schuhe an und schlich mit Taschenlampe, Streichhölzern und einer Mineralwasserflasche noch einmal nach draußen. Die Leinwand würde hinten auf der Wiese gut brennen und mit dem Wasser würde ich alles löschen. Sollte noch einmal jemand mein Zimmer durchwühlen, würde er wieder nichts finden!

Mitten in der Nacht schrak ich hoch. Irgendetwas hatte mich geweckt, aber ich war zu benommen, um mich zu erinnern, was es gewesen sein könnte. Der Mond schien durch das Fenster herein und erhellte den Schreibtisch. Alles wirkte wie immer. Doch als ich mich wieder zurücklegen wollte, sah ich aus dem Augenwinkel einen Schatten, der aus der Ecke neben der Tür glitt. Mein Herzschlag beschleunigte, während meine innere Stimme etwas von vorüberziehenden Wolken wisperte. Aber das Mondlicht erreichte die Tür doch gar nicht! Nein, das hier war etwas anderes.

Noch bevor ich hochfahren und schreien konnte, näherte sich der Schatten meinem Bett. Erst als er sich setzte, erkannte ich ihn. Sein dunkles Haar fiel ihm in die gerunzelte Stirn und die grünen Augen schienen in seinem blassen Gesicht zu leuchten. Cyriel legte einen Finger auf seine Lippen.

Erstaunt schluckte ich meinen Schrei hinunter.

»Du darfst nicht bleiben. Hier bist du nicht sicher«, flüsterte er.

»Allerdings nicht«, zischte ich. »Wenn fremde Männer nachts in mein Zimmer kommen!«

Was machte er hier? War das ein plumper Annäherungsversuch oder ein Angriff? Gab es Gründe, die sein Verhalten rechtfertigten?

»Vertraust du mir?«, fragte Cyriel eindringlich, während er mich musterte.

Instinktiv versuchte ich die Bettdecke höherzuziehen, aber solange er darauf saß, war das unmöglich. Skurrilerweise konnte ich den Gedanken nicht ganz loswerden, dass ich für so eine Nacht das falsche Nachthemd anhatte.

»Nun ja, Vertrauen ist so eine Sache ...«, murmelte ich, weil ich mit seiner Frage nicht viel anfangen konnte. Glaubte er, nur weil er mich jetzt duzte und in mein Schlafzimmer kam, dass da irgendetwas zwischen uns war?

Cyriel sah mir in die Augen und lehnte sich vor, sodass wir uns ganz nahe waren. So nahe, dass alles in mir kribbelte. Okay, ich nahm alles wieder zurück und behauptete das Gegenteil: Da war etwas zwischen uns! Sein Blick erreichte einen Punkt in mir, der mich wohlig erschaudern ließ. Ich hatte mich doch hoffentlich nicht in diesen arroganten Egozentriker verliebt?

»Was muss ich tun, damit du mir zuhörst und mir glaubst?«, raunte er.

»Die Wahrheit sagen?«, schlug ich vor.

Cyriel zog sich zurück und saß nun kerzengerade auf der Bettkante. »Das tue ich.«

»Nein«, widersprach ich, als mein Gehirn sich im völlig falschen Moment wieder zuschaltete. »Wer noch ein paar Worte weniger benutzt als du, der schweigt! Also, was meinst du damit, dass ich hier nicht sicher bin?«

Cyriels Augen funkelten. »Hast du vor, ihm das Schwarz zu geben?«

Mit diesem einen Satz erlosch das Kribbeln. Worte, die mich auf den Boden der Tatsachen zurückholten: Die langweilige Kira war so lange attraktiv für ihn, bis er die Formel hatte. Da hatte er sich aber geschnitten!

»Ich habe das Schwarz nicht«, fauchte ich.

»Aber du denkst darüber nach«, stellte er fest. »Und wenn du es hast ...?«

»... dann werde *ich* entscheiden, was ich damit tue!«

Er beugte sich näher zu mir und mir wurde bewusst, dass er nach frischem Heu duftete. Und dass er sehr gut aussah. Dass ich ihn trotz dieser bedrohlichen Situation faszinierend fand – diesen Mistkerl!

»Sieh mich nicht so an!«, flüsterte er. »Aber wenn du dein Geheimnis mitnimmst, bist du nirgends sicher.«

»Weil du mich verfolgen willst, oder was? Kannst du nicht etwas konkreter werden?«, wagte ich zu fragen. Irgendwie glaubte ich nicht, dass er das Gerede ernst meinte.

»*Ich* bin nicht die Gefahr. Und ich will nicht, dass du gehst.«

Ich spürte seine Nähe wie einen Rausch in meinem Kopf und meine Gedanken purzelten durcheinander, weil ich fühlte, dass er mich jetzt küssen würde. Das Prickeln in meinen Adern wurde stärker und schaltete das Gehirn beinahe wieder aus.

Beinahe – bis er sagte: »Gib mir einfach die Formel und verschwinde dann so schnell wie möglich.«

»Träum weiter!«, keuchte ich und zog mich zurück, bis ich an der Wand lehnte. »Du glaubst also, mit der Erfindung reich zu werden? Ausgerechnet du! Von wegen, Kunst hat nichts mit Geld zu tun!«

Meine Gedanken purzelten wild durcheinander, während er unbewegt sitzen blieb. Nur seine Augen wurden immer dunkler.

»Du spielst mit etwas, das viel größer ist als Geld. Schwarz ist keine Farbe, Schwarz ist alle Farben! Alle Möglichkeiten, der Weg in die Unendlichkeit.«

Zögernd stand er auf und ging zur Tür. Als er sich umwandte, wirkte er unsicher. Traurig und verletzlich. Trotzdem war ich wütend auf ihn.

»Du erteilst mir Befehle und erwartest, dass ich sie befolge. Warum sagst du mir nicht, worum es wirklich geht?«

»Weil du nur das hörst, was du hören willst«, erwiderte er leise.

Ich verschränkte die Arme und betrachtete die Zimmerdecke. »Versuch es doch mal mit Reden!«, stöhnte ich.

Absolute Stille antwortete mir. Als ich aufsah, war er verschwunden. Ich hatte die Tür nicht einmal gehört.

Kira

»Das ist das Material, das ich zum Experimentieren mit dem Schwarz brauche«, sagte ich am nächsten Morgen zu Herrn Nachtmann und überreichte ihm eine Liste, die ich anhand von Paps' Notizbüchern zusammengestellt hatte. Es befanden sich auch einige Zutaten darauf, die ihn nicht zum Erfolg geführt hatten. Andere Zutaten waren bereits im Labor vorhanden, wie ich wusste. Auf diese Weise hoffte ich, dass niemand die Formel gleich herausfinden würde. Der Niemand, um den es mir ging, stand währenddessen unbeteiligt in einer Ecke und betrachtete etwas unter dem Mikroskop. Cyriel sah alles, was Ruben sah.

»Sie wollen es also versuchen?« Ruben nickte voller Zustimmung. »Haben Sie denn Aufzeichnungen gefunden?«

»Ja«, gab ich zu. »Wobei ich nicht weiß, ob ich auf der richtigen Spur bin. Und ich weiß, dass das Material teuer ist – Sie können es mir gern von meinem Honorar abziehen.«

Ein Seitenblick zeigte mir, dass Cyriel seine Maske der Selbstbeherrschung aufgegeben hatte. In seinen Augen tanzten lodernde Flammen, mit denen er mich offenbar gern verbrannt hätte.

Herr Nachtmann lächelte. »Darüber können wir später reden. Erst mal möchte ich Sie gern unterstützen und natürlich stelle ich Ihnen mein Labor zur Verfügung«, sagte er und deutete auf eine große Fläche an der Seite, die er vermutlich extra für mich frei geräumt hatte. »Sicher kann ich Ihnen helfen. Manche dieser Chemikalien sind nicht ganz ungefährlich.«

Zögernd nickte ich. Das hatte ich befürchtet! Aber gut, die Misserfolge konnte ich ja hier, direkt unter Cyriels Nase mischen. Wenn ich Erfolg hatte, würde ich es meinem Gastgeber mitteilen – vertraulich, ohne dass sein Assistent es mitbekommen würde. Er konnte uns ja nicht ständig belauern.

Das Aufstehen um drei Uhr morgens tat weh. Aber in Paps' Spuren zu treten, war etwas, das ich allein machen musste. Noch wusste ich nicht genau, was mich erwartete, wenn es mir gelang. Ob ich die Erfindung in seinem Sinne wieder vernichten würde. Oder ob ich mich über seine letzten – sicher nicht mehr ganz geistesklaren – Entscheidungen hinwegsetzen sollte.

Zum Glück hatte ich Herrn Nachtmann überreden können, mir einen Schlüssel für das Labor zu geben, damit ich demnächst jederzeit dort arbeiten konnte. In dieser Nacht wollte ich die Gerätschaften, die ich benötigte, in Annas Zimmer bringen. Hier oben würde mich niemand stören. Niemand interessierte sich für ein leeres Zimmer.

Leise tappte ich hinunter und schaltete meine Taschenlampe an, die mir heute Nacht reichen musste. Eine Fackel konnte ich nicht so leicht löschen und sie würde mich allein durch ihren Geruch sofort verraten. Wie ich gehofft hatte, war unten alles dunkel. Cyriel war vielleicht ein Nachtarbeiter, aber wie diese Eulen nun mal so sind, fällt ihnen in den frühen Morgenstunden meist doch der Kopf auf die Tischplatte.

Im Labor legte ich das, was ich brauchte, in einen Putzeimer, den ich im Bad gefunden hatte. Schließlich spähte ich vorsichtig zur Tür hinaus und schnappte mir meine Taschenlampe wieder. Es war stockdunkel und es sollte daher totenstill sein. Aber wie vor ein paar Tagen mit Anna – wie lange schien das her – hörte ich ein Geräusch! Es war das Scharren, das ich inzwischen kannte, und es kam wieder aus der Richtung, in der der Gang weiterführte. Aus dem angeblichen Aufgang zum Heizungskeller. Mit Anna zusammen hatte es seltsam geklungen, aber heute Nacht machten mir die kratzigen Geräusche richtig Angst. Irgendetwas war hinter dieser Tür und ich würde gleich morgen jemanden fragen, was es war.

Wie gehetzt schlich ich zurück zur Leiter. Auf dem Weg quer durch das stille Haus fühlte ich mich verfolgt und beobachtet. Natürlich war das Blödsinn! Die Tür am Ende des Gangs war doch bestimmt wieder verschlossen gewesen. Oder? Hätte ich nachsehen sollen? Noch etwas eiliger huschte ich über die Holztreppen nach oben und vergaß dabei, dass sie Eile mit Knarren bestraften. Es fiel mir schwer, mich zu bremsen, und als ich die Galerie im ersten Stock erreicht hatte, atmete ich erst einmal tief durch.

Ohne Vorwarnung überraschte mich das Gefühl, dass ich nicht allein war. Es war so dunkel, dass ich außerhalb des Lichtkegels meiner Taschenlampe rein gar nichts sehen konnte. Intuitiv schaltete ich sie aus und lauschte in die mondlose Nacht. Zu hören war nichts, aber ich meinte, die Anwesenheit eines anderen Menschen zu spüren. Mein Herz pochte bis zum Hals und schließlich gaben meine Nerven nach.

»Ist da jemand?«, flüsterte ich mit einer Stimme, die mir kaum gehorchte.

Stille antwortete mir. Dann ein kaum hörbares Knarren. Plötzlich erinnerte ich mich daran, dass ich die Digicam noch in der Hosentasche stecken hatte. Leise zog ich sie heraus, schaltete sie ein und sagte: »Hallo?«

Als niemand mir antwortete, schloss ich die Augen und drückte den Auslöser. Der Blitz war so blendend hell, dass ich ihn sogar hinter den Lidern als unangenehm empfand. Doch wenn ich schon erschrocken war, musste der andere vollkommen blind sein! Deshalb wagte ich es, die Taschenlampe wieder einzuschalten, und rannte sofort hoch. Hastig riss ich meine Zimmertür auf und schloss sie hinter mir ab. Eigentlich fehlte mir noch einiges aus dem Labor, aber die Geräte musste ich wohl morgen Nacht holen. Jetzt würde mich kein Geheimnis der Welt noch einmal in diesen Keller bringen!

Gebannt lauschte ich in die Stille, die sich auf der anderen Seite meiner Tür ausbreitete. Und zum ersten Mal überlegte ich, ob Annas Entscheidung vielleicht doch die richtige gewesen war. Was hielt mich hier in diesem alten Haus mit den seltsamen Bewohnern, dem übermalten Fresko und dem Scharren im Keller? *Musste* ich Cyriels Launen ertragen? War das alles fünfundzwanzigtausend Euro wert? Andererseits konnte ich nicht gehen – ausgerechnet jetzt, da ich kurz davor stand, Paps' Erfindung zu wiederholen. Niemand anderes konnte mir ein so perfekt ausgestattetes Labor, das nötige Material und die nötigen

Kontakte zur Verfügung stellen. Und was sollte mir hier schon passieren?

Etwas ruhiger nahm ich meine Kamera in die Hand, um das letzte Bild aufzurufen, das ich auf der Galerie in meiner Panik gemacht hatte.

»Was erwartest du?«, murmelte ich, um mir Mut zu machen. Eine Galerie mit einem Geländer und einer antiken Truhe?

Tatsächlich sah ich das Geländer und die Truhe, die in einem matten Grün gestrichen war. Aber da war noch etwas. Diesmal war es kein waberndes Etwas. Meine Kamera hatte eine Schattengestalt aufgenommen. Einen Arm hatte sie über die Truhe hinweg zur Wand ausgestreckt, wo sich deutlich ein Viereck abzeichnete. Ein Viereck mit einer Klinke. Eine Tür!

Ich keuchte auf und schloss das Display der Kamera, als hätte ich mich verbrannt. Ein unsinniger Kobold in meinem Kopf sagte mir, dass ich gleich jetzt mit Licht auf die Galerie gehen sollte, um nachzusehen, ob dort noch jemand – etwas – war. Andererseits konnte mich nichts und niemand dazu bewegen, mein Zimmer heute Nacht noch einmal zu verlassen. Unfähig zu einer Bewegung hockte ich mich auf das Bett und zog mich in den hintersten Winkel an der Wand zurück.

Am nächsten Morgen dröhnte mein Kopf. Geschlafen hatte ich nur wenig, aber in der kurzen Zeit hatte ich mehr Albträume gehabt als in den letzten Wochen zusammen. Auf dem Weg nach unten zögerte ich, die Galerie zu betreten. Dabei wirkte im Tageslicht alles so hell und freundlich. War das mit dem Foto vielleicht nur ein

Traum gewesen? Aber tief in meinem Innern wusste ich, dass gestern Nacht irgendetwas geschehen war, das ich nicht leugnen konnte.

Links von mir war das Geländer, über das ich nach unten sehen konnte, rechts gab es drei Türen. Dazwischen eine Truhe als Dekoration. Dahinter befand sich einfach eine Wand mit einer schönen cremefarbenen Tapete. Langsam fuhr ich mit der Hand darüber, um einen eventuell vorhandenen Spalt zu erfühlen. Aber da war nichts. Vorsichtig klopfte ich einmal oben, einmal weiter unten, aber es klang nicht hohl.

»Kann ich helfen?«, fragte eine Stimme neben mir.

Ich fuhr herum, denn ich hatte Gabriel nicht kommen hören. Für einen Moment war ich tief erschrocken. Seine Augen waren ungewöhnlich dunkel und verrieten keinen seiner Gedanken.

»Willst du umsatteln, von Restauratorin auf Tapetendesignerin?«

Erst jetzt schlich sich der übliche amüsierte Ausdruck in sein Gesicht. Ich lachte auf, aber es klang künstlich.

»Bestimmt wäre das auch interessant. Und antike Tapeten interessieren mich wirklich. Die Struktur ist sehr ...«

»Interessant«, nickte er. »Du wiederholst dich. Das bedeutet, dass du dich ertappt fühlst.«

»Ertappt ist nicht ganz das richtige Wort.«

Ich überlegte, ob Gabriel mir glauben würde, wenn ich es ihm erzählte. Es musste ja nicht alles sein.

»Wäre es möglich, dass es hier im Haus Geheimtüren gibt?«

Er hob überrascht die Augenbrauen. »Wie kommst du darauf?«

»Nur so!«, war das Einzige, was mir spontan einfiel.

Er lächelte. »Da hättest du dir ein spannenderes und älteres Haus als unseres aussuchen müssen. In alten Burgen gibt es bestimmt Geheimgänge. In unserem langweiligen Kasten bauen höchstens die Mäuse geheime Gänge!«

Ich lachte auf. Okay, zumindest wusste Gabriel also nichts davon. Außerdem hoffte ich, dass er mich nicht für verrückt hielt, und ging betont fröhlich und zielstrebig voraus, die Treppe hinunter.

»Wie weit bist du mit deiner Erfindung?«, fragte er hinter mir.

Ich stöhnte und wandte mich um. »Geht es denn nur noch darum? Warum fragt mich niemand nach den Fortschritten am Fresko?«

»Das tut Professor Cyriel doch bestimmt dauernd«, sagte Gabriel mit einem schrägen Grinsen und legte den Arm um mich, sodass wir nebeneinander weitergingen.

Natürlich kam Cyriel mit Herrn Nachtmann gerade jetzt aus dem Salon in die Halle. Na klasse! Ich konnte mir vorstellen, was er von mir dachte! Schnell wich ich zur Seite aus, sodass ich Gabriels Arm loswurde. Cyriels Blick wanderte kurz von mir zu ihm, wirkte dann aber wieder unbeteiligt.

»Guten Morgen«, rief Herr Nachtmann mir zu. »Gut, dass ich Sie treffe! Ihre Chemikalien sind heute früh per Kurierdienst geliefert worden. Ich könnte Ihnen gern ein bisschen zur Hand gehen. Zu zweit sind wir bestimmt schneller.« Er lachte. »Kommen Sie, wir schwänzen heute beide unsere Arbeit und gehen in meine ›Teufelsküche‹!«

Das passte mir nun gar nicht. Ich fühlte mich unwohl dabei, ihn zu belügen und mit ihm einen ganzen Tag damit zu verschwenden, Dinge zusammenzumischen, bei denen nichts herauskommen würde. Ob ich ihm die wirkliche Formel zeigen sollte? Es wäre fairer und seine Hilfe würde uns wesentlich schneller ans Ziel bringen.

Als ich ins Esszimmer abbog, blieben wir alle vor der Tür stehen.

»Ich möchte noch etwas fragen ...«, fing ich unsicher an.

Aus dem Augenwinkel bemerkte ich, dass Cyriel mir funkelnde Blicke zuwarf. Was sollte das jetzt wieder? Aber ich konzentrierte mich und sah Herrn Nachtmann an.

»Gestern Abend habe ich eins der Notizbücher unten liegen gelassen und bin nachts runtergegangen, weil ich noch darin lesen wollte«, log ich. »Plötzlich waren da ganz seltsame Geräusche. Wieder dieses Scharren, das ich mit Anna neulich auch gehört habe.«

Herr Nachtmann überlegte. »Die Klimaanlage vermutlich. Sie arbeitet tags und nachts gegen Feuchtigkeit, wie Sie ja wissen, aber nachts kommt sie einem vermutlich lauter vor.«

Ich schüttelte den Kopf. »Das Geräusch kam aus dem Gang. Cyriel hatte uns das letzte Mal gesagt, es gäbe dort einen Aufgang zum Heizungskeller, aber Gabriel meinte, so etwas gibt es nicht.«

»Hat er ›Aufgang‹ gesagt?«, hakte Nachtmann nach. »Er meinte sicher das Entlüftungsrohr, das nach oben führt. Hinter der Tür ist ganz einfach ein Vorratsraum.« Er blieb stehen und sah mich nachdenklich an. »Aber wenn Sie sagen, es war ein Scharren ...« Er wandte sich an Gabriel. »Würdest du bitte mal nachsehen, ob wir noch Mausefallen und Rattengift haben? Ich fürchte, wir müssen etwas dagegen unternehmen, wenn diese Viecher schon wieder an unsere Vorräte gehen!«

Ratten! Die Vorstellung, mit ihnen im Halbdunkel zusammen im Keller zu sein, gefiel mir gar nicht. Andererseits fand ich die unterschiedlichen Erklärungen für die Geräusche ziemlich dünn. Erst ein Heizungskeller, dann die Klimaanlage, dann Nagetiere?

»Kann ich den Vorratsraum mal sehen? So langsam bin ich neugierig auf die Gespenster«, lächelte ich Herrn Nachtmann und Gabriel ins Gesicht.

»Wenn du scharf bist auf alte Kartoffeln und junge Ratten, gern«, erwiderte Gabriel zögernd. »Aber du weißt bestimmt, dass diese Tiere nicht ganz ungefährlich sind und manchmal Menschen anspringen, wenn sie sich in die Enge gedrängt fühlen.«

Huhu, jetzt wollte er mir aber Angst machen!

»Mein bester Freund aus der Schulzeit hatte eine Ratte, mit der wir oft gespielt haben. Ich habe ihm geholfen sie zu dressieren«, sagte ich und ließ mir mein Lächeln nicht so einfach aus dem Gesicht wischen. Er musste ja nicht wissen, dass die erwachsene Kira Ratten nicht ausstehen konnte.

Schließlich nickte Nachtmann Gabriel zu. »Zeig ihr den Raum ruhig.«

Gabriel ging voraus, eine Fackel vor sich in den Gang haltend, während mein Gastgeber im Labor blieb.

Ich musste zugeben, ich war nervös. Dieses flackernde Licht und eine Tür, hinter der ständig etwas scharrte ... Und natürlich zuckte ich zusammen, als Gabriel die Tür öffnete. Sie war nicht verschlossen. Was auch immer dahinter lebte, hätte also hindurchkommen können.

Gabriel stieß die Tür weiter auf und ließ mir den Vortritt. Ich wusste, er wartete darauf, dass ich zitternd verzichtete. Also nahm ich ihm die Fackel aus der Hand und ging vor. Gleich darauf stand ich in einem engen Raum voller Kisten und Säcke: Äpfel, Kartoffeln und Reis. In einem schmalen Regal an der Rückwand standen Einmachgläser mit Marmelade.

Enttäuscht untersuchte ich die Wände. Es gab keine weiterführenden Türen. Nichts, was die nächtlichen Geräusche hätte verursachen können. Bedeutete das, dass es hier wirklich Ratten gab? Vorsichtig ging ich im Halbdunkel zu dem grinsenden Gabriel zurück. Oder gab es eine logischere Erklärung? Nur welche?

Ich musste kurz allein sein! Angeblich, um noch etwas zu holen, verabschiedete ich mich ins Verlies. Dort stand ich verloren vor der Wand und überlegte, wie ich den Tag mit Herrn Nachtmann überstehen sollte. Schauspielerei lag mir nicht.

Leise schloss sich die Tür hinter mir. Ich ahnte, wer es war, und drehte mich gar nicht erst um.

»Hast du denn nichts begriffen?«

»Oh«, sagte ich, »waren wir nicht eben noch beim Sie? Ich meine, außerhalb meines Schlafzimmers?«

Er schwieg eine Weile. Als ich mich umwandte, war die Wut aus seinem Gesicht verschwunden. Sein Blick wirkte so vertraut, als wären wir Freunde. Oder mehr als das. Aber das konnte nur Einbildung sein.

»Warum hast du Angst vor mir?« Er stand dicht vor mir und ein Teil von mir *hatte* Angst. Obwohl ich nicht wusste, wovor.

»Etwas Ähnliches hat Anna dich einmal gefragt, als ihr euch sehr nahe wart. Warum versuchst du die gleiche Nummer jetzt bei mir?«

»Mit Annas Verschwinden habe ich nichts zu tun«, raunte er.

Annas *Verschwinden?* »Du meinst, ihre Flucht vor der Arbeit, nachdem sie mein Zimmer durchwühlt hat?«

»Du traust mir nicht«, stellte er sachlich fest. »Warum erzählst du Ruben dann nicht, dass ich vorgestern Nacht in deinem Zimmer war? Vielleicht würde er mich rauswerfen und du wärst mich los!«

Ich ging ein paar Schritte am Fresko entlang. Ich brauchte Abstand zu ihm. Die Antwort wollte und konnte ich ihm nicht geben, weder mit Worten noch mit den Augen. Weil es völlig verrückt war.

»Das wäre unprofessionell«, sagte ich ebenso sachlich wie er. »Wir arbeiten zusammen. Was auch immer du dir gedacht hast.«

»Was immer ich mir gedacht habe ...?« Cyriel lachte freudlos auf und machte ebenfalls ein paar Schritte. Beinahe sah es aus, als würden wir im Kreis umeinander herumgehen – wie Gladiatoren vor dem Kampf.

»Das heißt, du misstraust mir nicht, sondern du nimmst mich gar nicht ernst.« Sein Tonfall verriet ihn: Er war verletzt.

»Wie soll ich jemanden ernst nehmen, der mir Warnungen vor die Füße wirft wie Hühnerfutter?«

Er kreiste weiter durch den Raum.

»Hühner picken die Körner immerhin auf, weil sie wissen, dass sie ohne sie umkommen. Du findest sie ja nicht einmal!«

»Was bedeuten soll, dass ich ohne dich nicht klarkomme?«, entgegnete ich und schritt weiter das Bild ab, als könne ich Cyriel damit ausweichen. Wie konnte er manchmal so nett und manchmal so arrogant sein? »Ich finde die Körner durchaus, aber im Gegensatz zu den Hühnern entscheide ich, welches ich fallen lasse und welches ich fresse!«

»Ach?«, entgegnete er. Seine Schritte glichen sich meinen an und wir fanden einen gemeinsamen Rhythmus. Einander gegenüber. »So wie die Hinweise im Fresko? Du bemerkst die Unstimmigkeiten, untersuchst sie mit deiner Hightech-Lupe und vergisst sie wieder!«

Wütend beendete ich meine Kreise und ging ihm quer durch den Raum entgegen. »Woher willst du wissen, was ich vergesse? Oder denke?«

»Weil du über das redest, was du denkst«, sagte er ernst.

»Du ... Schmalspur-Psychologe auf dem zweiten Bildungsweg!«, zischte ich leise. »Du kennst mich gerade mal ein paar Tage und weißt schon Bescheid. Wie viele Schubladen für Menschen hast du? Zwei? Oder sogar drei?«

Er holte Luft, um etwas zu antworten, doch er schluckte es hinunter. Sein Blick hatte etwas Wehmütiges. »Kenne ich dich wirklich nicht? Ich weiß, dass du ein gutes Auge für Details hast. Nur wenn es um wichtige Hinweise jenseits deiner Arbeit geht, hörst du nicht zu.«

»Redest du noch immer von den Hinweisen im Fresko?«, fragte ich provozierend.

»Zum Beispiel, sie haben auch damit zu tun«, erwiderte Cyriel und verschränkte die Arme.

Ich bemühte mich um einen professionellen Ton. »Der Rettich zu Gabriels Füßen bedeutete in der mittelalterlichen Symbolik Zank und Streit. Es ist anzunehmen, dass der Maler den Mann, der früher an Gabriels Stelle gestanden hat, nicht leiden konnte oder dass dieser Mann für Zwietracht bekannt war. Schade, dass sein Gesicht und sein Name nicht erhalten geblieben ist, dadurch ist dieser Hinweis wertlos. Die Narzisse lässt mich langsam vermuten, dass der Maler ein bisschen morbide war, denn diese Blume steht für Tod, Auferstehung und Wiedergeburt. Oder es ist einfach Zufall.«

»Zufall?«, fragte Cyriel mit einem seltsamen Unterton.

Ich hatte keine Lust, auf seine Miesmacherei einzugehen. »Ja, aber viel spannender finde ich das Eichhörnchen zu Füßen von Herrn Nachtmann. Es war ein Symbol für den Teufel.« Ich zuckte mit den Schultern. »Wäre interessant gewesen, zu sehen, wer da früher gestanden hat, aber er wird wohl wenig mit deinem Arbeitgeber gemeinsam gehabt haben.«

Cyriel nickte nachdenklich.

»Oh, und die digitale Armbanduhr ist natürlich auch faszinierend«, fuhr ich fort. »Nach genauer Untersuchung denke ich, sie zeigt 11.55 Uhr. Also fünf vor zwölf.«

»Und das ist natürlich auch ein Zufall«, erklärte Cyriel mit hochgezogenen Augenbrauen.

»Vielleicht!«, gab ich zurück. Tatsächlich fand ich es ungewöhnlich, dass der Maler so viele negative Symbole verwendet hatte.

Ich sah Cyriels forschenden Blick und konnte nicht widerstehen, ihn zu ärgern. »Die Uhr könnte auch bedeuten, dass der Restaurator das Gefühl hatte, die Zeit, die man ihm für die Restaurierung gegeben hat, wäre sehr knapp.«

In Cyriels Augen loderte erneut Wut auf. Wut, weil ich ihn nicht ernst nahm.

»Aber ich weiß, was du glaubst«, fügte ich hinzu.

»Ach? Diesmal kannst *du meine* Gedanken lesen? Wie war das mit dem Schubladensystem?«

Ich ignorierte seinen Sarkasmus. »Im Mittelalter gab es das Symbol der Sanduhr. Das Symbol für den Tod oder besser für die Endlichkeit des Lebens, besonders wenn nur noch wenig Sand darin war. Aber hier ist es eindeutig keine Sanduhr.«

»Und die Schatten, die in verschiedene Richtungen zeigen?«, fragte er beherrscht.

Ich legte den Kopf schief. »Das Rätsel ist allerdings knifflig. Ich glaube, dass es der Maler selbst war, der die Schatten falsch dargestellt hat. Und wenn es Absicht war, könnte ich mir vorstellen, dass es eine Beleidigung war, die sich gegen seine Auftraggeber richtete.«

»Wie meinst du das?«, fragte Cyriel bemüht gleichgültig. »Dass er einzelne Personen nicht mochte, wissen wir doch schon.«

Ich zögerte, weil ich selbst nicht genau wusste, wie ich es formulieren sollte. »Es ist, als wollte er sagen, die Menschen lebten in einer anderen ... Realität als ihre Umgebung.«

Cyriel starrte mich an. »Und was schließt du daraus?«

»Schließen kann man daraus gar nichts, finde ich. Vielleicht hat die Familie sich malen lassen, weil sie wusste, dass sie alle todkrank waren. Vielleicht haben sie sich deshalb mit dem Maler zusammen in das Verlies zurückgezogen, um niemanden mehr anzustecken und hier zu sterben.«

Cyriel wandte sich abrupt um und betrachtete die andere Seite der Wand, mit dem Rücken zu mir. An einer besonders verschmutzten Stelle fuhr er mit den Fingern leicht über die schwarzen Punkte.

»Bist du mit der Reinigung des Freskos eigentlich noch im Zeitplan?« Seine Stimme klang nicht wütend. Aber auch nicht freundlich. »Vielleicht solltest du heute noch etwas arbeiten.« Damit ging er zur Tür.

»Werde ich nicht, du Kerkermeister!«, schimpfte ich ihm sehr, sehr leise hinterher.

Die Tür öffnete sich noch einmal einen Spalt, und ich sah Cyriels Hand an der Klinke, als wollte er mir etwas antworten. Hatte er mich doch gehört? Aber die Tür schloss sich langsam hinter ihm und ich war wieder allein.

Jessy

Die anderen gingen und Jessy ahnte, dass es bald Zeit für das Abendessen war. Aber sie tastete sich vorwärts, fühlte Stein um Stein in der Mauer. Wieder diese Wand, die glücklich machte. Die von innen wärmte und ihr das Gefühl gab, hierherzugehören. Sie wollte gar nicht mehr woanders sein, nicht mehr essen und nicht mehr schlafen. Was war das für ein Ort?

Ihre Fingernägel kratzten über rauen Putz. Fugen. Und plötzlich erfühlten sie einen Spalt. Eine Fläche aus Holz. Und dann eine Klinke. Eine Tür! Jessys Atem ging noch schneller als vorher. Sie drückte die Klinke hinunter. Sie ließ sich öffnen! Das hätte sie nicht zu hoffen gewagt! Langsam, Schritt für Schritt, betrat Jessy den Raum.

»Hallo?«

Sie hatte eigentlich nur gerufen, weil sie den Hall ihrer Stimme hören wollte. Ihr Klang zeigte ihr, dass sie in einem niedrigen Gewölbe stand. Aber etwas reagierte auf ihren Ruf. Etwas krabbelte und kratzte. Dann kam es fast lautlos näher. Wie eine Fledermaus wischte es dicht an ihrem Kopf vorbei … nein, wie *viele* Fledermäuse! Jessy war überrascht, aber ohne Angst. Sie spürte die Wesen um sich herum, ihren Luftzug, ihre Aufregung, obwohl sie keinen Ton von sich gaben. Jessy streckte die Arme aus, wollte ihnen anbieten, sich auf ihre Hände zu setzen oder sie zu berühren. Die Kraft, die Jessy wie Wellen durch die Wand empfangen hatte, ging von diesen Flatterwesen aus. Nicht ihre Körper berührten Jessy, sondern ihre Gefühle gingen auf sie über. Sehnsucht, Verlust und Wärme. Was waren sie?

Sie hatte kein Zeitgefühl mehr, aber sie musste schon eine Weile so gestanden haben, als plötzlich die Wesen zurück in ihre Ecken stoben. Jessy spürte, dass sie nicht mehr allein mit ihnen war.

»Wer ist da?«, flüsterte sie und wandte den Kopf. Würde der Jemand sie wieder anschweigen? Panik machte sich in ihr breit. Wie hatte sie nur die Zeit und sich selbst so vergessen können?

Der Jemand kam näher. Völlig lautlos – das war vermutlich derjenige, der ihr beim Essen diese Angst einjagte.

»Warum musst du nicht atmen?« Sie konnte sowieso nicht fliehen. Deshalb hatte sie beschlossen zu reden.

Der Jemand atmete laut auf. »Ich *kann* atmen, wenn ich will. Aber wie hast du diese Tür gefunden?«

»Weil sie da ist.«

»Das ist keine Antwort.«

»Aber wahr. Warum schleichst du so lautlos durch die Gänge und beobachtest mich?«

Jessy wusste nicht, woher sie auf einmal den Mut nahm. Doch langsam hatte sie größere Angst vor der Stille. Reden bedeutete, dass sie noch da war.

»Tut mir leid«, sagte der Jemand. »Ich hoffe, ich habe dich nicht erschreckt.«

»Heute nicht. Aber gestern«, gestand sie.

»Gestern war ich nicht hier.«

Jessy überlegte. Aber warum sollte sie ihm trauen?

»Du solltest nicht hier sein«, sagte der Jemand. »Wenn die Tür zufällt, bist du gefangen, man kann sie von innen nicht öffnen.«

»Das war mir nicht bewusst«, gestand Jessy.

»Du bist blind, nicht wahr?«, fragte er leise.

Jessy nickte.

»Darf ich dich führen? In wenigen Minuten gibt es Abendessen.«

»Was für ein Raum ist das?«, fragte sie. »Was sind das für Wesen?«

»Nichts«, erwiderte der Jemand. »Sie sind nichts. Und das trifft es sogar ziemlich genau«, fügte er mit traurigem Unterton hinzu.

»Wie sehen sie aus?«

»Hier unten gibt es keine Erklärungen«, sagte er sanft. »Bitte komm mit zurück. Du musst dringend etwas essen. Ich habe gesehen, dass du gestern nichts angerührt hast.«

Jessy spürte, wie etwas Kühles ihre Schulter berührte und sie sanft zur Tür führte, in die Richtung, in der die anderen lebten. Sie wagte nicht, sich zu widersetzen. Aber sie schwor sich, an diesen Ort zurückzukommen. Diese Wesen waren mehr als nichts. Viel mehr.

Kira

Am Ende des Tages war ich erschöpft vom Lügen. Das Schwarz hatten wir natürlich nicht gefunden und einen weiteren Tag im Labor wollte ich Herrn Nachtmann und mir gern ersparen. Außerdem machte mich Cyriels Nähe dort nervös.

Bei der Arbeit am Fresko ließ er mich hingegen jetzt meist allein. Ob das ein Zeichen des Vertrauens oder ein Zeichen der unüberwindbaren Abneigung war, mochte ich nicht entscheiden. Oder es ging ihm wie mir: Ich machte *ihn* nervös. Bei dem Gedanken musste ich lächeln, obwohl ich mir geschworen hatte, Cyriel aus meinen Gedanken zu verdrängen.

Am Abend fiel ich früh in einen tiefen Schlaf – bis drei Uhr morgens. Ich hoffte nur, dass niemand sonst meinen Wecker gehört hatte. Nach einem Kurzbesuch im Bad und einer Handvoll kalten Wassers ins Gesicht schlich ich mich mit meiner Taschenlampe nach unten. Alles ruhig!

Diesmal leuchtete ich die ganze Galerie ab, bevor ich dort vorbeiging, auch die Stelle, an der auf dem Foto eine Tür zu sehen gewesen war. Ob ich je herausfinden würde, warum meine Kamera etwas anderes gesehen hatte als ich?

Nach einer halben Stunde war ich bereits zweimal hoch- und runtergelaufen. Nun trug ich die Tasche zum letzten Mal nach oben. Darin befanden sich Chemikalien in Gläsern, die ich in Handtücher gewickelt hatte, damit sie beim Transport um Himmels willen nicht kaputtgehen konnten. Sorgen machte ich mir außerdem um meine Taschenlampe, die unten im Keller schon zweimal geschwächelt hatte. In der Eingangshalle machte sie dann prompt schlapp. Mist!

Heute Nacht gab es keinen Mond, der das Haus bleich erleuchtete. Meine Umgebung war so stockdunkel, dass ich sonst wo hätte sein können. Als ich den Handlauf der Treppe gefunden hatte, war ich heilfroh. Langsam zählte ich die Stufen, obwohl ich nicht wusste, wie viele es sein sollten, mit der rechten Hand immer am Geländer, die Tasche fest in der linken.

Die Nacht bringt manchmal bizarre Gedanken. Hatte ich nicht schon immer das Gefühl gehabt, dass die Dunkelheit eine Art Sog sei, worin jeder für sich allein war? Als befände man sich in einer anderen Welt jenseits deren, die wir kannten? In einer Stimmung, in der das Selbstverständliche nicht existierte.

Auf der Galerie tastete ich mich vorsichtig vorwärts. Als mein Fuß gegen die Truhe stieß, erschrak ich vor dem Geräusch. *Verdammt, Kira, sei leise!*, schimpfte ich mit mir selbst. Dann fuhr ich mit der Hand an der Wand entlang – und fühlte wirklich das Unmögliche! Den Spalt einer Tür! Eine Tür hinter der Truhe! Das konnte doch nicht sein. Heute Morgen war sie definitiv noch nicht da gewesen!

Mit pochendem Herzen blieb ich eine Weile stehen und versuchte irgendeinen Umriss zu erkennen. Aber die Dunkelheit war undurchdringlich.

Als ich weitertastete, berührte meine Hand eine Klinke. Und eine Neugier, die tief aus meiner Kindheit zu kommen schien, machte mich so mutig, die Klinke herunterzudrücken. Die Tür ließ sich öffnen. Ich hätte über die Truhe hinwegsteigen und hineingehen können.

Mein Verstand protestierte und machte mir bewusst, dass es Wahnsinn war – ohne Licht! So schnell es ging, tastete ich mich hoch in mein Zimmer und holte zwei Sätze neue Batterien, einen als Reserve.

Gleich darauf stand ich wieder vor der Truhe und leuchtete die Wand gründlich mit der Taschenlampe ab. Die Tür war verschwunden! Wer spielte hier Spielchen mit mir? Oder war es mein eigener Verstand, der Seifenblasen produzierte? Nein! Ich hatte mich bestimmt nicht getäuscht!

Einer Eingebung folgend schaltete ich die Taschenlampe aus. Die Tür hatte es doch gegeben! Wie gebannt starrte ich auf die Stelle, wo sie sein musste. Aber etwas war anders als vorhin: Der Mond war durch die Wolken gebrochen und linste durch die Fenster. Meine Finger glitten über die Stelle, wo eben noch der Spalt gewesen war, und dort die Klinke. Aber da war nichts! Einfach gar nichts!

Nach einer Weile wandte ich mich ab und ging zurück in mein Zimmer. Meine Gedanken fuhren Karussell, immer schneller und bunter und in immer engeren Kreisen. Bis alles stillstand und ein Wort zurückblieb: Schwarz! Was war das? Die Farbe der Dunkelheit? Die Unfähigkeit des menschlichen Auges, etwas zu erkennen? Ein toter Winkel unseres Farbempfindens? War Dunkelheit wirklich mehr als nichts? Das würde das Gefühl erklären, das ich bei Dunkelheit hatte.

In Annas Zimmer betrachtete ich den Versuchsaufbau, den ich nach der Formel meines Vaters vorbereitet hatte. Reibschale, Erlenmeyerkolben, Pipetten und Reagenzgläser standen bereit. Alles war perfekt. Und dennoch war ich unsicher. Bis vorhin hatte ich nur gefürchtet, dass ich etwas falsch machen könnte. Chemie war zwar in der Schule eins meiner Lieblingsfächer gewesen, aber deswegen war ich noch lange keine Chemikerin. Jetzt wuchs allerdings eine ganz andere Angst in mir: Was, *wenn* ich alles richtig machte? Wenn ich das absolute Schwarz gefunden hatte? Was war in diesem Schwarz? Eine physikalische Kraft? Etwas Magisches? Etwas Lebendiges?

Trotzdem fing ich an. Vorsichtig nahm ich die grünen Kristalle des Nickelsulfats, füllte sie in eine Reibschale und zerstieß sie mit einem Pistill so fein wie möglich. Danach schüttete ich sie in den Erlenmeyerkolben und fügte das Phosphorsalz hinzu. Ich mischte, maß genau ab und gab weitere Chemikalien dazu in der Hoffnung, dass ich mit diesen Stoffen richtig umging und dass meine Handschuhe und mein Mundschutz ausreichend waren. Später kam die Säure. Langsam und fortwährend rührte ich mit dem Glasstab um. Als sich endlich die neuen dunklen Kristalle gebildet hatten, filtrierte ich sie und fügte abschließend Zellulose als Bindemittel hinzu. Das Ergebnis war eine sehr raue und sehr dunkle Paste in einem kleinen Glasbehälter. Ein bisschen Farbe. Völlig harmlos. Oder nicht?

Mit zitternden Fingern trug ich etwas davon mit einem schmalen Pinsel auf eine Leinwand auf. Jetzt musste ich warten, bis es getrocknet war. Wie erstarrt setzte ich mich auf Annas Bett, zu müde, um einzuschlafen, zu nervös, um etwas zu denken. Erst nach einer Weile würde ich sehen, ob ich Erfolg gehabt hatte. Ich glaubte zu wissen, wie ich erkennen konnte, dass es richtig war. Herr Nachtmann hatte gesagt, dass der Anblick in den Augen schmerzte.

Also stellte ich mich zwei Meter vor mein neues Schwarz und ging langsam darauf zu. Meine Augen brannten vom Starren ... Aber sonst geschah nichts. Dieses Schwarz hier war schlichtes, ganz normales Amselfedernschwarz. Damenhandtaschenschwarz. Weit davon entfernt, die Welt zu verändern.

Noch einmal betrachtete ich die Anleitung meines Vaters, konnte aber keinen Fehler finden. Außer der Tatsache, dass ich einfach mit Chemikalien nicht gut genug umgehen konnte, war alles okay. Enttäuscht rollte ich die Anleitung zusammen und steckte sie in meinen BH. Dann sank ich wieder auf Annas Bett, streckte mich todmüde aus. Die Nacht hatte sich ja gelohnt! Genauso gut hätte ich Kuchen backen oder die Buchhaltung machen können. Oder schlafen. Schlafen war ein guter Gedanke!

Als ich hochfuhr, war es noch immer Nacht, bleiches Mondlicht schien ins Zimmer. Was mich geweckt hatte, wusste ich nicht, vielleicht mein Traum. Aber etwas stimmte nicht. Mit angehaltenem Atem erhob ich mich. Aus der Ecke neben der Tür wuchs etwas Dunkles. Ein Schatten! Halb lag ich, halb saß ich, der Arm, auf den ich mich stützte, begann schon zu schmerzen, aber ich war wie erstarrt und konnte mich nicht mehr rühren.

Es war wie bei meiner ersten Begegnung im Atelier meines Vaters. Das Ding bewegte sich nicht nur im Raum, sondern auch *in sich* wie eine Rauchwolke. Wobei sie nicht aus Rauch bestand, eher aus Schatten, die keine bestimmte Form annehmen wollten und immer wieder zerflossen. Trotzdem bestand für mich kein Zweifel: Dieses dunkle Etwas war ein lebendiges Wesen!

Es waberte vor dem Bild hin und her, bevor es ganz langsam hineinfuhr. Aber das Schwarz sog es nicht vollständig auf. Stattdessen sauste es plötzlich wie angestochen wieder heraus, hing eine Weile in der Luft und ... schien zu überlegen. In diesem Moment schrie ich, ohne dass ich es wollte. Vielmehr wollte ich, dass der Schatten verschwand. Doch nun wandte er sich in meine Richtung. Obwohl er kein Gesicht hatte, konnte ich spüren, dass er mich musterte. In Panik fiel mir nichts anderes ein, als noch einmal zu schreien – und gleichzeitig warf ich ein Kissen nach dem Ding. Es zerstob wie eine Rauchwolke und fügte sich wieder zusammen. Dann schoss es in Richtung Mondlicht, glitt durch den winzigen Spalt zwischen Fenster und Rahmen nach draußen und war verschwunden. Kurz darauf wurde die Tür aufgerissen und Cyriel stand vor mir.

Diesmal machte ich ihm keine Vorhaltungen, weil er ohne Erlaubnis ins Zimmer gekommen war. Ich stürzte einfach auf ihn zu und umarmte ihn. Er erwiderte die Umarmung und meine Haut begann zu prickeln.

»Was ist passiert?« Vollkommen unvermittelt schob er mich von sich.

Jetzt war mir die ganze Aktion peinlich. War ich ihm lästig?

»Da war ... etwas im Zimmer.«

»Etwas?«, fragte er forschend.

»Ein Schatten!«, sagte ich und gleichzeitig wirbelten

meine Gedanken durcheinander. Wie viel konnte ich ihm sagen, ohne dass er mich für verrückt hielt? Nun, den Punkt hatten wir wahrscheinlich schon überschritten.

Cyriels Blick wanderte über meine Aufbauten und die Leinwand mit dem schwarzen Fleck.

»Es ist dir nicht gelungen«, sagte er leise. »Aber ich glaube, du bist sehr dicht dran!«

Verblüfft sah ich ihn an. »Du weißt, dass es nicht gelungen ist?« Als er nicht antwortete, nickte ich. »Ich habe mir solche Mühe gegeben!«

»Du hast also die Formel. Aber du enthältst sie Ruben vor«, stellte er mit einem zufriedenen Unterton fest. »Du hast sie doch hoffentlich gut versteckt?«

»Ja.«

Ich musste mich zwingen, nicht mit der Hand an meinen Ausschnitt zu fassen, obwohl ich zu gern überprüft hätte, ob das Papier noch da war.

»Habe ich dir nicht gesagt, dass sie gefährlich ist?«, raunte er. »Du musst aufpassen ...«

Er kam näher. Als ich schon dachte, dass er mich noch einmal berühren würde, wandte er sich um zu der Leinwand und sah sie an, als gäbe es mehr zu sehen als einen düsteren Fleck.

»Auch wenn du es nur versuchst, wirbelst du die Elemente auf. Es geht nicht einfach um eine Farbe. Das schwärzeste Schwarz ist weit mehr. Deshalb wollte dein Vater es auch vernichten.«

»Wissen hier eigentlich alle mehr über ihn als ich?«, fuhr ich auf. Warum weißt du so viel über die Erfindung meines Vaters? Jetzt rede doch endlich! Habe ich nicht ein Recht, alles zu erfahren? Ist das Schwarz wirklich eine

Gefahr? Oder verursacht es Wahnvorstellungen? Werde ich so enden wie mein Vater?«

Wieder empfand ich Angst und die schien realer zu sein als die Schatten, die mich in letzter Zeit verfolgten.

»Ich habe auf der Galerie eine versteckte Tür gespürt. Hat das etwas hiermit zu tun?«, fügte ich vorsichtig hinzu.

Das Schweigen zwischen uns war wie ein dicker Vorhang, der sich über meine Sinne legte. Ich suchte Cyriels Blick, aber der wich mir aus, starrte auf die Leinwand.

»Wo?«, fragte er schließlich.

»Auf der Galerie.«

»Dort gibt es drei Türen.«

»Ja, das ist mir bekannt«, seufzte ich.

»Und du solltest nicht im Dunkeln im Haus umherlaufen.«

Seine Worte ließen mich zusammenzucken. »Dunkel? Du warst also auch da? Auf der Galerie?«

»Nein.« Cyriels Augen blitzten, obwohl seine Stimme noch immer unbeteiligt wirkte. Er atmete tief durch. »Warum bist du so angespannt? Du hast doch selbst gesagt, dass du die Tür ›gespürt‹ hast. Deshalb dachte ich, dass es dabei dunkel gewesen sein muss.« Seine Hand strich ganz leicht über meine Wange. »Du bist nicht verrückt! Nur müde. Vergiss erst mal alles und schlaf!«

»Der Schatten war sehr real«, protestierte ich. »So was sieht man nicht einfach, weil man müde ist!«

Er legte den Kopf schief und auf seinen Lippen lag eine seltsame Mischung aus Lächeln und Traurigkeit.

»Chemikalien können durchaus leichte Halluzinationen hervorrufen. Du hast heute eine Menge Zeug eingeatmet. Vielleicht war etwas dabei, das deine Wahrnehmung verändert hat. Komm, geh ins Bett! Ich vernichte in der Zwischenzeit dieses Bild und räume alles wieder zurück ins Labor. Niemand wird herausfinden, was du heute Nacht getan hast.«

»Meinst du?«, fragte ich, noch immer verwirrt und kaum zu einer Widerrede in der Lage. »Du wirst mich also nicht an Herrn Nachtmann verraten?«

Er sah mich ernst an und schüttelte den Kopf. »Tu *du* es auch nicht!«

»Warum?«, fragte ich, aber wie immer, wenn es interessant wurde, verschwand Cyriel mit verschlossener Miene.

Ich ging in mein Zimmer, unfähig, mich noch einmal ins Bett zu legen. In einem erstaunlich wachen Zustand stellte ich fest, dass mein Unterbewusstsein mir etwas zuflüstern wollte. Cyriel hatte das Bild und er war der Meinung, dass ich mit meiner Erfindung dicht dran war. Konnte ein Chemiker das Schwarz von der Leinwand ablösen und analysieren? War es das, was er vorhatte?

Die Treppe knarrte leicht, als ich hinunterlief, aber das störte mich jetzt nicht. Wohin mochte Cyriel gegangen sein? Da ich nicht wusste, wo er schlief, führte mich mein Weg direkt zu seinem Arbeitszimmer. Der Gang war mit Fackeln erleuchtet, also musste jemand hier gewesen sein. Ich riss die Tür auf und blieb schwer atmend auf der Schwelle stehen. Das Arbeitszimmer lag im Dunkeln und einen Lichtschalter schien es nicht zu geben. Also schnappte ich mir eine Fackel vom Gang und beleuchtete damit den Raum.

Cyriels Laptop lag geschlossen auf dem Tisch. Konnte er inzwischen hier gewesen sein und das Bild abgestellt haben? In einer Nische neben dem Bücherregal entdeckte ich einige Leinwände, die nebeneinander mit dem Gesicht zur Wand standen. Sie zogen mich magisch an, als *müsste* ich sie mir ansehen. Auch wenn ich Cyriels Privatsphäre mit Füßen trat, schließlich würde er es ja nicht erfahren!

Angestrengt lauschte ich noch mal, aber es war absolut still. Also nahm ich das vorderste Bild in die Hand und legte es auf den Schreibtisch. Gleich darauf fuhr ich erschrocken zurück. Es war ein Porträt, heftigster Expressionismus. Aber so fremd das Mädchen mir auch vorkam – auf verrückte Art und Weise war es mir sehr ähnlich! *Meine* Augen funkelten mir von der Leinwand entgegen! Die fein geschwungenen Linien trafen genau meinen skeptischen Gesichtsausdruck, wenn ich morgens in den Spiegel blickte. Andererseits hatte ich den Eindruck, dass ein Besessener sich auf dieser Leinwand ausgetobt hatte. Die Farben! Nichts entsprach der Wirklichkeit! Der Himmel im Hintergrund war tiefrot – genau wie meine schrecklichen Augen. Meine Haare waren algengrün, meine Lippen lila und meine Hautfarbe erinnerte an mattgraues Metall. Hatte hier jemand seine Wut auf mich verewigt? Oder – nachdem ich schon ständig Geister hörte und sah – war das eine Art Voodoo-Objekt, mit dem mich jemand in den Wahnsinn treiben wollte? Schnell wandte ich mich von dem Bild ab, um mir die anderen in der Nische anzusehen. Sie alle ähnelten dem ersten, sie alle waren in irrsinnigen Farben gemalt, aber sie stellten verschiedene Personen dar. Jolanda, Ruben, Antonia ...

»Hast du dafür eine Erklärung?«, fuhr mich eine Stimme an. Erschrocken wirbelte ich herum. Vielleicht hätte ich die Tür schließen sollen, dann hätte ich ihn zumindest hereinkommen hören. So aber stand ich wie erstarrt vor ihm – wie ein Reh im Scheinwerferlicht, bevor es überfahren wird.

»Du meinst, eine Erklärung für *das da?*« Ich deutete auf mein Porträt und hoffte, dass die Flucht nach vorn funktionieren würde. Jetzt war *er* in Erklärungsnot, nicht ich! »Ist es das, was du in mir siehst? Eine Gift speiende Hexe?«

Cyriels Gesicht wurde rot. Oder war das der Widerschein der Fackel, die ich in seine Richtung hielt?

»Ist es nicht meine Sache, was ich in meinen Räumen tue?«, versuchte er sich zu rechtfertigen.

»Wenn du es mit meinem Gesicht tust, dann nicht!«

»Hast du mich gesucht?«, fragte er. Unter dem Arm trug er noch immer meine Leinwand, in der anderen Hand hielt er ein Glas mit einer klaren Flüssigkeit. Er war also im Labor gewesen. Warum?

Ich nickte. »Das Bild ... das Schwarz ... ich möchte es zurückhaben und werde es lieber selbst vernichten.«

Cyriels Augen wurden wieder dunkler, als er näher kam. »Was dachtest du, was ich mit dem Bild vorhabe?«

»Ich will es nur einfach selbst tun«, erwiderte ich nervös, als er direkt vor mir stand. Wie seltsam, dass meine Atmung in seiner Nähe nicht immer zuverlässig funktionierte!

Er sah mir fragend ins Gesicht und schien mal wieder darin zu lesen, denn sein Blick verdüsterte sich.

»Ich hatte also recht«, sagte er und seine Stimme klang längst nicht so fest wie sonst. »Du hältst mich für einen Dieb.«

Ich suchte nach Worten, um ihm zu widersprechen. Er beugte sich vor und griff an mir vorbei nach dem Porträt auf dem Schreibtisch.

»Ich habe eine Chemikalie aus dem Labor geholt, die ein Bild schnell und ohne Rückstände zersetzen kann. Ich vernichte dein Schwarz und auch dieses Porträt, wenn es dir nicht gefällt.«

Ruckartig wandte er sich ab und stellte sich neben die Tür, die er auffordernd für mich aufhielt.

»Mach dir keine Sorgen!« Sein Lächeln war unecht und ich spürte, dass er mich nur loswerden wollte. »Geh ins Bett, du musst wirklich schlafen!«

Mein Gähnen war genauso unecht. »Stimmt schon! Ich fall gleich im Stehen um.« Dann ging ich in Richtung Leiter.

Als ich mich noch einmal umwandte, sah ich Cyriel in der entgegengesetzten Richtung verschwinden, vorbei an der Labortür, tiefer in den Gang hinein. Bevor ich darüber nachdenken konnte, hatte ich die Leiter losgelassen und folgte ihm. Leise, obwohl ich vor mir keine Schritte mehr hören konnte. Wohin ging Cyriel mit den Bildern? Zur Tür am Ende des Gangs? In einen Vorratsraum voller Ratten?

Und wieder tappte ich in völliger Dunkelheit vor mich hin – buchstäblich. Cyriel hatte kein Licht mitgenommen, sonst hätte ich es vor mir gesehen. Brauchte er keines? Nun, wenn ich nicht gesehen werden wollte, konnte ich meine Lampe auch nicht einschalten. Als ich die Kurve erreichte, hörte ich endlich wieder ein Geräusch. Keine Schritte. Nur eine Tür, die vor meiner Nase ins Schloss fiel. Schnell zog ich die Taschenlampe hervor, schaltete sie ein, umfasste die Klinke und riss die Tür auf. Einen Moment lang dachte ich, ich hätte dahinter etwas gesehen. Doch dann wurde mir klar, dass es ein Kartoffelsack war. Vor mir lag der Vorratsraum, den Gabriel mir gezeigt hatte, und ich blickte auf ein Regal voller Marmeladengläser. Sackgasse!

Mein Unterbewusstsein erinnerte mich an das, was Cyriel gesagt hatte: *Schwarz ist alle Möglichkeiten, der Weg in die Unendlichkeit.* Und plötzlich machte das unzusammenhängende Zeug Sinn! Mit Licht vertrieb man Gespenster. Wenn man sie suchte ... brauchte man absolute Dunkelheit!

Mit angehaltenem Atem stellte ich mich noch einmal vor die Tür, schloss sie von außen und löschte das Licht. Ich war absolut blind und allein mit meinen Gedanken. Dann streckte ich die Hand aus und öffnete die Tür erneut.

Feuchte, kalte Luft schlug mir entgegen. Sie roch muffig, nach altem, nassem Stein. Von weiter her erklang ein Jammern, das schaurig von den Wänden widerhallte. Ob das eine Katze sein konnte? Eher nicht, flüsterte mein Verstand, der ansonsten gerade erstaunlich wortkarg war. Vielleicht hatte ich auch seine letzte Warnung überhört, denn ich ging hinein und schloss die Tür hinter mir.

Kira

Die Dunkelheit umfing mich und ich wusste nicht, ob sie mir feindlich oder freundlich gesinnt war. Schwarz ist also der Weg in die Unendlichkeit? Ich hatte eher das Gefühl, mich auf dem Weg ins Nichts zu befinden.

Jetzt konnte ich es wohl riskieren, meine Taschenlampe wieder einzuschalten. Ihr Lichtstrahl wanderte über dunkle Mauern links und rechts. Ich wandte mich um, um zu sehen, wie die Tür von dieser Seite aussah, um mir den Rückweg zu merken. Aber ... sie war verschwunden! Mit Mühe unterdrückte ich die Panik, schaltete die Taschenlampe wieder aus und betastete im Dunkeln die Wand. Nervös wanderten meine Finger über rauen Stein. Dann Holz. Schließlich fanden sie eine Klinke. Ich atmete auf. Sie war noch da, wartend in ihrem Schwarz.

Wenn ich Cyriel noch erwischen wollte, musste ich mich beeilen. Im Lichtkegel meiner Lampe folgte ich dem engen steinernen Gang um einige Kurven. Er wirkte mindestens so alt wie der Tiefkeller der Nachtmanns. Wo war ich hier gelandet? Bald wurde es heller und ich konnte die Taschenlampe ausschalten. Ich kam an einer Treppe vorbei, aber ich hoffte, dass Cyriel weiter geradeaus gegangen war. Neben der Treppe stand eine Tür offen. Im Vorbeigehen spähte ich hinein, um sicherzugehen, dass er nicht dort war. Erstaunlich! Darin befand sich eine Folterkammer, genauso groß wie die, die ich mit Gabriel besichtigt hatte, nur dass diese hier komplett eingerichtet war. Hatte es in der Burg mehrere gegeben? Es konnte jedenfalls nicht dieselbe sein, denn die Treppe daneben war vor knapp vier Tagen noch verschüttet gewesen.

Eilig ging ich weiter, um ein paar Ecken, bis ich eine große Halle erreichte, deren Gewölbe von Säulen getragen wurde. Auch diese Halle sah der sehr ähnlich, die Gabriel als ehemalige Stallungen bezeichnet hatte. Nur spendeten hier brennende Fackeln in den Halterungen an den Säulen warmes Licht und an den Wänden hingen Zaumzeug, Striegel und Hufkratzer. Wie konnte es nur sein, dass die Räume sich so ähnelten? Oder hatte sie inzwischen jemand eingerichtet?

Am anderen Ende der Halle sah ich Cyriel auf eine Wendeltreppe zugehen. Ich *musste* ihm folgen, um zu sehen, was er mit den Bildern vorhatte, doch plötzlich blieb ich wie erstarrt stehen. Cyriel war nicht allein – was er hingegen nicht zu bemerken schien. Hinter den Säulen versteckten sich vier oder fünf Menschen, die seine Schritte genau beobachteten und langsam um ihre Säulen herumgingen, damit sie nicht von ihm entdeckt wurden. Sie wandten mir ihre Rücken zu und hielten sich so lange außerhalb seines Blickwinkels, bis er auf der Treppe verschwunden war. Ich hatte keine Chance, weiterhin unbemerkt auf seiner Spur zu bleiben. Jetzt wandten sich diese Leute auch noch um und kamen in meine Richtung! Gerade noch rechtzeitig schlüpfte ich hinter eine Säule. Meine Knie fühlten sich an wie Pudding, als ich den Atem anhielt. Wer waren diese Gestalten? Und warum versteckten sie sich?

Die Schritte kamen näher. Sie kamen von zwei Seiten.

Gleich würden sie hier sein! Noch hatten sie mich vermutlich nicht entdeckt, ich musste den Augenblick der Überraschung nutzen! Aus reiner Verzweiflung verließ ich die Deckung und rannte, so schnell ich konnte, auf einen Gang zu, den ich für den Ausgang hielt. Erst kurz davor erkannte ich, dass es der falsche war. Und dass jemand aus diesem Gang herauskam, direkt auf mich zu. Der alte Mann musterte mich düster und verstellte mir den Weg. Die anderen hatten inzwischen aufgeholt und versperrten mir den Rückzug. Sie waren alle schon älter, aber sie wirkten körperlich sehr fit und blitzten mich aus lebhaften Augen an. Währenddessen kamen immer mehr von ihnen aus den anderen Gängen auf uns zu, bis es acht Frauen und Männer waren. Sie bildeten einen Kreis um mich, hielten aber alle einen gewissen Abstand ein.

»Was wollt ihr von mir?«, fragte ich mit kaum hörbarer Stimme.

Niemand antwortete. Aber sie tuschelten untereinander.

»Hast du gesehen?«, zischte einer.

»Sie ist anders!« Eine weibliche Stimme.

»Sie gehört zu ihm!« Eine sehr alte Frau.

»Glaub ich nicht. Sie ist ein Mensch.«

»Frag du sie!«

»Nein, du!«

So beängstigend ich das Gerede fand, so sehr wuchs meine Ungeduld. Sie wollten Antworten? Nun, ich auch!

»Wer seid ihr?«

»Die Frage ist wohl eher, wer du bist!«, sagte ein Mann mit einem grau-braun gefleckten Bart. »Warum hast du einen Schatten?«

Während ich kurz überlegte, was er meinte, fiel mein Blick auf den Boden. Mein Schatten fiel in mehrere Richtungen, da an den Wänden ringsherum Fackeln angebracht waren. Schatten, die sich überlagerten, die aber doch erkennbar eins waren. Aber ... meiner war der einzige Schatten im Kreis der vielen Menschen. Es war, als würden sie nicht existieren.

Ich bewegte mich und mein Schatten wanderte mit mir. Sie bewegten sich auch, aber das Licht nahm sie nicht wahr.

»Was ist das?«

Meine Frage hallte von den Steinwänden wider und hatte etwas Panisches, aber es lag auch Abscheu darin. Ich wollte nur noch fliehen vor diesen ... Menschen, falls es überhaupt welche waren. Im gleichen Moment legte der Mann seine Hand auf meine Schulter und krallte sich darin fest.

»Du wirst uns jetzt den Ausgang zeigen. Durch den du gerade gekommen bist!«

Meine Gedanken überschlugen sich und ich überlegte, ob ich diese Menschen durch die Tür führen sollte. Alles in mir wehrte sich dagegen. Sie lebten jenseits der Mauern der Nachtmanns und vielleicht war das ja ganz gut so. Wer weiß, was für Kreaturen das waren? Aber gab es eine andere Möglichkeit?

»Der Ausgang existiert nur, wenn es ganz dunkel ist«, sagte ich auf der inneren Suche nach einem Ausweg. »Löscht alle Fackeln, dann kann ich euch die Tür zeigen.«

Sie zögerten, während der bärtige Mann mich nachdenklich ansah. Schließlich nickte er und trieb die anderen zur Arbeit an. Als sie die letzte Fackel löschten, stand eine einzige Frau in meiner direkten Nähe. Ich hob die Taschenlampe, leuchtete ihr damit genau in die Augen, und als sie sich geblendet abwandte, sprang ich los. Ohne Licht.

Den Weg hatte ich mir kurz vorher angesehen und eingeprägt. Trotzdem fühlte ich mich der Dunkelheit ausgeliefert. Irgendwo musste die Wendeltreppe doch sein? Hinter mir hörte ich hastige Schritte. Schritte von Menschen, die sich hier besser auskannten als ich, das war mir klar. Gleich würden sie bei mir sein. Noch einmal ließ ich meine Taschenlampe kurz aufleuchten und verriet mich damit natürlich. Dennoch war es eine Erleichterung, als das Orientierungsgefühl wiederkehrte. Da war die Treppe, genau vor mir! Mit Licht hastete ich die Stufen hinauf, am Geräusch meiner Schritte konnten sie sowieso hören, wo ich war. Als eine Tür ins nächste Stockwerk führte – ins Erdgeschoss? –, schlüpfte ich in diesen schmalen Gang. Die Wände waren bedeckt mit Gemälden, großen Ölschinken. Dazwischen gab es einige Türen. Nur ein paar vereinzelte Fackeln waren nötig, um diesen Gang zu erhellen. Wer mochte sie entzündet haben? Cyriel? Oder ein paar von diesen Verrückten? Und wo zum Teufel waren wir? Ins Erdgeschoss – und noch höher – dürfte keine Treppe führen! Das Haus der Nachtmanns war nicht so groß und direkt daneben stand kein Gebäude. Mein räumliches Vorstellungsvermögen war nicht umwerfend, aber nach den Gesetzen der Logik *konnte* hier nichts existieren, das so weitläufig war!

Die Schritte auf der Treppe hinter mir erinnerten mich daran, dass ich dringend ein Versteck brauchte. Hinter der nächsten Kurve entdeckte ich ein Fenster, das mit

Brettern vernagelt war. Schade, ich hätte gern gesehen, wie hoch wir waren – und wo wir waren! Aber immerhin! Vor dem Fenster hingen schwere dunkelrote Vorhänge, die ich zuziehen konnte. Die Beine hob ich hoch aufs Fensterbrett, damit meine Füße nicht zu sehen waren. Gerade noch rechtzeitig! Schnelle Schritte näherten sich ... und rannten an mir vorbei. Mit angehaltenem Atem wartete ich, ob noch mehr von ihnen kommen würden. Aber mir waren wohl nur wenige gefolgt. Hatten sie das Interesse verloren – oder gab es hier etwas, das ihnen Angst machte?

Je länger ich hinter dem Vorhang saß, desto unruhiger wurde ich. Ich musste sehen, dass ich wegkam! Vorsichtig spähte ich hinaus und schlich wieder Richtung Treppe. Als ich um die Kurve biegen wollte, hörte ich hinter mir Stimmen. Sie kamen zurück!

Kurz entschlossen drückte ich die nächstbeste Türklinke und verschwand in dem Raum dahinter, der absolut dunkel war. Gut so, dann warteten hier zumindest keine weiteren Verwirrten auf mich. Voller Anspannung lehnte ich mich gegen die Tür und lauschte. Die Schritte ließen sich Zeit. Sicherheitshalber musste ich wohl etwas länger warten. Schon wieder Dunkelheit! Und schon wieder hatte ich das Gefühl, nicht allein zu sein. Ein Rascheln! Hinter mir war etwas!

»Wer bist du?«, fragte eine leise Stimme. »Und vor wem versteckst du dich?«

Ich zückte meine Taschenlampe und leuchtete in den Raum. Er war nicht sehr groß und fast leer, bis auf zwei Matratzen und ein paar Decken, die auf dem Boden lagen. Auf der Matratze an der rechten Wand saß ein Mädchen in meinem Alter. Das hübsche blonde Haar war stark verwuschelt, offenbar hatte es bis eben geschlafen. Dennoch zuckte es nicht zusammen, als der Lichtstrahl es traf. Und es hielt den Kopf geneigt, ohne mich anzusehen, als lausche es auf etwas.

»Mein Name ist Kira«, sagte ich – bereit zum Sprung, falls die Fremde mich angreifen oder durch einen Schrei verraten wollte.

»Deine Stimme klingt so jung. Bist du neu?«

»Ich gehöre nicht hierher«, sagte ich. »Und ich werde auch gleich wieder gehen.«

Das Mädchen runzelte die Stirn. »Das glauben alle, wenn sie ankommen. Oder kennst du einen Ausgang?«

»Ich bin mir nicht sicher«, erwiderte ich misstrauisch. Ich wollte nicht gleich wieder am Arm gezerrt werden. Um das Mädchen abzulenken, stellte ich eine Gegenfrage: »Warum bist du hier? Du bist auch viel jünger als die anderen.«

»Mein Name ist Jessy. Und ich bin seit einer Woche hier. Sieben Nächte.« Jessy lächelte mir zu und klopfte auf die Matratze. »Setz dich zu mir und erzähl mir, wie du hergekommen bist. Ich bin so froh, endlich mal jemanden kennenzulernen, der nicht in Rätseln spricht.«

Während sie so dasaß und ein Stück an mir vorbeisah, begriff ich plötzlich, warum sie vor dem Licht nicht zurückgeschreckt war.

»Du bist blind«, sagte ich und setzte mich. Auf ein paar Minuten kam es jetzt auch nicht mehr an und sie wirkte sehr sanft und freundlich. Außerdem hatte sie mich neugierig gemacht.

Jessy nickte. »Seit meiner Geburt. Aber nun erzähl!«

»Du zuerst!«

Das Mädchen lachte bitter auf. »Du denkst, ich bin genauso verkorkst wie die anderen und dass du mir nicht trauen kannst.«

Bingo! Jessy hatte offensichtlich ein gutes Gespür für Stimmungen. Dennoch begann sie von sich zu erzählen. Eine seltsame Geschichte. Das mit dem Park und dem Ball klang ja noch ganz verständlich, aber dass ein »starkes Gefühl« sie durch einen Gang hierhergezogen haben sollte und dass sie sich nicht an alles erinnern konnte ... na ja!

»Jetzt sag schon!«, drängte sie. »Weißt du noch, wie du hergekommen bist?«

Ich überlegte, wie viel ich ihr erzählen konnte. Irgendwie *wollte* ich ihr vertrauen. Nicht nur weil ich auf dieser Seite der Tür eine Freundin gut gebrauchen konnte. Jessy wirkte trotz ihrer Blindheit unglaublich selbstbewusst. Und diese Mischung von Hilflosigkeit und unbeugsamer Stärke schlug mich in ihren Bann.

»Mein Name ist Kira. Ich war in einem Haus zu Gast und bin durch eine Art Geheimtür gekommen«, begann ich. »Und dann bin ich gleich von den Leuten dort unten in Empfang genommen worden. Sie haben mich sehr genau unter die Lupe genommen und waren sich nicht so ganz einig, wofür sie mich halten sollten. Sie haben mich ziemlich brutal am Arm gezerrt, damit ich ihnen einen Ausgang zeigen soll. Sind sie ... Ist das hier eine Art Psychiatrie oder so was?«

Jessy schüttelte ernst den Kopf. »Das dachte ich auch zuerst. Bist du vor ihnen auf der Flucht?«

»Ja.«

Sie schwieg eine Weile. Ihre Worte wählte sie ganz vorsichtig: »Sie sind verzweifelt. Ich weiß nicht, wie lange sie schon hier sind. *Ich* zähle die Tage, aber aus irgendeinem Grund können die meisten von ihnen das nicht.«

»Das klingt, als wären es ganz normale Menschen«, warf ich ein. »Wusstest du, dass sie keinen Schatten haben?«

Mein Blick fiel auf Jessys Matratze. Weil sie so normal wirkte, hatte ich nicht darauf geachtet. Sie war eine von ihnen!

»Habe *ich* einen Schatten?«, fragte Jessy leise.

Mein Schweigen dauerte eine Sekunde zu lang. An ihrem Gesicht sah ich, dass sie verstanden hatte.

»*Das* ist es also ...«, flüsterte sie tonlos.

»Was?«, fragte ich nervös. »Eine Begegnungsstätte für Leute, die ohne Schatten geboren wurden?«

Jessy bemühte sich um ein Lächeln, aber es fiel ihr schwer. »Sie reden nie darüber«, fuhr sie fort. »Aber ich glaube, sie alle suchen mit einer tiefen Besessenheit nach etwas. Nach einem Teil von sich selbst. Als ich herkam, hatte ich ein Gefühl von Verlust. Ich glaube, ich weiß jetzt, was ich im Park verloren habe und was mich hergeführt hat.«

»Kannst du etwas deutlicher werden?«, fragte ich mit einem wenig überzeugenden Lachen. Ich hoffte, damit die Spukgeschichte wegzuwischen, die ihre Worte in meinem Kopf geweckt hatten.

Jessy legte den Kopf wieder etwas schief und zog die Mundwinkel hoch, ohne wirklich zu lächeln. »Vielleicht kann ich es dir später zeigen.«

»Ja. Vielleicht später«, sagte ich vorsichtig, während ein Kribbeln in meinem Nacken mir Warnungen schickte. Noch ein bisschen länger in dieser Umgebung und ich würde auch verrückt!

»Wie lebt ihr hier eigentlich? Gibt es keine ... Betreuer, die sich um euch kümmern?«

»Betreuer!« Jessy lachte trocken auf. »So kann man ihn nicht nennen. Er ist ein Wesen, das nicht aus Fleisch und Blut ist. Er atmet nicht und er hat keine Schritte. Aber er bringt uns sehr pünktlich dreimal am Tag Essen und ab und zu versorgt er uns mit frischen Decken, Matratzen, Medizin oder Kleidung.«

»Ein ... Wesen?«

Ich erinnerte mich an den Satz, der mich vorhin im Keller zutiefst beunruhigt hatte. *Sie ist ein Mensch.* Daraus hatte ich gefolgert, *sie* wären keine Menschen. War es anders? Wer lebte wohl hier, der *kein* Mensch war? Aber war diese Idee nicht völlig verrückt? Dann fiel mir der Schatten wieder ein, der in Paps' Atelier, im Verlies und in meinem Schwarz aufgetaucht war – den ich als erstes Anzeichen von Wahnsinn eingeordnet hatte. Entweder hatte ich jetzt doch den Verstand verloren oder an diesem Ort gab es tatsächlich Dinge, die jenseits aller Logik lagen.

»Wenn er keinen Atem und keine Schritte hat – wie hast du das Wesen dann gehört?«, bohrte ich nach. »Und du sagst ›er‹ – kann es nicht auch eine Sie sein? Oder ein Es?«

»Ich habe mit ihm gesprochen«, sagte Jessy und hob den Kopf dabei, als müsse sie sich im Nachhinein noch Mut machen. Insgeheim bewunderte ich sie.

»Was hat er denn gesagt?«

Sie zuckte mit den Schultern. »Nicht viel. Dass ich etwas essen muss. Und mit ihm kommen soll, weil ich in einem Gang war, wo wir nicht hingehen sollen.«

»Kannst du ihn beschreiben? Hat jemand anderes ihn vielleicht *gesehen*, während du mit ihm gesprochen hast?«

»Einmal war eine Frau dabei. Die hat gemeint, da sei gar nichts. Sie würde sagen, dass ich spinne. Und das andere Mal … Ich spüre es einfach, wenn jemand vor mir steht. Ich würde seine Stimme wiedererkennen.« Sie überlegte eine Weile. »Und seinen Geruch. Er riecht nach Heu.«

Es war ein Gefühl, als würde mein Herz nicht mehr schlagen und das Blut in den Adern erstarren. *Heu?*

»Cyriel«, hauchte ich und krallte meine Finger in die Matratze.

»Ist das sein Name? Der deines Gastgebers?«, fragte Jessy teilnahmsvoll.

»Nein. Er ist sein Assistent. Und langsam begreife ich einiges …«, sagte ich, obwohl die Lücken in meinem Begreifen noch erheblich waren. Was um Himmels willen war er? Sosehr sich mein Innerstes gegen diese Erkenntnis wehrte, aber es musste so sein: *Er war der Schatten!* Ein mysteriöses Wesen, das sich hier unten Menschen hielt – wie Mäuse für ein Experiment. Was wollte er von ihnen? Und warum hatte er sich so für das Bild mit dem Schwarz interessiert? Die Erinnerung an den Schatten im Atelier durchzuckte mich und brachte mich auf eine ganz andere Frage, die wie Feuer in meinem Kopf brannte: Hatte er sich womöglich schon viel früher für dieses Schwarz interessiert? Als mein Vater noch damit experimentierte – und schattenhafte Wahnvorstellungen hatte, die ihn schließlich in den Selbstmord trieben?

Kira

Erschrocken fuhr ich zusammen, als ein lauter Gong ertönte. Er vibrierte in dem alten Gemäuer und plötzlich hörte ich ein paar Türen knarren und das Schlurfen von Leuten auf dem Gang.

»Die Fütterung der Verlorenen«, erklärte Jessy mit einem schiefen Lächeln und sprang auf. »Er hat sich heute etwas verspätet, scheint mir. Hast *du* ihn zufällig so durcheinandergebracht?«

Ich zuckte mit den Schultern.

»Wenn es ruhiger geworden ist, folge mir! Es gibt einen Gang, der zu einer kleineren Treppe hinter der Säulenhalle führt. Wenn alle im Speiseraum sind, kannst du von dort aus ungestört deinen Ausgang suchen.«

»Danke! Das klingt perfekt«, sagte ich.

»Nimmst du mich mit?«

Die Frage hatte ich erwartet, dennoch machte sie mich nervös und ich zögerte.

»Die Gefahr, dass Cyriel dich findet, während ich Hilfe hole, ist einfach zu groß. Vertrau mir! Mein Gastgeber wird wissen, was wir tun können, um Cyriel auf frischer Tat zu ertappen und die Menschen hier zu befreien.«

Ich bemerkte Jessys Enttäuschung, aber ich war heute schon einmal auf der Flucht gewesen. Im Notfall wollte ich so schnell rennen können wie nur möglich.

Kurz darauf tappten wir durch einen Gang, der so

schmal und türenlos war, dass wir keine Gelegenheit zur Flucht gehabt hätten, wenn uns jemand entgegengekommen wäre. Aber Jessy beruhigte mich immer wieder und erklärte, dass diesen Weg kaum jemand nahm. Und dass die anderen nicht wirklich böse waren. Ich hingegen war der Meinung, dass ich diesen Verzweifelten nicht so schnell noch einmal begegnen wollte. Der Gang endete an einer kleineren Wendeltreppe und führte uns nach unten, wo wir dicht neben der Folterkammer wieder herauskamen. Bingo! Das war genau der richtige Gang!

Lauschend blieben wir stehen, aber die einzigen Geräusche kamen aus einem Raum auf der anderen Seite der Stallungen, wo es kräftig nach Kaffee und Toast duftete. Möglichst lautlos schlichen wir tiefer in den Gang hinein. Jessy folgte mir und ich wusste nicht so recht, ob sie es aus Neugier tat oder weil sie noch immer hoffte, mit mir durch die Tür gehen zu können.

In den Windungen des Gangs verlor sich das Licht der Fackeln, sodass ich die Taschenlampe wieder einschalten musste. Gut so, denn nur in totaler Dunkelheit würde ich den Ausgang finden!

»Willst du nicht zum Essen gehen?«, fragte ich Jessy vorsichtig, als wir die Tür erreichten.

»Ich wollte sichergehen, dass du klarkommst!«, lächelte sie – und ich fühlte mich ganz mies, weil ich sie zurückließ.

»Keine Sorge, ich komme ganz bestimmt wieder!«, flüsterte ich.

»Das weiß ich«, erwiderte sie. »Nun mach schon!«

Ich schaltete die Taschenlampe aus und tastete die Wand ab. Da war die Tür. Und da die Klinke. Sie ließ sich problemlos herunterdrücken. Bloß ... die Tür war verschlossen!

Ich konnte es nicht glauben! In Gedanken war ich längst hindurchgegangen, war auf der sicheren Seite. Es durfte einfach nicht sein, dass ich *hier* bleiben musste – in dieser verrückten Welt!

»Wir sind wahrscheinlich eine Minute zu spät gekommen«, sagte Jessy, als müsse sie sich entschuldigen. »Das Wesen verschwindet immer gleich nach dem Verteilen der Teller. Das nächste Mal sind wir früher da!«

Das nächste Mal ... Ihre Stimme klang so zuversichtlich und freundlich, während ich langsam verzweifelte.

»Glaubst du denn, wir bekommen noch mal eine Chance?«

»Natürlich kann es sein, dass er die Tür immer abschließt, während er das Essen bringt«, überlegte Jessy, »und es war nur ein Zufall, dass er es heute vergessen hat, als du hereinkamst.«

Mein Magen zog sich zusammen. Wenn das stimmte, würde ich nie wieder zurückkommen!

»Ich finde es unlogisch«, dachte Jessy weiter laut nach, »dass niemand von den anderen die Tür bisher gefunden hat. Ich meine, sie ist doch wohl kaum zu übersehen am Ende dieses Gangs ... Hast du vielleicht einen Trick, mit dem du sie sehen kannst und die anderen nicht?«

»Allerdings«, gab ich zu. Warum sollte ich es ihr nicht sagen? »Es gibt in diesem Haus Türen, die nur in absoluter Dunkelheit existieren. Deine Leute haben den Gang wahrscheinlich mit Fackeln abgesucht.« Neben der Tür entdeckte ich eine Halterung und begriff. »Wenn wir Glück haben, macht sich Cyriel tatsächlich nicht die Mühe, die Tür abzuschließen, wenn er nicht lange bleibt. Wenn er eine brennende Fackel hierlässt, kann niemand die Tür sehen. Und wir müssen nur den richtigen Zeitpunkt erwischen.«

Jessy nickte entschlossen. »Und jetzt gehen wir frühstücken.«

Ich schüttelte heftig den Kopf. »*Du* gehst frühstücken! Mit diesen Zombies will ich nichts zu tun haben!«

Jessy schnaubte. »Ich gehöre auch zu diesen Zombies! Schon vergessen?«

Ja, ich hatte es vergessen. Nachdenklich betrachtete ich sie. Vielleicht würde ich ja auch bald ein Teil dieser gruseligen Gemeinschaft sein. Willkommen im Klub!

»Entschuldige! Aber ich habe jetzt wirklich nicht die Kraft, ihnen gegenüberzutreten. Wenn es dir nichts ausmacht, würde ich mich lieber bis zur nächsten Mahlzeit in deinem Zimmer verstecken. Wäre das okay?«

Jessy lächelte. »Klar!« Sie zögerte. »Ich glaube, *ich* muss mich entschuldigen. Die ersten Tage hier habe ich auch als Horror erlebt.«

»Nur die ersten ...?«, fragte ich. Es war nett gemeint, aber es kribbelte mich am ganzen Körper bei dem Gedanken, dass es mir genauso gehen könnte wie Jessy und den anderen. Dass ich den Rest meines Lebens mit der Suche nach Türen verbringen würde, während mein Verstand sich langsam verabschiedete.

Todmüde setzte ich mich auf Jessys Matratze, und obwohl ich voller Unruhe war, musste ich schon nach wenigen Minuten eingeschlafen sein. Wilde Träume begleiteten mich. Schattenwesen mit Fackeln in den schwarzen Händen kreisten mich ein und drängten mich in einen Gang, der vollkommen dunkel war. Ich rannte hinein, rannte, ohne zu wissen, wohin. Meine Verfolger konnte ich nur erahnen, denn sie hatten keine Schritte. Aber ihr Licht kam immer näher. Voller Angst lief ich immer schneller, nur die absolute Dunkelheit konnte mir Schutz bieten. Schließlich stand ich vor dem Ende des Gangs, erfühlte eine Tür, eine Klinke und riss sie auf. Weiter kam ich nicht, in hell gleißendem Nebel stand Cyriel. Seine Augen funkelten wütend und in der Hand hielt er etwas hoch, eine Waffe. Ein Messer? Einen Pinsel?

Erschrocken fuhr ich hoch. Ein Traum! Es musste ein Traum sein! Aber warum waren da immer noch Augen dicht vor mir in der Dunkelheit? Und warum war es hier immer noch dunkel? Sollte es nicht Tag sein? Ein kurzer Blick zum Fenster zeigte mir, dass auch hier alles vernagelt war. Ein schmaler Tageslichtstrahl streifte die Person, die vor mir hockte und mich anstarrte. Sie hatte das Gesicht einer Frau Anfang dreißig, aber ihre Augen sahen wegen der dunklen Ringe darunter älter aus.

»Nun bist du also auch hier«, sagte sie leise.

Instinktiv rückte ich von ihr ab, rutschte auf die andere Seite der Matratze, bis mein Rücken die Wand berührte. Die Frau kroch ein Stück näher. Das Licht strich über ihren schlanken Körper. Wie gebannt betrachtete ich ihren braunen Rock und die Römersandalen mit den Nieten. Eindeutig Annas Sandalen!

»Woher haben Sie die Klamotten?«, fragte ich erschrocken.

»Aus einer Boutique in München. Aber warum willst du das wissen?«

Die Frau wandte den Blick nicht eine Sekunde von mir ab und setzte sich so dicht vor mich, dass ich nicht mehr an ihr vorbeikam.

»Hat Cyriel Ihnen die Sachen gebracht?«, fragte ich.

Ihr Gesicht verdüsterte sich und eine tiefe Furche teilte ihre Stirn.

»Cyriel? Nein. Er beachtet mich immer noch nicht. Er sagt, er kann mir nicht helfen.«

Ich musterte sie genauer, ihre Körperhaltung, ihre Gestik und Mimik. Die Wahrheit brannte wie Feuer in meinem Kopf, auch wenn ich mich weigerte zu begreifen. Diese braunen Augen, diese schmalen Lippen, diese Stupsnase! Die Frau trug nicht nur ihre Kleidung – das *war* Anna! Anna mit dreißig!

»Hat Cyriel dich hierhergebracht? Was hat er dir getan?«, stöhnte ich.

»Wieso Cyriel? Das war ein Schattenwesen.«

Wie wütend war ich noch vor Kurzem auf sie gewesen! Und jetzt wurde mir alles klar: Nicht Anna hatte mein Zimmer durchwühlt, um die Formel zu finden. Hier gab es nur ein Monster!

»Was hat er dir angetan?«, wiederholte ich. »Wie hat er dich altern lassen?«

Sie sah mich erstaunt an.

»Altern? So ein Blödsinn! Ich habe lange nicht mehr richtig geschlafen. Alles, was ich brauche, sind eine anständige Dusche und mein Kosmetikkoffer. Was für ein Glück, dass du mich gefunden hast! Bring uns möglichst gleich hier raus!«

Jetzt war es an mir, sie verblüfft anzusehen.

»Ich habe dich nicht ... gefunden«, sagte ich vorsichtig und gleichzeitig war es mir unangenehm. »Sie haben mir gesagt, dass du abgereist wärst.«

»Dann hast du nicht nach mir gesucht?« Ihre Augen

verengten sich zu Schlitzen. »Hast du es etwa einfach hingenommen, dass ich entführt wurde?«

Das schlechte Gewissen schlug wie Brandungswellen über mir zusammen. Was hätte ich tun sollen? Bei ihr zu Hause anrufen, um sie wegen des durchwühlten Zimmers zur Rede zu stellen? Dann wäre ich natürlich darauf gekommen, dass etwas nicht stimmte.

»Cyriel hat gesagt, du wärst in ein Taxi gestiegen. Und ich hatte keinen Grund, an seinen Worten zu zweifeln. Deine Sachen waren alle weg. Bis auf den Kalender.«

Zugegeben, das hätte mich stutzig machen müssen. Aber ich war einfach nur sauer auf Anna gewesen. Und ehrlich gesagt hatte ich sie nicht vermisst.

Sie funkelte mich an. »Verstehe!«

Als ich mich bewegte, fiel ihr Blick auf die Matratze. »*Was ist das?* Du hast deinen Schatten noch?«, flüsterte sie. »Dann bist du also nicht von dem Schattenwesen entführt worden! Du kannst gehen, wann du willst – und mich mitnehmen.«

»Wenn ich den Ausgang gefunden habe, sage ich dir Bescheid«, sagte ich mit gezwungenem Lächeln und wehrte ihre Hand ab, mit der sie mich gerade am Arm berühren wollte. Sie zuckte zurück, als hätte sie sich verbrannt.

»Du würdest mich also zurücklassen!« Plötzlich bekamen ihre Augen einen irren Glanz und sie verzog die Mundwinkel, als wollte sie weinen, doch sie überdeckte es mit einem unechten Lächeln und sprang auf. »Lass mich raten – er weiß noch gar nicht, dass du hier bist?«

Das Licht fiel äußerst unvorteilhaft auf ihr Gesicht. Oder war sie wirklich so erschöpft und leer?

Verblüfft sah ich zu, wie sie zur Tür lief und dann auf

den Gang. Was hatte sie vor? Eine Ahnung und ein gewaltiger Adrenalinstoß brachten mich dazu, aufzuspringen und ihr hinterherzustürzen. Aber vor der Tür rannte ich genau in Jessy hinein. Wir beide torkelten und mussten uns an den Wänden abstützen, um nicht zu fallen.

»Was ist passiert?«, fragte Jessy bestürzt.

»Anna! Sie hat irgendwas Dummes vor«, keuchte ich und lehnte mich gegen die Wand.

»Die Anna, mit der ich seit drei Tagen in einem Zimmer schlafe? Du kennst sie?«

Ich nickte, bis mir einfiel, dass Jessy das nicht sehen konnte.

»Ich muss fliehen, bevor sie Cyriel findet«, fasste ich das Problem knapp zusammen.

»Dann müssen wir uns beeilen«, stellte Jessy sachlich fest. »Ich bin gekommen, weil es gleich Mittagessen gibt. Du musst nur in der Nähe der Tür stehen, wenn dieses Wesen kommt.«

»Wann ist Anna so alt geworden?«, murmelte ich, immer noch verwirrt. »Vor wenigen Tagen war sie noch neunzehn, genau wie ich.«

Jessy runzelte die Stirn. »Alle hier behaupten, sie wären jung, obwohl ihre Stimmen nicht mehr nach Jugendlichen klingen. Ich dachte, sie wären verwirrt und hätten einfach vergessen, wie lange sie schon hier sind.«

Ich sah sie nachdenklich an. »Wie alt bist *du?*«

Jessy wurde blass und betastete ihr Gesicht. »Wie alt sehe ich denn aus?«

»Etwas jünger als ich, denke ich. Siebzehn?«

Jessy nickte und atmete tief durch. »Passt. Aber jetzt lauf endlich, du hast nicht viel Zeit!«

Ich konnte ihr ansehen, dass sie am liebsten gleich mitgekommen wäre.

»Ich vergesse dich nicht, versprochen! Ich komme und hole dich!«

»Uns!«, verbesserte Jessy ernst.

Anna hatte den Hauptgang genommen, so konnte ich also durch den Seitengang, wie beim letzten Mal, zur Geheimtür gelangen. Als ich die Wendeltreppe erreichte, tappte ich so vorsichtig wie möglich bis zu einer Stufe, von der aus ich den Gang beobachten konnte, ohne aufzufallen. Hoffte ich jedenfalls. Und ebenso hoffte ich, dass Jessy mit ihrer Zeiteinschätzung recht hatte.

Als mein linker Fuß gerade einzuschlafen drohte, kam er. Beinahe hätte ich ihn verpasst, denn ich hatte auf Schritte gelauscht. Auf Geräusche, die ein Mensch eben machte, wenn er sich bewegte. Aber er war völlig lautlos, als würde ganz unerwartet die Projektion eines Cyriel de Vries im Gang erscheinen. Nur dass eine Projektion immer auch etwas mit Licht zu tun hatte, während dieser Mann dunkler wirkte als seine Umgebung. Dunkler, als Menschen sein können.

Ich hielt den Atem an und wartete darauf, dass er vorbeiging. Aber genau vor meiner Treppe zögerte er. Hatte er mich bemerkt? Vorsichtig zog ich mich ein Stück zurück, sodass ich ihn nur noch bis zur Hüfte sehen konnte, der obere Teil fehlte mir. Dann hörte ich laute, schnelle Schritte, die eindeutig menschlich waren. Wenn man diese neue Anna als menschlich bezeichnen konnte.

»Cyriel!«, rief sie und ihre Stimme klang wie eine alt gewordene und verzweifelte Variation der männerbetörenden Neunzehnjährigen, die ich kannte.

»Anna!«, sagte er überrascht. »Alles in Ordnung?«

»Alles bestens. Besonders, seit ich eine Freundin hier unten habe.«

Was bezweckte sie damit? Glaubte sie, dass Cyriel ihr dafür um den Hals fallen würde? Oder stimmte mein erster Eindruck tatsächlich? Dass sie einen Großteil ihres Verstandes hier unten eingebüßt hatte? Was hatte sie nur so verwandelt?

So leise ich konnte, schlich ich die Treppe wieder hoch. Und dort begann ich zu rennen. Verdammt, wo sollte ich jetzt hin? Wo würde er mich nicht finden? Als ich um die nächste Kurve bog, blieb ich wie erstarrt stehen.

»Jessy! Wieso bist du nicht beim Essen?«

»Ich wollte da sein, falls etwas schiefgeht«, flüsterte sie. »Was ist los?«

»Anna hat mich verraten und Cyriel wird gleich hier sein«, zischte ich und wollte mich an ihr vorbeidrängeln.

»Diesmal komme ich mit und helfe dir!«, zischte sie zurück und schob mich in den Gang, der zur großen Wendeltreppe führte. »In den oberen Räumen wird er zuerst suchen, also erst mal runter!«

»Geh in dein Zimmer, er sucht ja nur mich«, riet ich ihr und wollte loslaufen, aber Jessy blieb dicht hinter mir.

»Vergiss es! Und jetzt los! Nimm keine Rücksicht auf mich, ich kenn mich hier aus!«

Tatsächlich war sie unglaublich schnell. Als ich begriff, dass sie auf meine Schritte lauschte, gab ich flüsternd Anweisungen: »Links. Rechts. Vorsicht, Stufen!«

In Windeseile hatten wir die untere Halle erreicht.

»Und jetzt?«, keuchte ich, bereit zum Sprung, falls jemand um die nächste Ecke biegen würde.

»Jetzt gehen wir in den Speisesaal zu den anderen«, flüsterte Jessy und wollte mich am Arm ziehen. Aber ich blieb stocksteif stehen.

»Zu den ...?«

»... Zombies, ja!«, vervollständigte Jessy den Satz und nickte lächelnd. »Da wird dieser Cyriel dich am wenigsten erwarten.«

»Du verstehst nicht ...« Wie sollte ich ihr nur erklären, dass diese Leute mich das letzte Mal bedroht und verfolgt hatten? Ich würde beim Essen mit Sicherheit der Hauptgang sein!

Aber Jessy legte mir eine Hand auf die Schulter und lenkte mich. Und irgendwie strahlte ihre Hand etwas sehr Beruhigendes aus.

»Sie sind nicht anders als wir. Jeden Tag aufs Neue hoffen und verzweifeln sie. Sie konnten nicht wissen, wer du bist und was du bist, also warst du eine Bedrohung. Gib ihnen eine Chance!«

Bevor ich ein gutes Argument dagegen finden konnte, stand ich schon in der Tür zum Speisesaal. Etwa zwanzig Menschen starrten mich an, manche von ihnen erstaunt, manche gleichgültig, manche aggressiv. Der Mann mit dem braun-grau gefleckten Bart stand auf und funkelte uns an, und ich wollte gerade die Flucht ergreifen, als Jessy sich vor mich stellte und sagte: »Das hier ist Kira. Ich habe gehört, bei ihrer Ankunft gab es wohl ein Missverständnis. Sie ist eine von uns und sie will uns helfen, sobald sie den Ausgang wiedergefunden hat. Aber das Schattenwesen ist hinter ihr her, und wenn es sie erwischt, dann war's das – auch für uns. Mit ihr haben wir alle eine neue Chance. *Bitte!* Ihr müsst uns helfen!«

In ihren Gesichtern spiegelte sich noch immer Unsicherheit, wie sie mit mir umgehen sollten.

»Aber ihr Schatten ...«, sagte eine Frau vorwurfsvoll.

Jessy nickte. »Sie hat mehr Glück gehabt als wir. Bis jetzt. Wollt ihr ihr das übel nehmen?«

Die Frau musterte mich. Schließlich stand sie entschlossen auf, rückte ihren Stuhl zurück und zeigte unter den Tisch. »Hock dich zwischen unsere Füße. Es wird eng, aber zwischen so vielen Beinen wird er dich nicht finden.«

Eine andere alte Frau gab ein meckerndes Lachen von sich, von den anderen nickten einige.

Da mir nichts Besseres einfiel als dieser Vorschlag, nickte ich freundlich in die Runde und krabbelte unter den Tisch. Stühle rückten, die Beine wurden eng zusammengestellt und ich kauerte mich dazwischen.

Lange Zeit verging. Offenbar hatte ich Cyriels Essenszeiten tatsächlich durcheinandergebracht. Während die Leute geduldig sitzen blieben und sich murmelnd unterhielten, betrachtete ich die Schuhe um mich herum. Seltsam, wenn man mal davon ausging, dass die Menschen hier schon lange unter einfachen Bedingungen lebten, dann müssten ihre Schuhe doch sehr alt, abgewetzt und schmutzig aussehen. Und vermutlich auch unangenehm riechen. Aber nichts davon war der Fall. Doch etwas war noch merkwürdiger: Das waren nicht die Schuhe alter Leute! Die meisten trugen bunte Turnschuhe oder peppige Ballerinas. Jessy hatte gesagt, sie alle hielten sich für jung. Die neunzehnjährige Anna war erst ein paar Tage hier und wirkte jetzt schon rund zehn Jahre älter. Mir wurde fast schwindelig bei dem Gedanken, was das bedeutete: Diese Menschen *waren* jung! Waren *sie* etwa die verschwundenen Jugendlichen?

Plötzlich verstummten alle Gespräche. Die unerwartete Stille ließ mir das Blut in den Adern gefrieren. Eine Fußspitze trat in meine Nieren und beinahe hätte ich laut aufgeschrien. Gerade noch rechtzeitig wurde mir bewusst, dass die Frau mich vermutlich nur warnen wollte. Selbst ohne den Tritt hätte ich die knisternde Spannung im Saal bis unter den Tisch gespürt. Jemand hatte den Raum betreten – jemand, den sie fürchteten.

Der Essenswagen rollte langsam, aber unaufhaltsam näher, stoppte an jedem Platz. Dann ertönte jeweils ein Klappern und ein dumpfer Ton: Wasserglas auf Holz. Näher und näher. Schließlich konnte ich Beine sehen, Cyriels Jeans. Und als ich seine Schuhe näher betrachtete, setzte mein Herz für ein paar Schläge aus. Ich sah, wie er sie vorwärtssetzte – ohne den leisesten Ton, wie Jessy es ja gleich festgestellt hatte. Aber von hier unten konnte ich auch erkennen, warum sie kein Geräusch machten: Ihre Sohle *verschwamm* vor meinen Augen, sie waberte wie dunkler Rauch und sie berührte niemals wirklich den Boden.

Ein fast tonloses Keuchen rutschte mir heraus, als ich Luft holen musste. Urplötzlich blieben Cyriels Beine stehen und ich fühlte, dass alle den Atem anhielten. Eine Stille, als hätte selbst die Zeit angehalten. Bis die Frau vor mir ein Husten von sich gab, das meinem Keuchen sehr ähnlich war.

»Ein Wasser bitte!« Ihre Stimme klang gequetscht, als bekäme sie kaum Luft.

In der Totenstille hörte ich sie trinken. Und das Glas wieder absetzen.

»Danke«, sagte sie leise.

An der Haltung seiner Beine konnte ich sehen, dass

Cyriel zögerte. Als er endlich weiterging, konnte auch ich mich wieder entspannen – soweit das unter dem Tisch möglich war.

Da die anderen nie mit Cyriel sprachen, war ich mir sicher, dass das Ablenkungsmanöver die Frau viel Mut gekostet haben musste. Und ich hatte diese Menschen vorhin noch als Zombies bezeichnet! Ich beschloss, das nächste Mal besser über solche geringschätzigen Bemerkungen nachzudenken, bevor ich den Mund aufmachte.

Als Cyriel den Raum verlassen hatte, bedankte ich mich überschwänglich bei der Frau und nickte allen dankbar zu. Sie hatten eine Menge für mich riskiert. Die meisten von ihnen verschwanden jedoch recht schnell. Bis auf meinen persönlichen Freund, den bärtigen Mann.

»Und jetzt zeigst du uns den Ausgang!«, sagte er, als wir durch die Tür gehen wollten, und blieb mit verschränkten Armen vor mir stehen.

»Ich habe gesagt, wenn wir ihn gefunden haben«, sagte Jessy und stellte sich ihm entgegen, doch er verzog nur spöttisch die Mundwinkel.

»Dann lasst mich mal mitsuchen, Mädels!«, raunte er.

Als Nächstes spürte ich einen Arm, der sich bei mir einhakte. Es war die Frau, die mir gerade schon geholfen hatte. Auf der anderen Seite hakte sie Jessy ein und ging mit uns vorwärts. Dem bärtigen Mann blieb nichts anderes übrig, als uns auszuweichen.

»Mach dich nicht unbeliebt, sonst lassen wir dich als Einzigen zurück«, kicherte die Frau und ging mit uns zur Treppe.

Die Blicke des Mannes folgten uns und ich war mir fast sicher, dass ich ihm noch einmal begegnen würde.

Jessy

Jessy wusste, dass die scheue Lara selten andere mit in ihr Zimmer nahm, jetzt jedoch führte sie Kira und sie kommentarlos nach oben. Nicht die erste Überraschung, die Lara heute für sie parat hatte! Sie hatte Stärke bewiesen, zuerst gegenüber dem Schattenwesen, dann gegenüber dem bärtigen Paul. Noch immer leicht euphorisch zog sie die beiden Jüngeren zur Treppe. Kiras Anwesenheit löste wohl nicht nur bei Jessy Hoffnung aus!

In dem Zimmer im zweiten Stock, abseits von allen anderen, sanken Kira und Jessy gemeinsam auf eine Matratze, während Lara sich in eine Ecke zurückzog. »Ihr könnt gern noch etwas bleiben. Aber schlafen müsst ihr woanders. Ich mag keine Leute, die mir beim Schlafen zusehen!«

»Nach meinem letzten Erlebnis beim Aufwachen kann ich das durchaus verstehen«, erwiderte Kira mit einem Lächeln.

Doch Lara reagierte nicht mehr. Sie begann etwas zu murmeln, geistig abwesend.

Von einer anderen Frau hatte Jessy gehört, dass Lara immer Spielkarten dabeihatte, die sie gern vor sich ausbreitete, um ab und zu auf einzelne Karten zu zeigen und mit ihnen zu sprechen.

Jessy spürte, dass Kira das Geschehen etwas befremdet beobachtete. Sie hatte vermutlich noch nicht ganz erfasst, wie tief diese Menschen in ihrem Grundvertrauen ins Leben erschüttert worden waren. Lara wirkte oft mehrere Stunden lang vollkommen normal. Doch vermutlich war es genauso normal, wenn jeder in dieser bedrohlichen Umgebung seine persönlichen Fluchtversuche machte. Unsichtbare Freunde, tägliche Rituale oder sinnlose Wutausbrüche.

»In diesem Zimmer sind wir sicher – zumindest vor Anna«, erklärte Jessy, um Kira zu beruhigen. »Die beiden sind mal aneinandergerasselt, seitdem kommt deine Freundin nicht mehr hoch in den zweiten Stock.«

»Das mit der *Freundin* ist so eine Sache«, lachte Kira bitter auf.

Ihr Ton hatte sich in den letzten Stunden stark verändert, fand Jessy. Anfangs war sie sehr distanziert gewesen, als wolle sie klarstellen, dass sie nicht hierhergehöre. Jetzt lag traurige Verzweiflung in ihrer Stimme, die aber dafür wärmer geworden war. Jessy hatte durchaus begriffen, dass Kira sie anfangs abgelehnt hatte, zusammen mit diesem Gefängnis und seinen Regeln. Und Jessy hatte Kiras absolute Verblüffung amüsiert hingenommen, als eine Gruppe sie beschützte, die sie im Prinzip verachtete. Nun war Kira ein Teil davon; von der Gruppe der »Verlorenen«, wie Jessy sie insgeheim nannte, und von diesem Gefängnis.

»Wer ist Lara?«, fragte Kira und Jessy fühlte ihr Gespür bestätigt. Noch vor einer Stunde hätte sie das nicht interessiert.

Da Lara keine Anstalten machte, selbst auf die Frage zu antworten – die sie vermutlich gar nicht gehört hatte –, sagte Jessy: »Lara hat mir am Anfang sehr geholfen. Sie hat mir ein freies Zimmer zum Schlafen gezeigt, das nicht zu weit von der Treppe entfernt liegt. Mehr weiß ich nicht von ihr.«

Eine Weile schwiegen sie. Dann ertönte ein lautes Knurren, das sogar Lara kurz aufschauen ließ.

»Mein Magen«, entschuldigte Kira sich.

Jessy griff unter ihren Pullover. »Als ich mich an dem Servierwagen entlanggetastet habe, ist mir aus Versehen das hier in die Hände geraten.«

Sie freute sich insgeheim über Kiras Begeisterung, die eilig das Stück Brot und den Apfel entgegennahm.

»Das glaub ich nicht! Ich selbst vergesse meinen Hunger da unten – und du bringst mir etwas mit! Du bist ein Schatz! Danke!«

Jessy fand es absolut verständlich, dass Kira der Appetit unter dem Tisch vergangen war. Sie hatte selbst so viel Angst gehabt – wie musste Kira sich da erst gefühlt haben?

Sie lehnte sich schweigend an die kühle Mauer und wartete, bis Kira fertig war. Dabei spürte sie, wie all ihre Sorgen wieder in ihr hochstiegen. Die Tür, durch die Kira gekommen war, würde wohl endgültig für sie verschlossen sein. Oder dieser Cyriel wartete dort darauf, dass sie kam. Und damit verabschiedete sich alle Hoffnung!

»Und? Wie geht es jetzt weiter?«, sprach sie ihre Gedanken aus.

Kira zuckte mit den Schultern. »Mein Leben ist in den letzten Stunden so aus den Fugen geraten, dass ich erst mal nachdenken muss.«

Jessy hörte die Angst heraus. »Wenn du bei uns bleibst, wirst du irgendwann aufrecht im Speisesaal sitzen müssen – oder verhungern. Oder wir finden einen anderen Weg.«

Sie schwiegen eine Weile und Jessy konnte hören, wie Kira

sich ebenfalls gegen die Wand lehnte. Ihr Atem ging schnell, als wäre sie gerannt.

»Seltsam, wie kurzfristig man in der Gefahr denkt«, bemerkte Kira. »Der nächste Schritt, das nächste Versteck. Dann vielleicht das nächste Essen und ein Schlafplatz.«

»Hier unten hat sich für mich auch alles umgekrempelt«, nickte Jessy. »Vor einer Woche bin ich noch zur Schule gegangen, hab danach mit einer Freundin für den Physiktest geübt, mich mit ihr verquatscht und bin abends zu Fuß nach Hause.« *Und wenn ich früher gegangen wäre, wäre ich vermutlich auch angekommen.* »Bis dahin war die größte Katastrophe, die mir passieren konnte, dass ich für die Woche Ausgehverbot bekam, wenn ich zu spät zu Hause auftauchte.«

»Ausgehverbot?«

Jessy schnaubte. »Ja, meine Mutter weigert sich, es Hausarrest zu nennen, weil ich zu alt dafür bin. Aber es bleibt dasselbe, oder? Sie hält die Leine kurz.« Jessy wusste, dass ihre Mutter das nicht böse meinte, aber sie hatte sich immer eingeengt gefühlt. »Am liebsten würde sie mich überall hinbringen. Warum kann sie nicht begreifen, dass ich genauso erwachsen werden will wie alle anderen?« Sie zögerte und spürte einen Stich in der Brust. *Wenn sie an jenem Tag nicht absichtlich die Zeit vertrödelt hätte, um ihre Mutter zu ärgern ...* Der Gedanke, dass sie jetzt vermutlich krank war vor Sorge, tat weh.

»Mir ging es genau andersrum«, sagte Kira. »Mein Vater hat kaum mitbekommen, ob ich zu Hause war oder nicht. Und er fand es ganz selbstverständlich, dass ich so erwachsen war. Kommen Kinder denn nicht schon so auf die Welt?«

»Eltern sind eben schwierig. Und vermutlich haben wir die

Eltern, die wir verdienen.« Jessy bemühte sich um ein Lächeln.

»Hatten«, korrigierte Kira leise.

Jessy hielt den Atem an und verfluchte sich selbst für ihre Bemerkung. »Was ist passiert?«

Und auf einmal erzählte Kira. Mittlerweile vertraute sie Jessy offenbar und nun redete sie sich ohne Punkt und Komma ihre ganze Lebensgeschichte vom Herzen. Und Jessy verstand sie. Kiras Zielstrebigkeit kam nicht unbedingt aus ihr selbst heraus, die hatte sie lernen müssen. Und ihr Vertrauen in die Welt war mit dem Schritt durch eine Tür verloren gegangen.

Als Kira schließlich erzählte, wie sie das Geheimnis der Dunkelheit auf der Galerie entdeckt hatte, brach sie plötzlich ab und schlug mit der Faust auf die Matratze.

»Ich Idiot! Das ist die Lösung! Die Tür im ersten Stock!«

Jessy legte den Kopf schief. »Es gibt eine zweite?«

»Ja, ich glaube, sogar mehr als zwei! Ich muss sie suchen ... aber ich hab keine Ahnung, wo. Ich weiß nur, dass sie im ersten Stock ist und dass sie in die gleiche Richtung führen muss wie die andere unten. Was bei diesen verwinkelten Gängen nicht so einfach herauszufinden sein wird.«

»Finden kannst du sie erst heute Abend, wenn es dunkel ist, oder?«

Kira seufzte. »Stimmt. Durch die vernagelten Fenster kommt tagsüber zu viel Licht herein. Das wird nicht gehen.«

»Und dann?«

»Wie – und dann?«

Jessy zögerte. »Na ja, du wirst hindurchgehen und deinen

Gastgeber um Hilfe bitten. Hast du dir schon einmal überlegt, was er gegen ein Schattenwesen tun kann?« Sie konnte hören, dass sie Kira damit leicht ausbremste.

»Darüber habe ich mir allerdings schon Gedanken gemacht.« Ihre Stimme sagte Jessy das Gegenteil. »Herr Nachtmann ist Chemiker und er weiß eine Menge. Vielleicht ... vielleicht hat Cyriels Verwandlung in ein Schattenwesen ja etwas mit Chemie zu tun? Ein missglücktes Experiment oder so? Dann kann er sicher helfen!«

Jessy legte die Hand auf Kiras Arm. »Du glaubst aber nicht, dass dieser Nachtmann ihm einfach eine lila Flüssigkeit einträufeln kann, damit er wieder ein lieber, guter und echter Mensch wird, oder?«

Ruckartig wich Kira vor der Berührung zurück. »Das habe ich auch gar nicht gemeint!«, bockte sie und stand auf.

Jessy ahnte, dass sie gerade etwas Falsches gesagt hatte. Na ja, oder eben etwas *zu* Richtiges.

»Vielleicht sollten wir die Sache ganz anders angehen«, versuchte sie Kira abzulenken.

Sie musste begreifen, dass die Flucht aus dieser Welt nicht alle Probleme löste! Und ob sie vor diesem Cyriel wirklich fliehen wollte, war wohl noch nicht ganz klar. Nicht einmal Kira selbst.

»Wäre es nicht gut, wenn wir möglichst viel über diese Geschichte mit dem Schwarz herausfinden könnten?«, fragte Jessy. »Ich meine, das ist doch der Kern der Sache: Die absolute Dunkelheit birgt alle Möglichkeiten, sagtest du? Dieses Schwarz ist dem Schattenwesen unglaublich wichtig, und wenn ich mich nicht irre, hat es mit der Entführung der Menschen hier etwas zu tun. Aus irgendeinem Grund bedeutet die Erfindung deines Vaters Macht.«

Kira atmete tief ein. »Du hast recht. Aber wie können wir *hier* mehr darüber erfahren?«

»Vielleicht ist es nicht wichtig ... Aber vielleicht ist es auch der Schlüssel zu Cyriels Geheimnis!«, sagte Jessy. »Es gibt unten im Keller einen Raum ohne Tür. Einen Raum, zu dem wir sehr oft gehen. Wir alle lehnen uns gern gegen die Wand, weil ... es sich wunderschön anfühlt. Alle wissen, dass auf der anderen Seite der Mauer etwas Unfassbares ist. Doch nur das Schattenwesen darf hinein.«

»Was kann da drin sein?«, fragte Kira gespannt.

»Der Geist, der uns verlassen hat«, meldete Lara sich aus ihrer Ecke.

Jessy hörte, dass Kira den Atem angehalten hatte. Plötzlich stand sie vor ihr und nahm ihre Hand.

»Komm, steh auf. Du hast mich verdammt neugierig gemacht!«

Jessy griff nach ihrem Langstock und ging nachdenklich voraus. An der Treppe hielt sie Kira fest.

»Hör mal. Vor Lara musste ich sagen, dass der Raum keine Tür hat. Es ist wahrscheinlich besser, wenn alle das weiterhin glauben.«

Kira drückte Jessys Hand. »Du hast sie also gefunden?« Sie atmete scharf durch die Zähne ein. »Natürlich! Türen in absoluter Dunkelheit! *Du* brauchst nicht zu warten, bis es dunkel ist ... Das ist ja der Hammer! Und? Was war drin?«

Jessy schüttelte den Kopf. »Das sollst *du* mir sagen.«

Kira

Wir erreichten die Stelle, die Jessy gemeint hatte, ohne Zwischenfälle. Auf jeden Fall hatten wir nichts Ungewöhnliches bemerkt.

Jessy lehnte sich gegen die Wand, die Arme weit ausgestreckt, als würde sie sie umarmen, und sagte: »Steh nicht rum, tu das Gleiche wie ich. Und sag mir, was du fühlst.«

»Belustigung!«, rutschte es mir heraus.

»Mach es einfach!«, erwiderte Jessy mit ernstem Gesicht. »Du wirst dich wundern!«

Widerwillig breitete ich die Arme aus, ließ meine Finger über die raue Mauer gleiten und legte den Kopf gegen die Wand.

»Und?«, fragte Jessy gespannt. Inzwischen hatte sie die Wand von ihrer Umarmung erlöst und stand hinter mir.

Ich zögerte mit der Antwort. Es war das gleiche Gefühl wie in diesem komischen Meditationskurs, wo alle erzählt hatten, sie seien während der Stille über eine grüne Wiese geflogen oder hätten am Meer gestanden. Und ich sah vor meinem inneren Auge das Gleiche wie damals: graues Nichts.

»Bei mir klappt so was nicht«, murmelte ich entschuldigend.

Ich spürte Jessys Hand auf meiner Schulter. »Das habe ich mir fast gedacht«, sagte sie mit einem wissenden Lächeln auf den Lippen.

»Erklärst du's mir?«, fragte ich. »Oder muss ich erst so verrückt werden wie der Typ mit dem Bart, um das hier fühlen zu können?«

Sie schüttelte den Kopf und tastete mit der Hand an der Wand entlang. Ihr Tasten wirkte sehr systematisch und ihre Finger bewegten sich über die Oberfläche wie sehr trainierte Sportler bei der Leichtathletik.

»Warte einfach ab, ich möchte erst mal sehen, wie du darauf reagierst.«

Also wartete ich, während sie weitertastete. Auf einmal war ich sicher, hinter mir ein Geräusch gehört zu haben.

»Jessy«, hauchte ich. Auch sie hielt in ihrer Bewegung inne und lauschte.

»Kannst du etwas sehen?«, fragte sie angespannt.

»Nein«, erwiderte ich. Allerdings musste ich zugeben, dass das dämmrige Fackellicht auch nicht gerade hilfreich war. An den Seiten des Gangs gab es einige Nischen und Vorsprünge, nicht weit entfernt eine Biegung ... überall konnte jemand lauern. Ich hoffte nur, dass es einer von Jessys Freunden war. Immerhin, Cyriel würde doch kein Geräusch machen, wenn er sich anschleichen wollte – oder?

»Wer ist da?«, rief ich in den Gang hinein.

Niemand antwortete.

»Ich hab's!«, flüsterte Jessy. »Lass uns einfach reingehen. Dorthin kann uns niemand folgen, wenn wir die Tür hinter uns zuziehen.«

»Fast niemand, meinst du«, flüsterte ich zurück.

Sie atmete tief durch. »Wenn *er* hier ist, kann er uns auch dann locker einholen, wenn wir wegrennen.«

Was für eine motivierende Auskunft!

»Okay!«, sagte ich leise. »Gehen wir rein.«

Jessy griff ins Nichts – ich konnte es genau sehen, dass dort nichts war! Und gleichzeitig zeigte mir der Druck ihrer Hand, die Muskulatur ihrer Finger, dass sie etwas umklammerte. Sie drückte die unsichtbare Klinke herunter und öffnete eine Tür. Also ... eher pantomimisch. Denn vor ihr waren noch immer die großen grauen Steine zu sehen, die fest verfugt waren. Oder waren sie etwas heller geworden? Nein, wohl nicht. Sicher war das nur Einbildung, weil ich etwas sehen *wollte.*

Jessy machte eine auffordernde Armbewegung wie ein obervornehmer Kellner, dass ich hindurchgehen solle.

»Sorry. Da ist eine Wand«, sagte ich seufzend.

Aber meine neue Freundin schüttelte den Kopf und ging voraus – durch die Wand.

Ich sog die Luft scharf durch die Zähne und streckte den Arm aus. Die Steinwand war auf meiner Netzhaut klar und deutlich zu sehen, aber meine Finger wollten davon nichts wissen. Sie griffen hindurch und für eine Sekunde konnte ich meine Hand nicht mehr sehen. Erschrocken zog ich sie zurück.

Im gleichen Moment hörte ich das Geräusch wieder. Diesmal war es deutlicher und lauter. Als ich den Kopf wandte, stand ein paar Meter von mir entfernt eine Gestalt. Meine Lieblingsverräterin!

»Nehmt mich mit«, sagte Anna, die mit großen Augen die Wand anstarrte, in der eben meine Finger verschwunden waren.

»Als Dank für die Nummer mit dem ›Das-muss-Cyriel-wissen‹?«, fragte ich stinkwütend.

Jessy streckte den Kopf durch die Tür. Dieser unnatürliche Wandauswuchs war erschreckend – wie eine Figur in Madame Tussaud's Wachsfigurenkabinett, Abteilung Folterkammer!

»Was ist los?«, fragte sie.

»Nehmt mich mit!«, wiederholte Anna mit brüchiger Stimme. »Bitte!«

Gut gespielt!, dachte ich. Dann sah ich ihre Finger, die sie nach der Wand ausstreckte. Sie waren faltig und zitterten. Von Annas auftrumpfendem Selbstbewusstsein war nichts geblieben.

»Ich träume jede Nacht davon, dass ich durch diese Wand gehen kann. Und jetzt könnt ihr das einfach so! Jede Nacht wünsche ich mir genau das!«

Hin- und hergerissen schluckte ich meine erste Wut hinunter.

»Bist du auch sicher, dass du Cyriel nichts davon erzählen wirst?«, konnte ich mir nicht verkneifen zu fragen.

Sie wich meinem Blick aus. »Wenn ich nicht berühren kann, was da drin ist, sterbe ich! Das fühle ich.«

Jessy lauschte ihr fasziniert. »So in etwa hat es Lara einmal ausgedrückt. Bei mir ist das Gefühl weitaus schwächer, aber es ist ähnlich. Kommt beide mit rein, ich will endlich wissen, was für ein Raum das ist, und wir müssen vom Gang weg!«

Natürlich hatte sie recht. Niemand durfte wissen, dass wir hier waren.

Der Raum kam mir bekannt vor. Er sah genauso aus wie der gewölbeartige Vorratsraum, den Gabriel mir gezeigt hatte – haargenau! Nur dass jetzt links und rechts je vier mannshohe Weinfässer auf Halterungen lagen.

»Seht ihr schon etwas?«, fragte Jessy leise, während

sie einen Stein in die Tür legte, damit sie nicht zufallen konnte. Anna ging währenddessen wie gebannt tiefer in den Raum hinein.

»Große Weinfässer. Ist es das, was euch so angezogen hat? Wein?«, witzelte ich – obwohl mir nicht nach Witzen zumute war.

Jessy deutete ein Kopfschütteln an und lauschte so konzentriert, dass ich wirklich Angst bekam. Was erwartete sie hier?

Plötzlich bemerkte ich aus dem Augenwinkel, wie Anna zurückzuckte.

»Wer ist das?«, fragte sie in Richtung des hintersten Weinfasses.

Dann sah ich es auch: Aus dem Zapfhahn quoll etwas heraus. Beinahe wie Rauch, aber dichter. Und dunkler. Es wirbelte in Kreisen höher und höher wie eine Spirale, bis eine Form erkennbar war: Etwas Schwarzes, sehr Menschliches schwebte auf uns zu.

Mit einem Schrei sprang ich in Richtung Tür, aber Jessy hielt mich mit unvermutet festem Griff am Arm zurück. »Bleib bei mir und sag mir, was du siehst.«

»Ein Schattenwesen!«, stieß ich hervor. »Ist … ist *er* das?«

Jessy schüttelte den Kopf und krallte sich noch fester an meinen Arm. »Ganz sicher nicht. Ich habe schon einmal mit ihm gesprochen und seine Anwesenheit … fühlte sich anders an. Roch anders. Dieser hier riecht gar nicht. Deshalb brauche ich deine Augen.«

Keuchend beobachtete ich, was geschah. Wäre ich nicht so erstarrt gewesen vor Schreck, hätte ich Jessy vielleicht stehen gelassen. So aber war es wie ein Horrorfilm, bei dem ich nicht wegsehen konnte: Aus allen Weinfässern kamen jetzt gleichzeitig weitere Schatten, die durch den Raum wirbelten, als hätten wir sie aufgeschreckt. Wir schienen diese grauenvollen Wesen magisch anzuziehen. Mein Herz stand fast still, als sie auf uns zukamen, immer näher. Es gab nicht nur einen davon – es gab unglaublich viele!

»Jessy, wir müssen hier raus!«, zischte ich panisch und zog sie in Richtung Tür. Zumindest dorthin, wo ich die Tür vermutete. So ein Mist! Jessy war die Einzige, die uns rausführen konnte. Und gleich hatten uns die ersten Schatten erreicht!

»Warum?«, fragte sie erstaunt. »Du hast doch nicht etwa Angst vor ihnen?«

Verblüfft blieb ich stehen und sah Jessy an. Ihr Gesichtsausdruck war beinahe verklärt, als sie meine Hand losließ und ihre Arme ausstreckte wie nach Regentropfen in einer heißen Sommernacht. War sie vielleicht doch nicht so normal, wie ich angenommen hatte? Auch Anna stand jetzt mit ausgestreckten Armen inmitten der Schatten. Nein, sie stand nicht, sie tanzte mit ihnen! Das war der skurrilste Anblick, den ich mir vorstellen konnte. Schwarze Wesen flogen in immer enger werdenden Kreisen um Anna herum, während sie mit geschlossenen Augen die Hüften wiegte und mit ihren Fingern durch die Luft fuhr.

»Kira!«

Jessys Stimme riss mich aus meinen wirren Gedanken.

»Sag mir, was du fühlst«, bat sie und ich konnte hören, dass sie eine ganz besondere Antwort erwartete.

»Panik«, erwiderte ich mit flachem Atem. »Und ich will jetzt hier raus! *Bitte!* Öffne die Tür!«

Jessy legte ihre Hand auf meine Schulter. »Sei ganz ruhig! Spürst du das nicht? Diese Schatten sind uns nicht feindlich gesinnt. Kannst du nicht die Sehnsucht in ihnen fühlen? Verlust und Hoffnung? Liebe und Verzweiflung?«

Inzwischen hatten sich die Dinger zu einem bedrohlichen schwarzen Nebel zusammengerottet.

»Du hast ja keine Ahnung!«, keuchte ich. »Ich habe schon dreimal einen Schatten gesehen, und ich bin mir ganz sicher, dass der mir feindlich gesinnt war!«

Jessy zögerte. »Ich kann mir einfach nicht vorstellen, dass es *diese* Schatten waren. Ich habe da eine ganz andere Theorie. Die gleiche wie Lara.«

Erstaunt sah ich Jessy an. Was hatte Lara noch mal gesagt? *Der Geist, der uns verlassen hat.*

»Du meinst, sie sind der Verstand, den die Menschen hier verloren haben?«

Jessy zuckte mit den Schultern. »Im Prinzip auch das. Aber uns allen hier unten fehlt noch etwas. Allen – außer dir.«

Ich fing an zu begreifen. Nur glauben konnte ich es nicht. »Willst du damit sagen, jemand hat eure Schatten gestohlen und in Weinfässern gelagert?«

Jessy streckte schweigend die Hand aus, während ein dunkles Etwas langsam heranglitt und ihre Fingerspitzen berührte. Wie ein Hund, der einen Menschen zur Begrüßung beschnüffelt. Jetzt spürte auch ich, dass er nichts Böses von uns wollte.

»Von diesem Schatten ging das warme Gefühl aus, das mich durch all die Gänge bis hierher gezogen hat ...«, raunte Jessy heiser. »Ich glaube, das ist meiner.«

Kira

Als ich Jessy endlich zum Gehen überreden konnte, tanzte Anna noch immer völlig vertieft mit ihrem Schatten. Die anderen hatten sich mehr und mehr zurückgezogen. Jessy meinte, sie hätten ihr Gegenstück nicht gefunden und legten sich wieder schlafen – oder was auch immer Schatten taten, wenn sie allein waren.

Unsere Rufe erreichten Anna nicht, also musste ich zu ihr gehen und sie wegziehen. Dabei unterdrückte ich die Angst, das schwarze Ding zu berühren, das sie umgarnte.

»Aber es ist so schön hier«, protestierte Anna leise.

»Ich weiß«, nickte ich. »Und genau deshalb müssen wir einen Weg finden ... euer Problem zu lösen.«

»Welches Problem?«, fragte sie, ließ sich aber mitziehen.

Nun, so genau konnte ich ihr das auch nicht beantworten. Bis gerade eben hätte ich jeden für verrückt erklärt, der behauptete, man könne Schatten stehlen. Die nächste Frage würde wohl lauten, ob man Körper und Schatten wieder verbinden konnte. So leicht wie bei einem Topf und einem Deckel war es offenbar nicht, sonst hätten Jessy und Anna ihren dunklen Begleiter schon wiedergehabt. Aber die beiden Schattenwesen zogen sich widerstrebend zurück, als wir gingen, und verschwanden in ihrem großen Fass aus Eichenholz.

Wir erreichten Annas und Jessys Zimmer, ohne dass Anna ein weiteres Wort gesagt hätte. Sie wirkte wie unter

Drogeneinfluss. Zum Glück ließ sie sich schnell überreden, sich ein bisschen hinzulegen.

Im zweiten Stock berieten wir uns flüsternd. Wir wussten zwar nun, dass Jessy die versteckten Türen auch bei Tageslicht finden konnte – und ich nur im Dunkeln –, dennoch waren wir der Meinung, es sei besser, wenn wir bis heute Nacht warteten. Die Gänge würden leer sein, wir wären unbeobachtet und zu zweit viel schneller.

Das Abendessen verschlief ich in Laras Zimmer. Als ich aufwachte, hielt mir Jessy ein Stück Käse und ein Stück Brot entgegen. Gemeinsam warteten wir auf die Dunkelheit.

Als es endlich so weit war und ich meinen Kopf aus der Tür hinausstreckte, fühlte ich wieder ein Kribbeln auf der Haut, als würden wir aus jedem der dunklen Winkel beobachtet. Und ich befürchtete, dass dies ein Gefühl sein könnte, das ich mein Leben lang nicht mehr loswerden würde.

»Du links, ich rechts!«, sagte ich zu Jessy. »Und wenn irgendetwas Außergewöhnliches passiert, huste zweimal laut!«

»Was sollte passieren?«, fragte Jessy nach.

»Stimmt!«, lächelte ich. »Was soll in diesem wunderschönen Monster-Hotel schon passieren?«

Jessys Lächeln wirkte etwas nervös. »Vorhin in dem Schattenraum hattest du Angst und ich nicht. Willst du dich rächen?«

Ich legte meine Hand auf ihre Schulter. »Nein. Entschuldige, ich bin immer noch – oder wieder – panisch und finde es supermutig von dir, dass du mir hilfst! Also, wenn etwas ist, melde dich!«

Wie sehr sehnte ich in den nächsten Stunden meine Digicam herbei! Aber die lag sicher und trocken in meinem Zimmer. Ich hätte einfach ein paar Fotos von den Gängen machen können, um nach schattenhaften Vierecken zu suchen. War es nicht seltsam, dass meine Kamera mehr sehen konnte als ich? Nun, vermutlich ließ Technik sich nicht so leicht austricksen wie ein Mensch. Der Blitz tauchte die Umgebung so kurz in Licht, dass einfach noch ein »Schatten«, ein Rest Schwarz, auf dem Bild zu sehen war. So schnell war das menschliche Auge leider nicht.

Hier half nur tasten. Da ich mich auf die Außenwand der Burg beschränkte, wo die Tür meiner Meinung nach liegen musste, gab es immerhin keine Verwechslungsgefahr mit den normalen Türen. Aber es gab Bilderrahmen und allerlei Zeugs, das im Gang herumstand. Bei Tageslicht wirkte er gar nicht so überfüllt, aber wenn einem mitten in der Nacht erst einmal ein schwerer mannshoher Kerzenleuchter ins Wanken geraten war, den man gerade noch im letzten Moment vor dem überlauten Aufprall bewahren konnte … dann wurde der Gang doch zur Hindernisbahn.

Noch vorsichtiger tastete ich weiter. Bis ich etwas spürte! Mein Herz setzte beinahe aus, als ich einen Spalt fand, einen Türspalt in der Außenmauer! Zur Kontrolle schaltete ich meine Taschenlampe ein.

Im gleichen Moment hörte ich das Geräusch. Ein kurzes, lautes Atmen. Wenige Meter von mir entfernt. Hastig ließ ich den Taschenlampenstrahl herumfahren. Augen schimmerten in der Dunkelheit, bis derjenige seinen Arm mit der Handfläche nach außen vor das Gesicht hielt.

»Du hast sie gefunden«, knarrte eine heisere Stimme. »Nicht wahr?«

Ich war selbst geblendet von dem Licht, aber langsam konnte ich ihn erkennen. Es war Paul, der alte Mann mit dem grau-braun gefleckten Bart.

»Was gefunden?«, fragte ich harmlos, dann hustete ich zweimal recht laut.

Er lachte böse. »Du glaubst doch nicht, dass die Blinde kommt, um dir zu helfen?«

Mit Schrecken wurde mir bewusst, dass er uns schon eine Weile beobachtet und belauscht haben musste. Meine Finger krallten sich viel zu fest um die Taschenlampe, aber er durfte nicht sehen, dass ich Angst hatte.

»Lassen Sie mich einfach weitermachen!«, redete ich möglichst beschwichtigend auf ihn ein. »Ich hatte nicht vor zu fliehen. Ich will Hilfe holen. Ich lasse Sie nicht zurück!«

»Warum siezt du mich eigentlich die ganze Zeit?«, fragte er genervt und kam jetzt auf mich zu. »Ich bin achtzehn.«

»Oh!«, konnte ich nur leise erwidern. »Okay!«

»Und jetzt zeigst du mir die Tür!« Inzwischen stand er so dicht vor mir, dass ich seinen Atem auf der Haut spüren konnte. »Du hast es versprochen und ich werde ganz bestimmt nicht hier rumsitzen, während du nach Hause zu deiner Mami läufst. Die anderen können meinetwegen bleiben, bis sie verrotten – aber *mich* nimmst du mit!«

Plötzlich ertönte hinter ihm ein Geräusch aus dem Gang. Schnell lenkte ich den Strahl der Taschenlampe dorthin und konnte Jessy sehen, die den hohen, schmalen Kerzenleuchter umfasst hielt. Wie hatte sie es bloß geschafft, sich damit so lautlos heranzuschleichen? *Groß-artig!*, dachte ich, als sie den Leuchter drohend hochhob. Aber das Ding war wohl doch sehr schwer.

Ob sie je in der Lage gewesen wäre – physisch und psychisch –, damit auf Paul einzuschlagen, sollte ich nie erfahren. Er riss Jessy den Leuchter aus der Hand und schlug ihr mit der Faust so hart ins Gesicht, dass sie auf den Boden stürzte. Den schweren Metallstab des Leuchters nahm er nun in beide Hände und kam damit wutentbrannt auf mich zu. Die Taschenlampe fiel mir aus der Hand, als er mich mit der Stange gegen die Wand drückte. In seiner Wut drückte er viel zu fest – mein Hals wurde gequetscht und ich bekam keine Luft mehr. Lange würde ich das nicht aushalten! Während ich noch versuchte, ihn mit den Armen wegzudrücken, begriff ich, dass Paul viel stärker war als ich. Ich hatte keine Chance!

Mit einem Mal wirbelte im Lichtkegel der am Boden liegenden Taschenlampe etwas Dunkles durch den Gang. Es kam mit unglaublichem Tempo auf uns zu. Lautlos wie ein schwarzer Nebel und anfangs noch dicht am Boden. Als es höherstieg, auf uns zu, konnte ich es mangels Licht nicht mehr richtig erkennen, aber es rammte Paul, der samt seiner Metallstange erschrocken zur Seite torkelte. Schnell atmend wandte er sich dem Angreifer zu – und ich war frei.

»Jessy! Lauf!«, rief ich in die Dunkelheit. Dann wich die Luft ruckartig aus meinen Lungen. Paul war nach hinten geworfen worden – mit dem Rücken gegen mich. Wie konnte dieser schwarze Nebel so viel Kraft haben? War es ein Mensch? Ein Schatten?

Egal, ich musste hier weg! Wenn ich mich jetzt von einem der beiden Kämpfenden erwischen ließ, würde ich nie wieder die Gelegenheit bekommen, durch diese Tür zu gehen. Mit einer schnellen Bewegung schnappte ich mir die Taschenlampe, schaltete sie aus und tastete nach der Wand. Verdammt, irgendwo hier war es doch gewesen!

Ein Fuß erwischte mit voller Wucht meine Kniekehle und ich fiel zur Seite. Erschrocken versuchte ich mich an etwas festzuhalten und dabei griff ich ... nach einer Klinke! Schneller, als ich selbst geahnt hätte, glitt ich durch die Tür und stieß mit den Beinen gegen etwas Großes. Die Truhe! Ganz automatisch kletterte ich hinüber und schloss die Tür hinter mir. Dann ließ ich mich erst einmal auf das alte Holz sinken. Meine Knie zitterten und ich hatte das Gefühl, dass für jede Schrecksekunde, die ich in dieser anderen Welt erlebt hatte, ein paar Zellen meines Körpers gealtert waren – wie bei den anderen. Ich fuhr mit den Fingern über mein Gesicht, konnte aber nichts spüren, und Jessy hätte es mir sicherlich gesagt. Mit der Taschenlampe leuchtete ich hinter mich und konnte so vor meinen Füßen meinen Schatten sehen.

»Hallo!«, hauchte ich. »Schön, dass wir beide es geschafft haben!«

Am liebsten wäre ich nach oben in mein Zimmer gelaufen und hätte mich im Bett vergraben, um mir einzureden, dass alles nur ein Traum gewesen sei. Noch lieber wäre ich direkt aus dem Haus gerannt. Aber erst musste ich noch etwas erledigen.

Auf der obersten Treppenstufe schrak ich zusammen. Ich hatte gehofft, dass der Kampf der beiden noch länger dauern würde, aber ich hatte mich wohl geirrt. Die Tür hinter der Truhe knarrte und ein Schuh hob sich über die Truhe, dem gleich darauf ein Bein folgte, das sehr nach Cyriel aussah. Ich hatte also recht gehabt: *Er* war der Schatten gewesen, der Paul angegriffen hatte.

Meine Schritte verwandelten sich in Galopp und mit Schrecken dachte ich: Was tue ich, wenn weder Herr Nachtmann noch Gabriel zu Hause sind? Oder wenn ich sie nicht finde? Was dann?

Cyriels Schritte hörte ich von einer Sekunde auf die andere dicht hinter mir. Ein Geräusch, wo vorher nur Stille gewesen war. Er hatte bereits die Mitte der Treppe erreicht, trotzdem riskierte ich es unten, mich kurz nach ihm umzudrehen. Cyriel blieb abrupt stehen und sah mich bittend an. Und in dieser absoluten Stille hörte ich auch seinen Atem. Hatte er den und seine Schritte soeben eingeschaltet wie ein Autoradio? Zu meiner Beruhigung?

»Kira?«, flüsterte er. »Lauf nicht weg! Vertrau mir!«

Ich hätte mich nicht umdrehen sollen! Sein Blick war sanft und bittend und ließ mich schon wieder zweifeln. Wie konnte dieser Mensch ein Schatten sein?

»Komm zu mir und hör mir zu!«, raunte er.

Die Standuhr schlug viermal und ließ mich zusammenzucken. Genau im richtigen Augenblick! Sie riss mich aus seinem Bann, aber sie erinnerte mich auch daran, dass ich keine Ahnung hatte, wo ich zu dieser Nachtzeit Herrn Nachtmann oder Gabriel finden konnte. Im Salon war weder Licht noch hörte ich Stimmen. Kurz entschlossen legte ich einen Sprint zur Kellertreppe hin. Mit trommelnden Schritten raste ich hinunter, riss die Falltür auf und rutschte die Leiter fast mehr hinunter, als dass ich kletterte. Wenn sie nur im Labor waren ...!

Ich riss die Tür auf ... und stand vor Herrn Nachtmann

und Gabriel, erstarrt und kaum in der Lage, zu reden. Wie ein gejagtes Tier drehte ich mich noch einmal um. Aber da war niemand.

»Was ist denn los?«, fragte Herr Nachtmann erschrocken. Besorgt kam er auf mich zu und legte den Arm um mich.

»Wir haben dich den ganzen Tag überall gesucht«, fügte Gabriel hinzu.

»Cyriel ist mir auf den Fersen ...«, keuchte ich. »Und er ist *kein* Mensch!«

Die beiden sahen mich schweigend und überrascht an. So sicher ich mir auch war ... so formuliert kam mir die Anschuldigung dämlich vor. Wie konnten sie mir auch nur ein Wort glauben, wenn ich so anfing?

»Herr Nachtmann, ich kann Ihnen hier im Haus Türen zeigen, die bei Dunkelheit woanders hinführen als bei Licht. Ich war in einer Burg. Gabriel, ich glaube, es waren die gleichen Räume, wo wir waren – nur sie waren eingerichtet, nicht verfallen. Und die Burg war viel größer.«

Gabriel legte den Kopf schief und schmunzelte. Was musste er von mir denken? Gleich würde ein blöder Spruch kommen!

»Es ist wahr! Und es hat mit dem tiefsten Schwarz zu tun. Das absolute Schwarz ist das Tor zu anderen Möglichkeiten! Deshalb hat Cyriel mir auch eine Leinwand gestohlen, auf die ich das Schwarz aufgetragen hatte. Vielleicht noch nicht das *ganz* richtige, aber ich war dicht dran. Und wenn er es analysiert ...«

Ich fand selbst, dass ich wirres Zeug redete, aber ich wusste, dass mir nicht viel Zeit blieb, um das Ausmaß der Katastrophe zu erklären.

»Cyriel ist mir auf den Fersen. Vorsicht! Er ist gefährlich. Er ist ... ein Schattenwesen!«

Herr Nachtmann runzelte die Stirn. Ich konnte aus seinem Gesicht nicht herauslesen, ob er mir glaubte oder nicht. In diesem Moment hörte ich die Tür hinter mir knarren. Schon bevor ich mich umdrehte, wusste ich, dass es Cyriel war. Warum hatte er so lange gewartet, um mir zu folgen?

An der Schwelle blieb er stehen. Sein Gesicht war ausdruckslos, aber seine Hände ballten sich zu Fäusten. Er wirkte kampfbereit. Nachtmanns Augen verengten sich und er hob den Kopf, während Gabriel noch immer amüsiert zu sein schien.

»Kira hat uns gerade ein paar interessante Dinge erzählt«, dröhnte Rubens kräftige Stimme quer durch den Raum.

Was würde jetzt passieren? Würde Cyriel ihn angreifen? Konnte man gegen ein Schattenwesen etwas ausrichten? Nervös suchte ich nach einem schweren Gegenstand, den ich notfalls schleudern konnte.

»Ich warte auf eine Erklärung!«, fügte Nachtmann leise und drohend hinzu.

Cyriel senkte schweigend den Kopf. Als er seinen Arbeitgeber wieder ansah, war alle Wut aus seinem Blick verschwunden. »Tut mir leid. Sie muss mir gefolgt sein.«

»Wirklich?« Ruben Nachtmann ging auf ihn zu, bis er ganz nah vor ihm stand. »Und wofür brauchtest du die Leinwand? Wolltest du die Erfindung für dich?«

Cyriel schüttelte den Kopf. »Du hattest das Schwarz doch schon untersucht. Es war wertlos.«

»Das weiß ich«, zischte Herr Nachtmann.

Instinktiv machte ich einen Schritt rückwärts, bis ich hinter mir die Arbeitsplatte spürte. Worüber sprachen die beiden? Hatte ich etwas verpasst?

»*Wann* haben Sie das Bild denn untersucht?«, rutschte es mir heraus und Nachtmann wandte sich erstaunt zu mir um, als würde er sich erst jetzt wieder an meine Existenz erinnern.

Lächelnd kam er auf mich zu.

»Bleiben Sie stehen! Ich möchte jetzt wissen, was hier los ist«, sagte ich mit dünnerer Stimme, als ich wollte.

Sein Eisbär-Lächeln war breiter als an meinem Ankunftstag, diesmal fand ich jedoch wenig Väterliches darin, als er immer näher kam.

Meine Hand hinter meinem Rücken hatte nun die Flasche gefunden, die ich vorhin als Waffe gegen Cyriel ins Auge gefasst hatte. Drohend hob ich sie hoch und hielt sie Ruben Nachtmann entgegen. Endlich blieb er stehen, allerdings ungerührt.

»Ich habe jedes Schwarz überprüft, das ihr gemischt habt – du und dein Vater. Na ja, fast jedes. Das richtige muss dein Vater sofort irgendwo versteckt haben.«

Die Gedanken wirbelten wie Papierfetzen im Wind durch meinen Kopf – bis das Puzzle ein Ganzes ergab. Die Schatten! Die Schatten, die mein Vater zu sehen geglaubt hatte. Er – und ich – hatte sie für Zeichen des Wahnsinns gehalten ...

»*Ihretwegen* hat er sich aus dem Fenster gestürzt!«, flüsterte ich und hatte dabei das Gefühl, keine Luft mehr zu bekommen.

Nachtmanns Gesicht wurde düster, als würde eine Maske davon abfallen.

»Er war eben schwach«, erwiderte mein Gastgeber und machte die letzten Schritte auf mich zu, wie ein Berg, der mich unter sich begraben wollte.

Ohne zu zögern, wirbelte ich die Flasche durch die Luft – und zog durch. Leider im wörtlichsten Sinne, denn Rubens Konturen *verschwammen*. Plötzlich war er nur noch eine schwarze Gestalt, die mit dem Schwung meiner Waffe zu Rauch zerstob. Gespürt hatte ich nichts, als wäre mein Gegner nicht vorhanden. Dann verdichteten sich die dunklen Teilchen wieder und wuchsen in Sekundenschnelle zu einem Schattenwesen zusammen. Nachtmanns Augen leuchteten darin kurz auf, bevor er wieder menschliche Gestalt annahm und vor mir stand, als wäre nichts geschehen. Sein Lächeln hatte jetzt aber eine Kälte, die ihn völlig fremd erscheinen ließ. Triumph blitzte darin, als er mir die Flasche aus der Hand nahm und wegstellte. Ich wehrte mich nicht. Ich hatte Mühe, stehen zu bleiben.

»Lass sie«, flüsterte Cyriel, der auf einmal neben uns stand. »Es wird nicht nötig sein. Ich werde sie dazu bringen, das Schwarz herzustellen. Ich weiß, dass sie es kann – wenn ich sie bitte.«

Ich warf ihm einen scharfen Blick zu, mit dem ich ihn ermorden wollte, aber er beachtete mich nicht.

Nachtmann legte eine seiner großen Pranken auf die Arbeitsfläche, zog eine Schublade auf und nahm ein mattschwarzes Messer mit skurrilen Verzierungen an der Klinge heraus. Noch nie hatte ich ein so dunkles Metall gesehen.

»Ich mache meinen Fehler wieder gut.« Cyriels Stimme war eindringlich und er senkte den Kopf, während seine

Fingernägel sich tief in das Fleisch seiner geballten Fäuste gruben. Seine unterwürfige Haltung machte mich wütend. Wütend auf mich selbst, weil ich ihn nicht schneller durchschaut hatte. Er *diente* diesem Mörder und warf sich vor ihm in den Staub! Ob er ihm auch geholfen hatte, meinen Vater aus dem Fenster zu drängen?

Ruben betrachtete ihn interessiert, während er sein Messer in der Hand wog, als wolle er dessen Gewicht prüfen. »Du *wirst* deinen Fehler wiedergutmachen, das weiß ich«, sagte er mit sanfter Stimme. »Lass sie nicht aus den Augen und sorg dafür, dass sie arbeitet.«

Mit einer schnellen Bewegung, die ich nicht gleich erfasste, bückte er sich und zog sein Messer quer über den Steinboden. Das kratzige Geräusch war unangenehm, aber ... noch etwas anderes geschah: Ich fühlte mich so leicht, so leer wie eine Papiertüte, die vom Wind davongetragen werden könnte. Und neben mir, vom Boden aufwärts, stieg etwas Dunkles empor und wehte wie Rauch in Nachtmanns ausgestreckten Ärmel.

Ich begriff – aber was hätte ich noch tun können?

»Nur zur Sicherheit, damit du mit dem Aufpassen nicht überfordert bist«, sagte er zu Cyriel. »Jetzt wird sie uns nicht mehr voreilig verlassen können.« Mit einem diabolischen Lächeln wandte Ruben Nachtmann sich ab und verschwand durch die Tür. Mit meinem Schatten im Ärmel.

Kira

»Was passiert jetzt?«, fragte ich Cyriel nervös.

Seit Nachtmann und Gabriel gegangen waren, lief er zwischen den langen Arbeitsplatten hin und her wie ein Tiger im Käfig. Dann, als hätte seine innere Stimme ihn gerufen, horchte er auf. Er öffnete die Tür und winkte mir, ohne mich anzusehen.

»Komm«, wisperte er und schnappte sich eine Fackel.

Ich folgte ihm.

Er führte mich zu der Tür am Ende des Gangs, ohne mich zu berühren. Er sprach nicht einmal mit mir. Ich ertrug das Schweigen – bis er die Fackel in dem Sandeimer neben der Tür löschte.

»Was hast du vor? Gibt es da drüben noch ein Labor? Und wie sieht es aus, wenn du mich *bittest*, das Schwarz zu mischen?«, fragte ich.

Cyriel machte keine Anstalten, die Tür zu öffnen. Er stand einfach nur da.

»Willst du mich anketten? Oder gehen wir in die Folterkammer?«

»Warum hasst du mich eigentlich so?«, flüsterte er dicht vor mir.

»Weil du Menschen gefangen hältst wie Tiere?«, erwiderte ich. Meine Verzweiflung gab mir den Mut, den man hat, wenn sowieso schon alles egal war. »Weil du mein Vertrauen missbraucht hast?«

»Vertrauen?«, erwiderte er spöttisch. »Wenn du mir je vertraut hättest, dann hättest du mit mir geredet. Aber stattdessen bist du ja lieber in die Arme deines größten Feindes gelaufen.«

»Wie hätte ich dir trauen können?«

»Ich habe dich vor diesem Verrückten mit der Metallstange gerettet, obwohl ich dafür meine letzte Tarnung vor dir aufgeben musste. Was soll ich denn noch tun, damit du siehst, dass ich auf deiner Seite stehe?« Seine Hand berührte leicht meinen Arm, und als ich einen kühlen Luftzug spürte, schob er mich vorsichtig durch die Tür.

»Wenn ich dir vertraut hätte«, flüsterte ich wütend, »was hättest du mir dann gesagt? *Flieh vor uns?* Das wäre nett gewesen.«

»Vielleicht hast du nicht richtig zugehört.«

»Kann ich jetzt noch fliehen?«, fragte ich ohne große Hoffnung.

»Das tun wir doch gerade.« Seine Stimme war ganz nah an meinem Ohr. »Und diesmal *musst* du mir vertrauen.«

Wir schlichen durch den Gang, Cyriel hinter mir. Seine Hand lag locker auf meiner Schulter und lenkte mich schweigend. Als wir die Abzweigung zur Folterkammer erreicht hatten, bog er hinein und wollte mich mit sich ziehen.

»Was willst du hier?«, fragte ich etwas zu laut, das Bild der Streckbank noch gut vor Augen. Und mein Vertrauen war sofort wieder im Keller – im wahrsten Sinne des Wortes.

Cyriel legte mir einen Finger auf den Mund.

Dann war da ein Geräusch. Stein knirschte auf Stein. Etwas sehr Schweres war in Bewegung.

»Was ist das?«, raunte ich leise, wobei ich meine zitternde Stimme selbst kaum hören konnte. In meinem Bauch war nur noch ein riesiges Loch voller Angst.

Cyriels Hand berührte meine und zog mich auf einmal kraftvoll mit sich. Meine Schritte hallten in der Dunkelheit, aber mein Gehirn konnte keine Bilder mehr schicken. Ich war in einem absoluten Nichts angekommen, ohne die geringste Ahnung, wo ich war. Hinter mir erklang wieder das schwere steinerne Geräusch. Eine Gruft schloss sich hinter mir und ich würde diesen Ort nie mehr verlassen. So fühlte es sich jedenfalls an.

Ein Streichholz. Eine Fackel. Als ich endlich wieder sehen konnte, ließ meine Anspannung etwas nach. Was für ein entsetzliches Gefühl, blind zu sein! Selbst wenn ich hier sterben würde, wollte ich auf alle Fälle wissen, was mit mir geschah. Und langsam begann ich zu begreifen, was Jessy an ihrem ersten Tag empfunden haben musste, in einer fremden und feindlichen Umgebung, ohne ein Wort der Erklärung. Und ohne ein einziges Bild vor Augen.

Wir standen in einem Gewölbekeller, der als Labor eingerichtet war. Im Gegensatz zu dem Labor im Haus gab es hier keine gefliesten Arbeitsflächen mit eingebauten Spülen, sondern nur Klapptische und Hocker. Aber die waren vollgestellt mit unterschiedlich geformten Glaskolben, Reagenzgläsern und Bunsenbrennern, Spateln, Pipetten und vielen Dingen, die ich nicht identifizieren konnte, weil sie wesentlich älter zu sein schienen als der Rest. Die Bücher standen nicht in Regalen, sondern stapelten sich auf dem Boden, und an der hinteren Wand lag eine Matratze. Daneben stand eine zugedeckte Staffelei.

»Kannst du mir jetzt endlich sagen, was mit mir passiert? Ist das Nachtmanns Geheimlabor?«

Ich griff in meinen Ausschnitt, zog den Zettel mit der Formel hervor und warf ihn Cyriel vor die Füße. »Mach es selbst, du kannst das sowieso besser.«

»Interessantes Versteck«, bemerkte er, ohne sich zu rühren.

Er schien darauf zu warten, dass ich etwas hinzufügte – oder zurücknahm. Aber ich war leer – wenn man von Wut und Angst einmal absah.

»Du solltest nicht so gleichgültig mit der Erfindung deines Vaters umgehen«, sagte er leise.

»Sie hat bisher weder ihm noch mir etwas Gutes gebracht«, erwiderte ich ebenso leise.

Cyriel musterte mich mit gerunzelter Stirn, bückte sich und reichte mir den Zettel. »Ich möchte, dass du ihn behältst – bis du mir vertraust.«

Hastig nahm ich den Zettel wieder an mich und steckte ihn zurück in den Ausschnitt. »Das wird in tausend Jahren sein!«

»Oh, dann besteht ja Hoffnung!« Ein amüsiertes Lächeln schlich sich über sein Gesicht. »Komm, setz dich und hör mir gegen deine Gewohnheit einfach mal zu.«

Er rollte mir einen Hocker rüber und setzte sich auf einen zweiten, der an einem wackeligen Tisch stand.

»Du hast mir ein paar Fragen gestellt, aber wieder mal keine Antwort abgewartet. *Willst du* Antworten hören?«

Ich nickte. Wenn Cyriel endlich einmal redete, würde ich ihm zuhören. Wie kam er darauf, dass ich das sonst nicht tat?

»Also: Dies ist nicht Rubens Geheimlabor. Es ist meins!«

Ich setzte mich und bemühte mich, meine Überraschung nicht zu zeigen.

»Bisher hat er diesen versteckten Raum nicht gefunden, deshalb denke ich, dass wir hier sicher sind. Zumindest eine Weile. Aber ich werde noch einige Male rausgehen müssen.«

»Was ...?«, fing ich zögernd an.

»Keine Sorge, ich kenne mich hier unten am besten von uns allen aus, ich werde Ruben und seiner Familie also ausweichen können.«

»Sorgen? Um dich?« Ich lachte bitter auf. »Eigentlich mache ich mir mehr Sorgen um mich selbst. Bitte sag mir, was mit mir jetzt geschieht ... ohne Schatten.«

Fast hatte ich mit einem Vorwurf wegen meiner Selbstsucht gerechnet, aber stattdessen studierte Cyriel gebannt die Tischplatte und sortierte offenbar vor, was er sagen wollte.

»Ich habe die Menschen da draußen gesehen«, bohrte ich nach. »Werde ich so wie sie? Ist es so, dass sie schneller altern und verwirrt werden ... weil sie ihren Schatten verloren haben?«

Cyriel atmete tief ein und wich meinem Blick aus. »Im Prinzip ja«, sagte er, sah auf und griff nach meiner Hand.

Seine Hand fühlte sich weich und warm an. Wie konnte das *nicht* die Haut eines Menschen sein?

»Aber du darfst nicht verzweifeln. Ich werde deinen Schatten holen, sobald Ruben den Vorratsraum verlassen hat. Wenn dein Schatten in deiner direkten Nähe ist, kann eigentlich nichts ... fast nichts passieren. Auf jeden Fall verzögert es das Altern. Und ich vermute, auch den Wahnsinn.«

Die Angst kehrte zurück. »Erklär mir bitte genau, wie das mit den Schatten funktioniert«, verlangte ich mit wackeliger Stimme.

»Bist du sicher, dass du das hören willst?«

»Habe ich nicht das Recht, zu erfahren, wozu ihr meinen Schatten benutzt?«

»Du solltest gar nicht hier sein«, flüsterte er kaum hörbar in Richtung Boden.

»Aber ich bin es«, sagte ich.

»Dein Schicksal und mein Schicksal – beide haben vor sehr langer Zeit ihren Anfang genommen, und wenn ich damals schon gewusst hätte ... Nein, wahrscheinlich hätte ich es nicht verhindern können.« Er fuhr mit den Fingern durch sein Haar und beugte sich vor. Aber er schwieg.

»Wer oder was seid ihr?«, fragte ich ungeduldig. »Du hast gesagt, ich sollte dir zuhören. Das würde ich jetzt gern tun!«

»Das ist sehr schön«, nickte er mit hochgezogenen Augenbrauen. »Im Jahr 1572, als auf diesem Boden noch eine große Burg stand, lebten hier der Burgherr, seine Familie und viele Dienstboten, aber auch ein Alchemist.«

»Das klingt ein bisschen weit ausgeholt«, stöhnte ich. »Ich will keine Touristen-Info, ich will wissen, woher die Schatten kommen.«

»Genau darum geht es. Und Zeit haben wir genug«, sagte Cyriel. »Halt einfach dein Versprechen und hör zu!«

Ich seufzte. Und nickte.

»Dem Alchemisten war das Gerücht zu Ohren gekommen, dass sein Herr ohne sein Wissen einen neuen Alchemisten auf die Burg eingeladen hatte, und er vermutete, dass man ihn vielleicht loswerden wollte. Also nutzte er die Zeit bis zu diesem Besuch, um zu überlegen, wie er das Gespräch ungesehen belauschen könnte. Da es unter vier Augen in einem Turm stattfinden sollte, konnte er nicht einfach einen Diener bestechen. Sein blinder Ehrgeiz trieb ihn schließlich so weit, dass er schwarze Magie zu Hilfe rief. Er wusste viele Dinge, die ein Christenmensch nicht wissen sollte, und schmiedete ein Messer aus einem Metall, das noch nie zuvor jemand gesehen hatte. Damit schnitt er sich seinen eigenen Schatten ab – um ihn als Spion ungesehen durch die Burg schicken zu können. Dieser Spion drang wie gewünscht von außen durchs Fenster in das Turmzimmer ein, hörte die Unterredung ungesehen in einer Ecke mit an und kehrte danach zurück zu seinem Herrn. Der Alchemist erfuhr, dass er mit seinen Befürchtungen recht gehabt hatte. Er tobte zwei Tage lang in seinem Labor und suchte nach einem geeigneten Weg, den Widersacher auszustechen. Als er am zweiten Tag beim Waschen in seine Wasserschüssel sah, bemerkte er, dass er um Jahre gealtert war. Er begann zu begreifen und rief seinen Schatten, um einen Weg zu finden, sich wieder mit ihm zu vereinen. Aber sein Schatten hatte sich schon zu lange von ihm gelöst – er war ein Individuum geworden. Mit der Intelligenz und dem Ehrgeiz des Alchemisten versehen, war er ein gefährlicher Gegner. Und er hatte bestimmt nicht vor, sich seine neue Freiheit wieder nehmen zu lassen. Der Ringkampf um das dunkle Messer kostete beide viel Kraft, aber letztlich tötete der Schatten seinen Herrn. Befreit von allen Fesseln ... ›gründete‹ er eine Familie. Er schnitt die Schatten der Menschen ab, die er um sich haben wollte, die Menschen selbst tötete er.

In der Burg brach eine Panik aus und alle Bewohner, die sich retten konnten, verließen diesen Ort. Als sie unten im Dorf erzählten, was passiert war, dauerte es nur ein paar Tage, bis die Angst unter den Dörflern zu groß geworden war. Sie zogen nachts mit Fackeln gegen die Burg und legten Feuer. Sie brannten alles nieder. Der Schatten und seine neue Familie mussten sich in die verbliebenen Kellerräume zurückziehen. Der Alchemist mit dem Namen Ruben von Trier war tot. Aber sein Schatten begann ein neues Leben. Später baute er ein Haus auf den Ruinen der Burg, genau über dem Verlies. Dieses Haus.«

Ich atmete tief ein.

»Ruben? Du willst mir jetzt aber nicht erzählen, dass er dieser Alchemist war – vor über vierhundert Jahren? Und dass du zu dieser ›Schattenfamilie‹ gehört hast?«

»Nein«, sagte er ernst. »Ich konnte mich beim ersten Ansturm der Schatten ins Dorf retten. Ich war kein Held, ich war Maler.«

Sollte mich noch irgendetwas wundern?

»Der Schatten des Alchemisten musste feststellen, dass er doch nicht ohne Nebenwirkungen allein leben konnte. Sein Herr war ohne Schatten gealtert. Der Schatten ohne seinen Körper hingegen verblasste. Alles braucht sein Gegenstück und er fand heraus, dass er schattenlose Menschen brauchte.«

»Ich ahne etwas ... aber das kann doch nur ein Gruselmärchen sein!«, flüsterte ich.

Cyriel schüttelte traurig den Kopf. »Leider nicht. Sie zogen ins Dorf und gingen auf Schattenjagd. Die Schatten lagerten sie in einem ›Vorratsraum‹. Die Menschen folgten freiwillig ihren Schatten – das liegt so in unserer

Natur. Ich gehörte zu diesen ersten Menschen, die entführt wurden.«

»Stammt daher ... die Narbe an deinem Auge?«, fragte ich.

Er nickte wortlos und ich ließ ihn schweigen.

»Wird man durch das Schattenabschneiden unsterblich?«, unterbrach ich die Stille, als sie begann wehzutun.

»Nein«, sagte er. »Wenn man Schatten und Körper trennt, sterben beide sehr bald. Nur Ruben und seine Familie bilden eine Ausnahme, weil sie sich von gestohlener Lebenskraft ernähren. Etwa alle fünfzig Jahre gehen sie erneut auf Schattenjagd und ›tanken‹ neu auf. Und die Schattenlosen ...«

»... sterben hier an Altersschwäche«, vervollständigte ich den Satz. »Und du? Du warst doch selbst ein Opfer, oder? Hast du das Prinzip so schnell erkannt?«

Cyriels Augen funkelten. »Was auch immer du glaubst, stell mich nicht mit Ruben auf eine Ebene! Mit diesem ... Mörder.«

»Nicht?«, fuhr ich auf. »Du fütterst und pflegst die Schattenlosen, um dich von ihrer Kraft zu ernähren!«

Sein Gesicht wurde rot, als würde er mehrere Antworten gleichzeitig hinunterschlucken und daran ersticken.

»Ja«, stieß er dann hervor. Er stand so ruckartig von seinem Hocker auf, dass der umkippte. Schließlich blieb er an der Wand stehen und schlug mit der Faust dagegen. »Cyriel de Vries ist vor mehr als vierhundert Jahren im Verlies dieser Burg gestorben. Aber sein Schatten lebt – solange Ruben mordet.«

Ich hielt den Atem an, erschrocken über seinen Ausbruch.

»Dann hat er dich also in seine Familie aufgenommen?«, fragte ich nach einer Weile vorsichtig.

Ich sah ihm an, dass es ihn Beherrschung kostete, mir zu antworten. Langsam wandte er sich mir zu.

»Ruben wusste, dass ich Maler war. Deshalb hat er mich geholt. Meinen Schatten hat er nicht sofort abgeschnitten. Für das, was er vorhatte, musste er mich bei klarem Verstand in das Verlies führen. Er hat mir gesagt, ich könnte mein Leben retten, wenn ich an Ort und Stelle ein Fresko malen würde, das seine Familie darstellte. Er verlangte von mir, sie aus dem Gedächtnis zu malen. Das war nicht ganz einfach, aber ich gab mein Bestes.«

»Und warum solltest du sie malen? Hatte er diese Leute nicht gerade getötet? War er nicht stolz darauf, anders zu sein?«

Cyriel nickte. »Darauf ist er heute noch stolz. Als Schatten hat er unglaubliche Kraft. Aber er liebt es, als Mensch aufzutreten, um andere zu täuschen. Er fand heraus, dass er das nur auf eine Weise kann: Er braucht ein Bild von sich, ein Gegengewicht zum Schatten.«

»Das Fresko ...«, murmelte ich, völlig geplättet. »Deshalb sollte ich es restaurieren – und Anna es übermalen. Wir sollten euer äußeres Erscheinungsbild aufpolieren! Und jetzt lauft ihr in der Stadt herum und holt euch Nachschub an Jugendlichen? Weil sie die besten Batterien haben?«

Cyriels Finger spielten mit einem Glasspatel, den er dabei sehr intensiv betrachtete. »Nicht wir. Ruben!«

»Wäre es nicht einfacher für ihn, wenn ihr ihm helfen würdet?«, fragte ich, weil ich an Cyriels Unschuld noch immer nicht glauben konnte.

Er nahm den Glasspatel nun in beide Hände und plötzlich knackte er in der Mitte durch. Splitter schienen ihm in die Haut zu dringen, aber kein Blut floss. Vermutlich hatte er gar keines.

»Ich würde ihm dabei nicht helfen, selbst wenn ich das Haus verlassen könnte und dadurch ewig leben würde.« Er spuckte die Worte fast aus. »Glaubst du, es macht mir Spaß, immer und immer wieder Jugendlichen dabei zuzusehen, wie ihr Leben aus ihnen herausfließt? Wenn ich sie retten könnte, würde ich es tun! Aber was hilft es, wenn ich zehn von ihnen gehen lasse, die ohne ihren Schatten da draußen sowieso nicht lange überleben würden? Ruben würde einfach neue Schatten jagen, heute und morgen und in den folgenden Jahrhunderten!« Er funkelte mich an, aber darin lag keine Wut gegen mich. Langsam begriff ich, dass er um mein Verständnis bat, weil er sich schuldig fühlte. War das die Wurzel seiner Verbitterung, seiner düsteren Seite? Hatte ich ihn so falsch eingeschätzt?

»Aber du versorgst sie«, murmelte ich nachdenklich.

»Das ist das Geringste, was ich tun kann«, knurrte er. »Ich will nicht, dass sie leiden, aber natürlich tun sie das. Also habe ich Ruben erklärt, dass ihre Lebenskraft länger anhält, wenn es ihnen gut geht. Er hat mir erlaubt, mich um sie zu kümmern.«

Das Bild, das ich von dem Schattenwesen bei der »Fütterung« hatte, war aber ein ganz anderes gewesen. Meine Zweifel waren noch nicht ausgeräumt.

»Sie haben Angst vor dir«, flüsterte ich und ein Schauder rann mir über den Nacken, als ich mich erinnerte: Unter dem Tisch, selbst fast verrückt vor Angst, hatte ich ihre Erstarrung gespürt. Genauso wie bei meiner Ankunft in diesem Teil der Burg, als sie sich vor Cyriel hinter den Säulen versteckt gehalten hatten.

Er nickte. »Ich weiß. Anfangs hatten sie das nicht. Sie baten mich um Hilfe, ich sollte ihre Verwandten anrufen oder die Polizei. Sie flehten mich an, ihnen den Ausgang zu zeigen. Das war schwer für mich. Eines Tages griff mich Paul – der Bärtige, der auch dich verfolgt hat – mit einer Fackel an und wollte mich zwingen, ihn hinauszulassen. Mir blieb nichts anderes übrig, als ihm und allen anderen zu zeigen, dass er keine Chance hatte. Also ließ ich meinen menschlichen Körper fallen wie ein Kleidungsstück und bekämpfte ihn als Schattenwesen. Die Menschen gerieten in Panik und Paul ergriff die Flucht. Fast zwei Tage lang kam niemand zum Essen. Als sie wieder kamen, schwiegen sie in meiner Gegenwart, sie zitterten, wenn ich mich näherte, und versteckten sich vor mir, wenn nicht gerade Essenszeit war. Das war noch schlimmer als ihr Flehen. Andererseits hatten sie ihr Schicksal akzeptiert. Und ich weiß nicht, ob es nicht besser so ist. Hoffnung kann unglaublich wehtun, wenn sie immer wieder enttäuscht wird.«

Er machte mich wütend, obwohl ich ihm glaubte. »Meinst du nicht, dass sie ein Recht auf Hoffnung haben?«

Müde sah er mich an. »Als ich in dem Verlies saß und jeden Tag um mein Leben malte, habe ich jeden Tag einen Fluchtplan geschmiedet – und manchen Versuch unternommen. Aber es hat nie geklappt! In meiner Verzweiflung habe ich Symbole ins Bild gemalt, kleine Hinweise an nachfolgende Generationen. Und *du* warst auf der richtigen Spur.« Er lachte bitter auf. »Aber das reichte nicht aus, um dich zur Flucht zu bewegen.«

»Da habe ich dir tatsächlich nicht zugehört«, seufzte ich.

Er zuckte mit den Schultern. »Du hast alles richtig verstanden. Aber du hast Ruben vertraut. Warum solltest du gehen?«

»Was ist dann mit dir passiert?«, drängte ich ihn, seine Geschichte zu Ende zu erzählen.

»Als die Hoffnung starb, habe ich mich selbst gemalt. Zu dem Zeitpunkt wusste ich bereits, dass ich hier nicht mehr lebend herauskommen würde.«

Seine Augen waren so dunkel und sein Blick so verletzt, dass es mir in der Seele wehtat.

»Und Nachtmann hat dir den Schatten abgeschnitten?«

Er nickte. »Ruben hat noch eine Weile überlegt, ob er mich töten soll, was er wohl ursprünglich vorhatte. Aber ich habe mich angebiedert – ich Dummkopf!«

Er lief durch das Zimmer wie ein eingesperrtes Tier.

»Ruben gefiel der Gedanke, einen Assistenten zu haben, und ich verstand durch die Malerei ein ganz kleines bisschen von der Alchemie – zumindest mehr als sein hohlköpfiger Sohn Gabriel. Er hatte angefangen zu begreifen, dass er sehr lange sehr einsam sein würde. Mit einer Familie, die ihn hasste. Jeder Einzelne von ihnen wäre lieber gestorben, als die Ewigkeit mit ihm zu verbringen.«

»Wer sind diese Leute denn gewesen – in ihrem früheren Leben?«, fragte ich mit gerunzelter Stirn.

»Richard war der Burgherr. Aus Rache für den Verrat machte Ruben ihn, Antonia und ihre Tochter Jolanda zu seinen Dienstboten. Katharina war die Frau, in die er sich einst verliebt hatte. Als Alchemist hatte er sich erfolglos um sie bemüht und als Ruben Nachtmann wollte er sie zu seiner Frau machen. Aber sie sprach nie wieder ein Wort mit ihm. Seit über vierhundert Jahren!«

Die kühle und schweigsame Katharina, die ich nie hatte leiden können! Auf einmal imponierte sie mir.

»Gabriel war immer schon ein Taugenichts und Angeber gewesen, der bei den Frauen verblüffende Erfolge hatte.« Sein Blick blieb etwas zu lange an mir hängen. »Jedenfalls hat Ruben sie alle um sich geschart, weil er jemanden beherrschen wollte. Und sie hängen inzwischen an ihrer Unsterblichkeit – erstaunlicherweise.«

»Du nicht? Warum hast du dich dann mit dem Teufel verbündet?«, rutschte es mir heraus.

Cyriel musterte mich mit funkelnden Augen.

»Ja, das habe ich«, flüsterte er. »Und in dieser langen Zeit hatte ich immer einen Plan, mit dem ich den Teufel besiegen wollte. Ich ... war nicht tatenlos. Nur erfolglos.«

Er wandte sich ab und nahm von einem Tisch ein leeres Glasgefäß mit Deckel. Seine plötzliche Eile ließ mich vermuten, dass das Gespräch mal wieder beendet war.

»Es wird Zeit, dass ich deinen Schatten hole«, sagte Cyriel und ging zielstrebig zur Tür, die ich jetzt zum ersten Mal richtig sehen konnte. Etwa dreißig Zentimeter dicker Stein schwang ihm knirschend entgegen. Auf der anderen Seite lag die Folterkammer, in der ich noch nie einen zweiten Ausgang bemerkt hatte. Diese Tür war eine Geheimtür! Keine, die nur im Dunkeln existierte, sondern eine ganz altmodische und ganz reale Geheimtür.

Cyriel schlüpfte mit seinem Glas in der Hand hindurch.

»Wenn ich in zwei Stunden nicht zurück bin, musst du fliehen. Durch die Tür, die du schon einmal genommen hast, und von dort durch Rubens Haustür hinaus. Es ist gefährlich, aber es ist der einzige Ausweg, den du auf Anhieb finden kannst! Verschwende keine Zeit!«

Die Wand schwang hinter ihm zu und gleich darauf starrte ich auf die Innenseite, die mit weißem Kalk verputzt war.

»Und wie lange kann ich ohne meinen Schatten überleben?«, fragte ich ins Nichts. Meine Stimme klang seltsam hohl und die Antwort hallte in meinem Kopf, obwohl sie niemand ausgesprochen hatte.

Kira

Meine Armbanduhr behauptete, es sei kurz nach fünf, während meine innere Uhr gar nichts mehr sagte. Die war völlig aus dem Takt, seit der Alltag – einschließlich Essen und Schlafen – zur Nebensache geworden war. Wie konnte man mit diesem Daueradrenalin nur überleben?

Ständig ging mir Cyriels Bemerkung durch den Kopf, dass er Pläne gegen Nachtmann hatte. Es hatte geklungen, als wäre es ihm sehr ernst damit. Aber was konnte man gegen ein Schattenwesen unternehmen? Noch dazu gegen einen Schatten, der nicht allein war? Wenn Cyriel recht hatte, dass den anderen ihre Unsterblichkeit wichtig war, dann würden sie sie im Notfall auch verteidigen.

Was konnte ein Schatten einem Menschen antun? Bei Cyriels Kampf mit Paul konnte ich sehen, wie viel Kraft er in dieser Gestalt besaß. Ich durfte Ruben Nachtmann also nicht unterschätzen. Aber noch wichtiger war die Frage: Was konnte ein Mensch einem Schatten antun? Meine Flasche war glatt durch ihn hindurchgegangen, er hatte seine Form nur kurz verändert. Ob Licht etwas bewirken würde? Vermutlich nicht, schließlich lebten diese Wesen ja im Tageslicht. Das machte auch Sinn. Licht erzeugt Schatten. Würden sie bei absoluter Dunkelheit leiden? Nein, Cyriel war mit mir im Stockdunkeln hierhergegangen und ich hatte ihn an meiner Schulter gespürt. Das war der falsche Ansatz ...

Ganz unbewusst war ich im Raum umhergewandert und hatte Dinge in die Hand genommen, ohne darüber nachzudenken, wozu sie gut waren. Und dann stand ich vor der Staffelei, die mit einem Tuch abgedeckt war. Vor wem versteckte Cyriel sein Werk, wenn dies sein Geheimlabor war? Neugierig zog ich an dem Tuch und betrachtete die Leinwand. Es war ein Bild von mir. Ein anderes. Nicht das mit den algengrünen Haaren und den lila Lippen. Diesmal war mein Haar braun und meine Lippen waren orange. Die Haut schimmerte grünlich und die grauen Augen hatten einen metallischen Glanz – wie die einer Außerirdischen. Es war nicht besser getroffen als das letzte Bild, nur anders. Wie das Werk eines Irren. *War Cyriel farbenblind?*

Als ich mit dem Finger die Linien nachfuhr, wurde mir die Antwort schlagartig klar. Ja, natürlich! Woher sollten Schattenwesen Farben kennen? Cyriel war mit ziemlicher Sicherheit farbenblind. Ein Maler in einer schwarz-weißen Welt. Nur Kontraste. Keine Farbe. Wie sehr musste er darunter leiden!

Erst jetzt achtete ich auf das, was ich gelernt hatte: die Pinselführung und die Struktur des Bildes. Man musste schon sehr konzentriert an den Farbsünden vorbeisehen, um den Ausdruck des Gefühls dahinter zu erkennen. Als mir das endlich gelang, erschlug mich das Bild beinahe. Meine Gesichtsform war gut getroffen, der Mund wirkte verletzlich, während die Augen Temperament und Tiefe vermittelten. Wenn man die Farben ausblendete, war dieses Porträt ein großes Kompliment. Oder war es … mehr?

Mein Nacken kribbelte bei der Erinnerung an Cyriels funkelnde Blicke in den letzten Tagen – und bei der Erinnerung an die Berührung seiner Hand vorhin auf meiner Schulter. Hatte ich ihn so falsch verstanden? War er wirklich immer nur wütend auf mich gewesen, weil ich ihn ständig vor den Kopf gestoßen hatte? Und war seine abweisende Art sein Versuch gewesen, mich aus dem Haus zu treiben, in Sicherheit?

Stöhnend sank ich auf einen Hocker und fasste mir an die Stirn. Ich Blindschleiche! Warum hätte er nachts in mein Zimmer kommen sollen, um mich zu warnen? Eine Warnung, die ich in den Wind geschlagen hatte! Noch einmal starrte ich auf die Staffelei. Konnte es wirklich sein, dass er etwas für mich empfand? Und wenn ja – was? Mitleid mit einem naiven Mädchen. Oder ...? Ich schlug mir mit der Faust gegen die Stirn.

Hey, der Mann ist zu alt für dich! Mindestens vierhundert Jahre!

Aber das Kribbeln ließ sich nicht mehr abstellen, und als Cyriel nicht wieder auftauchte, wurde es noch schlimmer. Zwei Stunden hatte er gesagt.

Meine Uhr tickte unbarmherzig langsam vor sich hin. Nach eineinhalb Stunden verlor ich die Geduld. Wie lange konnte es dauern, in den Schattenraum und zurück zu gehen? Meine Finger begannen an meiner Kleidung, meinen Haaren und in meinem Gesicht herumzuzupfen – dann war ich die Warterei und die Unruhe leid! Ich sprang auf und zog an dem kleinen Haken, den Cyriel benutzt hatte, die Geheimtür nach innen. Meine Taschenlampe hatte ich immer noch bei mir, sie war weniger verräterisch als eine stinkende Fackel. Also los!

Auf dem Weg zum Schattenraum musste ich mich zweimal hinter einer Säule verstecken, weil einmal zwei

Männer, ein anderes Mal Lara und eine Frau an mir vorbeigingen. Das Risiko, von einem von ihnen – absichtlich oder unabsichtlich – verraten zu werden, war mir zu groß.

Als ich schließlich den Gang zum Schattenraum erreicht hatte, schaltete ich die Taschenlampe aus und tappte so leise wie möglich vorwärts. Ein Gedanke schoss mir durch den Kopf: Ob die Schatten mich auch im Dunkeln sehen konnten? Instinktiv drückte ich mich hinter einen Mauervorsprung und lauschte – obwohl ich ihre Schritte ja wohl kaum hören würde. Und wie wollte ich Cyriel überhaupt erkennen? Mein Eindruck, dass etwas schiefgegangen war, verstärkte sich.

Inzwischen war ich recht nah an der Stelle, wo ich mit Jessy gewesen war. Völlig unerwartet musste ich an ihre Frage denken, ob ich etwas spüre, denn ein seltsames Prickeln, ein unverständlich positives Gefühl schlich sich in meine Ängste. Aber ich durfte mich nicht ablenken lassen und ich versuchte es zu ignorieren.

Auf einmal konnte ich leise Stimmen hören. Ob das Jessys Leute waren? Aber dann hätten sie Licht dabeigehabt. Menschen liefen nicht durchs Dunkle. Die Stimmen wurden deutlicher. Jemand kam aus dem Schattenraum heraus!

»Wirklich schade um dich«, sagte eine tiefe, dröhnende Stimme.

Das war Herr Nachtmann!

»Und sehr ärgerlich für mich! Ich werde mir in der Stadt einen neuen Assistenten suchen müssen.« Sein Lachen klang rau, als die Tür zufiel.

Die darauf folgende Stille brachte mich fast um. Irgendwo in dieser Schwärze waren mindestens zwei Personen. Und plötzlich glitt etwas an mir vorbei. Ich hielt den Atem an, bis ich glaubte, aus Luftmangel ersticken zu müssen. Vorsichtig begann ich wieder zu atmen. Nicht vorsichtig genug.

»Jetzt schleich da nicht so herum! Die Besuchszeiten sind für heute gestrichen!«, donnerte eine Stimme aus ein paar Metern Entfernung in meine Richtung.

Die Stimme klang nach Ruben Nachtmann. Verdammt, er hatte mich entdeckt! In Windeseile tastete ich mich an der Mauer entlang, tiefer in den Gang und stieß mir zweimal den Kopf auf meiner Flucht. In einer Nische kauerte ich mich zusammen, machte mich so klein wie möglich. Als ob das helfen würde!

Erst nach einigen Minuten stellte ich erleichtert fest, dass er mir nicht gefolgt war. Aber warum nur? Es dauerte einige weitere Minuten, bis ich begriff: Er hatte gewusst, dass sich ein Mensch im Gang versteckte, aber er hatte keine Ahnung gehabt, wer das war. Irgendeine Schattenlose auf ihrem Weg ins Nichts. Und hatte er nicht sogar recht damit?

Nur langsam wagte ich mich aus meinem Versteck heraus und näherte mich dem Schattenraum, den Kopf voll mit Theorien, was sie mit Cyriel angestellt haben mochten. Die Tür fand ich bald wieder. Bei der Berührung des Holzes begann erneut das Prickeln, das ich vorhin vor diesem Raum gespürt hatte. Hatte Jessy nicht erwähnt, dass es allen hier so ging? War das ein Zeichen, dass mein Schatten in der Nähe war?

Drinnen schaltete ich die Taschenlampe an.

»Cyriel?«, flüsterte ich, als könnten mich die anderen Schatten dann nicht hören.

Aber sie kamen. Sie kamen in Scharen, wirbelten auf mich zu und tanzten im Lichtkegel meiner Taschenlampe wie Fledermäuse. Skurril! Diesmal hatte ich keine Angst. Nein, ich fühlte mich sogar wohl bei diesen Wesen und war sicher, sie würden mir nichts tun. Erst seit ich ohne meinen Schatten leben musste, empfand mein Körper den Verlust.

»Du?«, flüsterte es direkt vor mir.

Erst jetzt bemerkte ich, dass einer der Schatten weniger wirbelte und vor mir stehen geblieben war. Er hatte den Umriss eines Mannes. Und doch zerflossen seine Konturen wie Rauch, um sich immer wieder neu zusammenzusetzen.

»Wie hast du mich gefunden?«

Seine Stimme hätte ich unter Tausenden erkannt, aber dass sie nicht aus Cyriels Gesicht kam, machte sie dennoch fremd.

»Du hast doch gesagt, dass du meinen Schatten suchst«, erwiderte ich irritiert in die Richtung der dunklen Gestalt.

»Aber woher kennst du diesen Raum? Und die Tür …?«

Ich zuckte mit den Schultern. »Wir alle hier unten spüren, dass hinter dieser Mauer ein Teil von uns begraben ist. Und die Tür zu öffnen war kein Problem. Du weißt doch, dass ich den Trick mit der Dunkelheit kenne.«

»Du hättest fliehen sollen, wie ich es dir gesagt habe!«, schimpfte Cyriel, aber ich hörte das Lächeln in seinen Worten.

»Glaubst du, ich laufe weg – ohne meinen Schatten?«, erwiderte ich.

»Ach so«, sagte die dunkle Gestalt und ich hörte seine Enttäuschung heraus.

»Außerdem ... konnte ich dich doch nicht so zurücklassen«, erklärte ich leise. »Du hast dein sicheres Leben bei Ruben aufgegeben, um meins zu retten.«

»Ein sicheres Leben ... das war es nie!«, flüsterte Cyriel.

»Aber es war wesentlich mehr als das hier!« Ich fuhr mit dem Arm durch die Luft. Dann hielt ich inne und versuchte in dem schwarzen Etwas seine Züge zu erkennen – was mir nicht gelang. »Was hat er mit dir gemacht?«, fragte ich zögernd, während ich einfach versuchte mir sein Gesicht vorzustellen. Hatte ich es nicht seit Tagen in meinem Gedächtnis gespeichert?

Die Gestalt schien zu flackern, sie bewegte sich unruhig hin und her. »Er hat mein Bild zerstört. Von heute an bin und bleibe ich ein Schatten. Ich habe nichts Menschliches mehr.« Seine Stimme klang kalt, als wäre etwas in ihm gestorben. Die Hoffnung?

»Und du wirst bald verblassen?«, flüsterte ich erschrocken.

»Weil du mir die Tür geöffnet hast«, erwiderte er, »ist es meine Wahl. Wenn ich hier hinauskomme und mich weiter wie ein Familienmitglied von der Lebenskraft der Schattenlosen ernähre, kann ich überleben. Bisher habe ich das getan, weil ich dachte, dass ich die anderen retten kann ... Aber jetzt frage ich mich, ob ich sie nicht all die Jahre nur noch tiefer ins Unglück getrieben habe. In dieser Gestalt kann ich jedenfalls niemandem mehr helfen.«

Unvermittelt schwang er in eine Ecke und wirbelte über den Boden. Erst beim zweiten Hinsehen entdeckte ich das Glas, das er vor zwei Stunden aus dem Labor mitgenommen hatte. Es war viel dunkler als vorher, denn darin bewegte sich schwarzer Rauch. Als ich hinging und es aufhob, war es ganz warm. Und die Berührung – obwohl ich nur das Glas umfasste – war so sanft, als hätte ich ein Baby in den Armen.

»Du musst fliehen!«, raunte Cyriel hinter mir. »Nimm deinen Schatten mit und folge mir!«

Ich schüttelte heftig den Kopf und starrte auf das dunkle Etwas. Das war ein Teil von mir?

»Kannst du es wieder mit mir verbinden?«, fragte ich fast ohne Stimme.

Sein Schweigen tat weh, obwohl ich es erwartet hatte. Er suchte nach Worten, die ich ihm ersparen wollte.

»Okay. Könnte Nachtmann es?«

Cyriel war ganz nah. »Was willst du dem Teufel für deine Seele geben?« Er lachte rau auf. »Vergiss es und komm mit! Dieser Gang sieht aus wie eine Sackgasse, aber irgendwo in der Nähe befindet sich angeblich ein direkter Ausgang. Ich habe ihn nie gebraucht ... aber gemeinsam werden wir ihn finden.«

»Ich brauche ihn auch jetzt nicht!«, antwortete ich heftig. »Komm mit mir! Wir reden über Pläne. Diesmal höre ich dir zu. Und du mir!«

Was sollte ich nur tun? Jetzt, da ich endlich erkannt hatte, wer Cyriel wirklich war, verlor er den Mut. Es gab so vieles zwischen uns, was wir klären mussten.

»Geh, solange du noch kannst!«, sagte er eindringlich. Plötzlich wirbelte wütendes Schwarz um mich herum.

»Lass das!«, fuhr ich ihn an. Angst *vor* ihm hatte ich nicht mehr. Eher Angst *um* ihn. »Hast du dir eigentlich mal überlegt, was ich da draußen soll? Abgesehen davon, dass niemand auf mich wartet ... Glaubst du, ich fliehe mit meinem *halben* Leben? Und wenn es noch so gut konserviert ist in einem Marmeladenglas! Wie viel Zeit bleibt mir ohne meinen Schatten?«

»Nicht mehr Zeit als hier. Aber es wäre ein Leben in Freiheit, im Tageslicht. Ohne Mauern.«

»Mauern sind nicht immer greifbar«, flüsterte ich. »Mein Vater ist gegen sie gerannt, kurz bevor er starb. Wenn es irgendeinen Weg gibt ... dann finde ich ihn hier.«

Mit schnellen Schritten ging ich zur Tür – um eine Entschlossenheit zu demonstrieren, die ich nicht empfand. Verzweiflung war eher das Wort, das mir einfiel. Cyriel folgte mir lautlos und schweigend. Erst nach einer ganzen Weile hörte ich ein leises »Bitte!« an meinem Ohr. Aber ich tat, als hätte ich ihn nicht gehört.

Im Labor lehnte er sich gegen eine Wand und sah dort aus wie ein echter Schatten. Nur wirkte er sehr verloren, so ganz ohne Gegenstück.

»Wenn du schon nicht fliehen willst, solltest du dich zumindest etwas ausruhen«, sagte Cyriels Stimme sehr sanft. »Du siehst müde aus.«

Ich seufzte. »Und du? Du *klingst* zumindest sehr müde. Wie lange hast du nicht mehr geschlafen?«

»Schatten brauchen sehr wenig Schlaf.«

»Wie lange?«, bohrte ich.

»Drei Tage?«

»Also eher vier«, vermutete ich. »Leg dich hin.«

»Könntest du jetzt schlafen?«, fragte er.

»Wir können auch in ein paar Stunden noch überlegen, was wir tun wollen. Ohne Schlaf werden wir jedoch keine Lösung finden!«, sagte ich sachlich.

Obwohl ich hoffte, bereits eine gefunden zu haben. Zumindest hatte ich eine Idee – für die ich aber keinen wachen Cyriel brauchen konnte. Betont erschöpft setzte ich mich auf die Matratze. Der Schatten fuhr von der Wand zu mir und sank vor mir auf den Boden.

»Nimm das Glas mit dem Schatten und stell es so nah wie möglich neben dich«, sagte die Stimme, die ich so gut kannte, ganz leise. Auf einmal berührte mich etwas Dunkles an der Wange, so zart und sanft, dass ich die Luft anhielt – als könne ich damit die Zeit anhalten. »Du musst immer in der Nähe des Glases bleiben.«

Verwirrt fuhr ich mit der Hand über die Stelle. Dicht neben dem rechten Auge ertastete ich eine Falte. Eine Gesichtsfalte!

»Ich werde alt!«, stieß ich hervor.

»Nein«, raunte Cyriel. »Du bist wunderschön. Und dein Schatten wird dir Kraft geben in den nächsten Tagen. Wir ... wir schaffen das!«

Er klang so unglaublich bemüht. Bemüht, mir Mut zu machen und mich aufzurichten. Aber unter seiner Kraft spürte ich seine eigene Mutlosigkeit und ich hätte ihm gern etwas von dem Gefühl zurückgegeben, das er in mir geweckt hatte. Was war das nur, dass ich den starken Cyriel zurückgewiesen hatte – und den schwachen am liebsten umarmt hätte?

»Wir schaffen das!«, bestätigte ich schnell und rollte mich dann auf der Matratze ein. Er musste jetzt nicht sehen, dass ich mit den Tränen kämpfte. Er selbst suchte sich eine dunkle Ecke und verschwand in den natürlichen Schatten der Wand. Ob das der übliche Ort war, an dem Schattenwesen schliefen?

Es fiel mir schwer, meinen zufallenden Augen nicht

einfach nachzugeben. Ich musste wach bleiben! Nach einer Weile stand ich langsam auf und flüsterte: »Bist du noch da?«

Keine Antwort. Zeit, zu sehen, ob meine Idee funktionierte.

Die Staffelei klapperte etwas, als ich sie ins Licht der Fackeln hob. Etwas leiser gelang mir das Aufstellen einer neuen Leinwand. Der Kohlestift lag wie ein Stein in meiner Hand. Ich hätte anfangen können. Wenn nicht mein Herz so schnell geschlagen und meine innere Stimme immer wieder geflüstert hätte, dass ich vielleicht Erfahrung mit dem Restaurieren hatte – aber dass ich keine Malerin war!

Trotzdem, mein Vater hatte mir so viel beigebracht und ich hatte schon so viele Bilder angefangen, immer unter der heftigen Kritik, dass ich die Technik zwar nach Lehrbuch beherrschte – aber kein Gefühl auf das Papier bringen konnte.

Nun, Gefühl hatte ich heute genug in mir. So viel, dass ich platzen würde, wenn ich es nicht aufs Papier brachte. Dieses Bild *musste* fertig werden.

Kira

Irgendwann gelang es mir, den Verstand auszuschalten, sodass meine Hand nur durch Intuition geführt wurde. Sie huschte über die Leinwand und meine Umgebung verschwamm. Es war, als hätten Zeit und Raum ihre Bedeutung verloren, und als ich begann, meine Kohlezeichnung mit Farbe zu füllen, hatte ich längst vergessen, wo ich malte und warum ich malte.

Ohne Zeitgefühl trat ich einen Schritt zurück, als ich erstaunt feststellte, dass das Bild fertig war. Ich legte den Kopf schief, um zu sehen, ob das Porträt lebendig genug wäre. Im gleichen Moment sah ich etwas Dunkles über meiner Schulter. Etwas streckte sich in Richtung Leinwand und nahm gleichzeitig Farbe an. Eine Hand lag plötzlich auf meiner Schulter, und als ich mich umwandte, stand Cyriel so nah und lebendig vor mir, wie ich ihn in Erinnerung hatte. Ich spürte seinen schnellen Atem auf meiner Haut, und seine Augen blitzten unter den dunklen Strähnen, die in sein Gesicht fielen. Zunächst betrachteten sie noch das Bild – als würde Cyriel sich selbst zum ersten Mal sehen. Dann traf sein Blick mich, als wolle er in mir lesen, was ich dachte. Seine Mundwinkel zuckten leicht nach oben. Hatte er eine Antwort auf seine Frage bekommen? Langsam zog er mich an sich und küsste mich. Nicht wie ein Schatten, sondern wie ein sehr lebendiger Mann. Und auch wenn es verrückt war, legte ich vorsichtig die Hände auf seine Schultern und erwiderte den Kuss. Wie hätte ich etwas anderes tun können, wenn meine Haut unter seiner so kribbelte?

»Ich wusste nicht, dass du das kannst«, murmelte er.

»Was? Küssen?«, fragte ich.

Er lachte und schob mich gerade so weit zurück, dass er mich ansehen konnte. »Malen! Du unmögliches Weib!«

Ich seufzte und lehnte mich an ihn. »Das wusste ich auch nicht. Deshalb habe ich gewartet, bis du schläfst.«

»Aha! Und wenn ich ausgesehen hätte wie ein schielender Schweinehirt, hättest du die Leinwand hoffentlich vernichtet?«

»So ungefähr ...«

Als er mich noch einmal küssen wollte, schob ich ihn zurück und betrachtete ihn genau.

»Und? Sehe ich aus wie vorher?«, fragte er.

»Ich denke, ja«, sagte ich zögernd. »Wie gut, dass ich dich mit einem Lächeln gemalt habe und nicht so miesepetrig wie auf dem Fresko.«

Er verzog das Gesicht zu einer düsteren Grimasse. »Du hast mich gemalt – aber was ich mit diesem Körper tue oder lasse, ist meine Entscheidung.« Der Druck seiner Arme auf meinem Rücken wurde stärker, als er mich noch einmal an sich zog. »Ich bin derselbe wie vorher. Dass ich dich geküsst habe ... Ich wollte das schon lange tun. Aber ich war mir sicher, dass du mich hasst.«

»Und was hat deine Meinung geändert?«, fragte ich und hob herausfordernd das Kinn.

Er drehte mich so, dass wir beide das Porträt ansehen konnten. »Wer so malt, empfindet keinen Hass.«

»Wie du, als du dieses Porträt von mir gemalt hast?« Ich

musterte ihn, als sein Blick auf das Bild fiel, das ich auf den Boden gestellt hatte.

»Es tut mir leid, wenn es dich beleidigt hat. Aber ich musste dich einfach malen.«

»Warum?«

Seine Finger bohrten sich etwas fester in meine Schulter. »Die anderen habe ich porträtiert, weil ich dachte, dass ich sie damit von Rubens Herrschaft befreien könnte. Dass sie mit ihrem Bild von hier fliehen könnten. Aber *dich* habe ich gemalt ... weil ich befürchtet habe, deinen Anblick in den nächsten hundert oder zweihundert Jahren vielleicht zu vergessen.«

Mein Herz machte zwei Hüpfer – einen vor Freude und einen vor Grauen.

»So schnell vergisst du?«, fragte ich schmunzelnd. Hoffentlich konnte er nicht sehen, was seine Worte in mir ausgelöst hatten. Wie gut ich verstehen konnte, dass man sich in den Anblick eines anderen Menschen verliebte! Nicht weil er so attraktiv war – obwohl ich das in diesem Fall nicht bestreiten würde –, sondern weil er ein Feuerwerk in mir entzündete, wenn er mich ansah. Weil ich das Gefühl hatte, dass wir gegenseitig in uns hineinsehen konnten. Warum hatte ich ihn anfangs nicht leiden können? Oder war in diesen ersten Tagen das Feuerwerk einfach *zwischen* uns gewesen, hatte der ewige Streit uns den Blick vernebelt? Jetzt war es jedenfalls, als wäre Cyriel mein Gegenstück – wie Mensch und Schatten.

»Warum malst du nicht einfach in Schwarz-Weiß?«, musste ich einfach fragen. »Du kannst die Farben doch nicht sehen, oder?«

»Nicht so wie du«, gab er zu. »Aber Farbe sieht immer

lebendiger aus, auch wenn ich sie inzwischen anders benutze. Ich konnte ja nicht ahnen, dass je ein Mensch die Bilder ansehen würde.« Er lächelte. »Ein ziemlich kritischer Mensch noch dazu. Stell dir einfach vor, du würdest dieses Porträt in einem Schwarz-Weiß-Fernseher sehen. So ungefähr sehe ich Farben. Zwischen Schwarz und Weiß gibt es eine unglaubliche Palette von Grautönen.«

»Schwarz ist alle Farben, hast du zu mir gesagt. Alle Möglichkeiten, der Weg in die Unendlichkeit.« Ich wandte mich ab und lehnte mich gegen eine Wand.

Wenn ich denken wollte, musste ich Abstand zu Cyriel gewinnen. Ihn zu spüren machte mich unruhig. »Sag mir bitte, was du damit gemeint hast. Und ob uns das irgendetwas nützt – gegen Ruben Nachtmann.«

Er folgte mir und setzte sich auf einen Hocker in meiner Nähe.

»In der absoluten Dunkelheit liegt eine Art Portal. Nennen wir es eine Wegkreuzung. Und du kannst jeden Weg gehen, in jede andere Realität, die du dir vorstellen kannst.«

»Du meinst, diese Türen, durch die ich gegangen bin, führen in eine andere Welt? Und ... ich könnte in der Nacht immer und überall in andere Welten gehen?«

Cyriel legte den Kopf schief. »Ja und nein. Ruben hat das Geheimnis der Dunkelheit vor einer Ewigkeit entdeckt, aber ganz so einfach war es wohl nicht. Er hatte das perfekte Schwarz ja noch nicht und es gibt in den modernen Städten keine echte Dunkelheit mehr. Ruben musste während einer Mondfinsternis Türen anlegen, die man später in dunklen Nächten immer wieder benutzen konnte. Mit welchen alchemistischen Mitteln er das tat, kann ich nicht sagen. Diese Türen führen nicht in alle Welten, sondern nur in eine: in die Burg vor ihrer Zerstörung. Hier ist es, als hätten die Dörfler die Burg niemals niedergebrannt.«

Ich konnte es kaum glauben! Und andererseits ...

»Jetzt weiß ich, warum ich in der Dunkelheit schon immer das Gefühl hatte, dass etwas Fremdes anwesend ist«, murmelte ich.

Er nickte. »Die Angst aller kleinen Kinder! Sie haben das feinere Gespür – für echte Gefahren.«

»Und was ist nun mit dem absoluten Schwarz?«

Cyriel atmete laut hörbar ein. »Ruben versucht seit einigen Jahrhunderten es zu finden, aber bisher erfolglos. Wenn er die Erfindung deines Vaters in die Finger bekäme, könnte er jederzeit und überall in andere Welten wandern. Und er bräuchte die Menschen nicht mehr, um Lebenskraft zu sammeln.«

»Das wäre doch gut ... er würde verschwinden und niemanden mehr entführen, oder?«, fragte ich nachdenklich.

Cyriels Blick war ernst. »Er hasst die Menschen, seit sie mit Fackeln gegen ihn in den Kampf gezogen sind. Sein Traum ist ein Schattenreich. Mit ihm als ›Vater‹ aller Schatten – ohne Menschen.«

Mir wurde kalt. »Wie will er das anstellen?«

»Mit dem tiefsten Schwarz kann er sich zwischen den Zeiten bewegen und alles vernichten, was ihm nicht gefällt. Er hätte unvorstellbare Macht.«

Ich schwieg, unter meiner Haut wurde es immer kälter.

»Er hat meinen Vater zwingen wollen, ihm die Formel zu geben, nicht wahr?«

Cyriel nickte kaum merklich. »Dein Vater erkannte,

wie gefährlich diese Erfindung war, und hat sich geweigert. Er drohte Ruben damit, dass er springen würde und dass dann niemand die Formel bekäme. Ruben hat ihm nicht geglaubt.«

Die Stille rauschte in meinen Ohren. Ich spürte nur noch Cyriels Arm, der mich stützte, aber plötzlich hatte ich das Gefühl, dass ich nicht mehr konnte. Nichts mehr! Weder denken noch etwas empfinden noch stehen.

»Leg dich ein bisschen hin! Das hättest du vorhin schon tun sollen«, sagte Cyriel sanft und führte mich zu der Matratze. »Während ich geschlafen habe, hast du gearbeitet.«

Als ich meine Augen schloss, sah ich das Fenster in Paps' Atelier vor mir. Sah, wie ich immer näher heranging und über die Kante nach draußen fiel. Erschrocken öffnete ich die Augen wieder und starrte an die raue Wand. Sehr lange starrte ich. Bis meine Umgebung vor mir verschwamm.

Als ich Stunden später aufwachte, fühlte ich mich, als hätte ich eine alte Haut abgestreift. Verwundbar, empfindsam, aber auch im Hier und Jetzt angekommen. Ich wollte einen Weg aus diesem Chaos herausfinden – oder akzeptieren, dass der Weg hier zu Ende war. Ein Zurück gab es nicht mehr.

Ich streckte mich und bemerkte, dass eine Decke über mir lag. Beim Aufsetzen hätte ich mit dem Fuß beinahe eine Tasse umgestoßen, die auf dem Boden vor mir stand. Aus ihr drang köstlicher Kaffeeduft in meine Nase. Ich nahm die Tasse in die Hand und wärmte meine Finger daran. An die Wand gelehnt versuchte ich richtig wach zu werden und sah mich nach Cyriel um. Erst nach einer Weile begriff ich, dass er nicht da war.

Warum hatte er mich im Labor allein gelassen? Was

machte er da draußen – wo er jederzeit den Nachtmanns in die Arme laufen konnte? Nervös stand ich auf und lief mit der Tasse in der Hand im Labor hin und her. Schließlich bemerkte ich Gerätschaften und Chemikalien, die gestern noch nicht auf der Arbeitsfläche gestanden hatten. Der Versuchsaufbau – *mein* Versuchsaufbau! *Wie konnte er ...?* Meine Hand flog zu dem Zettel in meinem Ausschnitt. Er war nicht mehr da!

Als wenige Minuten später die Tür mit einem Knirschen geöffnet wurde, war ich bereits stinkwütend. Cyriel kam herein und trug ein Tablett mit weiteren Chemikalien. Als sein Blick meinen traf und ich ihn anfunkelte, wirkte er überrascht.

»Schön, dass du schon wach bist. Du hast den Kaffee also gefunden?«

Ich nickte. »Den auch.«

»Was ist los?«

Er stellte das Tablett ab, schloss die Tür und kam lächelnd auf mich zu. Er wollte die Arme nach mir ausstrecken, aber mein Gesichtsausdruck bremste ihn.

»Ist etwas passiert?«, fragte er erstaunt.

»Wo ist die Formel?«, presste ich heraus.

Nur ganz kurz konnte ich Schuldbewusstsein in seinen Augen aufblitzen sehen, dann seufzte er belustigt. »Es ist leichter, eine Eiche zu fällen, als dich zu überzeugen.«

Seine Hand berührte meine Wange.

»Vertrau mir doch endlich, Kira! Du hast mir die Formel schon einmal gegeben. Und ich habe sie dir zurückgegeben – bis du mir vertraut hast. Ich dachte ... so weit wären wir jetzt.«

Ich nickte. »Das dachte ich auch.«

Er zog eine Grimasse und wirkte geknickt. »Ich wollte dich nicht wecken, das hätte ich nicht übers Herz gebracht. Aber ich hielt es für eine gute Idee, wenn ich schon mal alles vorbereite.«

»Vorbereiten?«

Ich stellte nachdenklich meine Kaffeetasse ab. »Du meinst, wir beide mischen das absolute Schwarz – als Waffe gegen Nachtmann?«

Cyriel nickte. »Seit ich weiß, dass Ruben es für so mächtig hält, habe ich selbst versucht es zu finden. Über hundert Jahre lang, aber es ist mir nicht gelungen. Ihm zum Glück auch nicht.«

»Und wie können wir es gegen ihn einsetzen – falls es uns gelingt?«

Er zögerte. »Bis heute sind es nur Vermutungen. Selbst Ruben weiß nicht genau, was es bewirkt. Aber es ist dunkler als Schatten und stärker als Schatten ...«

»Glaubst du, es könnte uns helfen, Menschen und Schatten wieder miteinander zu verbinden?«, schoss es mir durch den Kopf.

Cyriels Mundwinkel zuckten. »Das und vieles mehr.« Er sah mich fragend an. »Habe ich deine Einwilligung, die Formel zu verwenden?«

Ich erwiderte seinen Blick und biss mir auf die Lippen.

»Es ist nicht leicht, mit mir auszukommen, oder?«, fragte ich.

Er beugte sich vor und küsste mich in den Nacken. »Ich habe dich anfangs falsch eingeschätzt«, flüsterte er. »Du verkaufst deine Seele für keinen Preis. Du gehst deinen Weg quer über alle Hindernisse – auch wenn das Hindernis ein Schattenwesen ist. Und genau deshalb ...«

Er sah mich an, und ich hätte in diesen Augen versinken können.

Und genau deshalb ...? Konnte das wirklich wahr sein?

»... genau deshalb sollten wir jetzt sofort anfangen«, sagte er schnell und wandte sich ab. Er stellte die Chemikalien von dem Tablett, das er mitgebracht hatte, neben seinen Versuchsaufbau und reichte mir Handschuhe und Mundschutz. Zögernd nahm ich sie. Ich wusste, dass er etwas anderes hatte sagen wollen ... und ich würde eine Gelegenheit finden, um diesen Satz aus ihm herauszubekommen. Später.

»Hast du eine Idee, was ich beim ersten Mal falsch gemacht haben könnte?«, fragte ich ihn stattdessen. »Ich dachte, ich hätte mich genau an die Formel gehalten.«

Cyriel füllte das Nickelsulfat in eine Reibschale.

»Meistens liegt eine Kleinigkeit zwischen Erfolg und Misserfolg. Hast du die Kristalle ganz klein gerieben?«

Er nahm das Pistill in die Hand und stieß die grüne Substanz mit Kraft und Geduld kleiner und kleiner, bis schließlich die Kristalle eher nach grünem Sand aussahen.

»Ja. Zumindest glaube ich es.«

Cyriel nickte. »Ich habe dein Schwarz untersucht – wie du richtig vermutet hast. Und ich denke, du warst wirklich dicht dran, das war gute Arbeit. Aus irgendeinem Grund haben sich die Stoffe aber nicht richtig verbunden.«

Er entzündete ein Streichholz und hielt es über den Bunsenbrenner, dann öffnete er die Luftzufuhr.

»Oha!«, entfuhr es mir. »Von Erhitzen stand nichts in der Anleitung meines Vaters.«

Er hob die Augenbrauen und lächelte. »Bingo! Da haben wir die Kleinigkeit vielleicht schon gefunden.«

Er füllte das Nickelsulfat in einen Glaskolben und stellte ihn auf einen Ständer über den Bunsenbrenner. Wenig später fügte er das Phosphorsalz hinzu, während ich mit einem Glasspatel vorsichtig umrührte.

Für eine Weile war ich völlig vertieft, blickte in die Flamme und hörte das Zischen des Brenners. Auf einmal bemerkte ich, dass Cyriel mich beobachtete.

»Was ist?«, fragte ich neugierig.

»Ich frage mich immer noch, warum ich dich anfangs so falsch eingeschätzt habe.«

»Du warst allerdings sehr abweisend. Und deshalb war ich es auch.« Ich sah ihn forschend an.

»Ich musste abweisend sein!«, murmelte er. »Ich wollte, dass du freiwillig gehst! Schließlich hatte Ruben dich nur hergeholt, um die Formel zu bekommen. Anfangs ging es mir – zugegeben – einzig darum, dass er das Schwarz nicht von dir bekam. Später wollte ich auch nicht, dass er *dich* bekam. Denn mit seiner Vertrau-mir-Nummer hat er das ja recht gut angefangen.«

Seine Worte fühlten sich ganz warm in meinem Innern an. Er hat sich *Sorgen* um mich gemacht?

»Aber hast du tatsächlich geglaubt, dass ich mich nur für das Geld interessiere?«

Er zuckte mit den Schultern, nicht ganz überzeugend. »Tut mir leid, was ich alles über dich gesagt habe.«

Ich wich seinem Blick aus. »Das war ... nicht ganz falsch. Ich hatte mir fest vorgenommen, meine Vorgeschichte im Sand zu vergraben und BWL zu studieren.«

»Und dabei ging es dir wirklich um Geld?«

»Nein, um ... Sicherheit. Mein Leben lang *wusste* ich, dass ich später Restauratorin werden würde. Kunst und

Kunstgeschichte haben mich schon als Kind fasziniert. Paps konnte zu jedem Bild so viel erzählen, dass eine ganze Welt darum herum entstand, eine Welt voller Gefühle, voller Geschichten. Manche Menschen mögen das stinklangweilig finden, aber Paps hat mir so durch seine Augen die Kunst lebendig werden lassen. Ich hätte ihm stundenlang zuhören können. Niemals wollte ich etwas anderes machen. Bis er mit dieser Erfindung anfing. Der Traum, den er sich erfüllen wollte, wurde sehr schnell zum Albtraum! Ich dachte immer ... Ich war ganz sicher, dass mein Vater den Verstand verlor. Er sprach manchmal von Schatten in den Bildern und Schatten in seiner Seele.«

Cyriel sah mich nachdenklich an.

»Und du wolltest ihm nicht folgen, im wahrsten Sinne. Das kann ich verstehen.«

Ich nickte zögernd. »Einen Bürojob kann man abends und am Wochenende ausblenden. Paps hatte sich so sehr der Kunst verschrieben, dass er kein Privatleben mehr hatte. Obwohl ... seine Arbeit *war* für ihn zutiefst privat.«

Ich spürte, dass eine Träne über meine Wange lief, aber ich wischte sie nicht weg, weil ich Cyriel nicht darauf aufmerksam machen wollte. Verdammt, warum konnte ich bei diesem Thema nicht langsam mal ruhig bleiben?

»Ich glaube eher, sein Privatleben warst du. Warum hätte er dir sonst alles beibringen sollen? Bestimmt nicht nur, weil er Hilfe brauchte. So war er nie allein – und du auch nicht.«

Erstaunt forschte ich in seinem unergründlichen Blick.

»Und ich habe dich für einen geschäftstüchtigen Holzklotz gehalten«, murmelte Cyriel.

»Ich *bin* geschäftstüchtig!«, protestierte ich. »Ohne mich hätte mein Vater nur gearbeitet, aber keinen Cent dafür bekommen.«

Er lachte leise auf. »Das glaube ich sofort. Du bist sehr … zielstrebig.«

Dann gab er langsam die anderen Chemikalien zu unserer Mixtur hinzu und ich begann wieder zu rühren. Sein Schweigen machte mich wahnsinnig. *Zielstrebig?*

»Wie meinst du das?«, musste ich einfach fragen.

Cyriel wollte soeben die Säure hinzufügen, aber er zögerte und stellte das Glas schließlich wieder ab.

»Das Fresko …« Er sah mich an. »Du hast seine Geheimnisse bereits entdeckt, als Anna noch auf eine Eingebung wartete, in welchem Jahrhundert das Bild gemalt worden sein könnte. Du hast die Uhr gleich bemerkt, die unser letzter Restaurator als Warnung eingefügt hatte. Da ich die Ärmel darüber nachträglich verlängert habe, fand ich sie eigentlich recht gut versteckt. Außerdem hast du meine Hinweise gefunden und richtig gedeutet. Den Rettich, das Eichhörnchen … und die falschen Schatten.«

»Ist Nachtmann denn nie darübergestolpert?«, fragte ich Cyriel.

»Doch. Aber ich habe ihm erklärt, dass ein Maler solche Symbole immer ins Bild malt, um ein Markenzeichen zu hinterlassen. Der Rettich sei im Familienwappen der de Vries und das Tier sei ein Hinweis auf meine Technik. Weil ich nur Pinsel aus Eichhörnchenhaar benutze.«

»Und das hat er dir geglaubt?«

»Diesen Teil schon. Aber Katharinas kaum vorhandenen Mund hat er mir übel genommen. Er dachte, ich sei schuld, dass sie nicht mehr reden wollte. Sein Wutanfall war auch der Auslöser dafür, dass er mir den Schatten abschnitt. Erst später stellte er fest, dass Katharinas Schweigen nichts mit mir zu tun hatte.« Er lächelte böse. »Und dass er uns alle nicht kaufen konnte.«

»Kaufen nicht. Aber behalten schon«, wandte ich ein.

Cyriel nahm das Glas Säure in die Hand und wollte es in einem Schwung in den Erlenmeyerkolben schütten. Ich bremste ihn, nahm ihm das Glas aus den zitternden Händen und gab die Säure langsam unter ständigem Rühren hinzu. Schweigen erfüllte die Luft zwischen uns, und als ich ihn ansah, funkelten seine Augen. Diesmal spürte ich, dass er nicht wütend auf mich war.

»Siehst du, das meinte ich mit zielstrebig«, sagte er mit rauer Stimme. »Wenn du die schrecklichen Dinge um dich herum bemerkst, blickst du ihnen entgegen und nimmst sie dir vor, als wären sie Schmutzpartikel auf deinem Fresko.«

Ich zuckte mit den Schultern. »Dann bin ich also zu sachlich? Würde es helfen, wenn ich kreischend durch die Gänge laufen würde wie die Frauen in den alten Schwarz-Weiß-Filmen?«

Das Funkeln wurde schwächer und schließlich lachte er, alle düsteren Untertöne dabei abwerfend. »Du bist so sachlich wie eine Kletterpflanze.«

Alarmiert sah ich ihn an. »Wie eine Klette meinst du?«

»Nein, du Vertrauensmuffel. Kletterpflanzen nehmen ihre Umgebung hin, wie sie ist – und dennoch verändern sie sie. Hast du die Prunkwinden nicht gesehen, die an den Ruinen der Burg emporwachsen? Sie haben wunderschöne Blüten ... wobei ich ihre Farben leider nur erraten kann.«

Schnell wandte ich mein Gesicht wieder dem Glaskolben zu, damit Cyriel nicht bemerkte, dass ich gerade puterrot wurde. So etwas hatte noch nie jemand zu mir gesagt.

»Hellrosa und tiefviolett«, sagte ich leise.

Kira

Während des Abfilterns und Bindens mit Zellulose waren wir beide voll konzentriert und betrachteten angestrengt unser Ergebnis. Die dicke Paste unterschied sich nicht sonderlich von meinem letzten Schwarz. Mein Herz klopfte bis zum Hals, als ich beobachtete, wie Cyriel sie mit einem Pinsel aufnahm, um sie auf eine weiße Leinwand aufzutragen. Kurz davor hielt er inne und wandte sich mir zu.

»Komm! Es steht mir nicht zu, das zu tun.«

Damit reichte er mir den Pinsel. Als ich ihn entgegennahm, berührten sich unsere Finger. In seinem Gesicht konnte ich lesen, wie wichtig ihm dieser Moment war. Und gleichzeitig fand ich Traurigkeit darin. Was mochte ihm durch den Kopf gehen?

Die schwarze Paste ließ sich gut auftragen und das Schwarz schien sehr, sehr dunkel geworden zu sein. Aber noch war es zu feucht, um etwas sagen zu können. Also lehnten wir uns nebeneinander an die Wand. Ich wunderte mich, wie nahe wir uns in der kurzen Zeit gekommen waren, und wie selbstverständlich wollte ich Cyriels Hand nehmen. Aber er zog sie zurück.

»Was ist los?«

Er blickte unbeteiligt in Richtung Staffelei, aber ich sah, wie die Ader an seinem Hals klopfte.

»Wenn das hier das richtige Schwarz ist ... musst du gehen. Ich muss Ruben allein gegenübertreten.«

Ich zuckte zusammen. »Warum sollte ich ausgerechnet jetzt gehen? Das ist doch nicht allein dein Problem – nur weil er deinen Schatten vierhundert Jahre vor meinem abgeschnitten hat.«

Er wandte langsam den Kopf zu mir und ich erschrak über den Ernst in seinen Augen. »Nein, aber du hast noch ein Leben. Wenn meine Theorie stimmt, dann ist dieses neue Schwarz dunkel genug, um deinen Körper und deinen Schatten wieder zusammenzufügen. Du darfst dieses Leben nicht ...«

Cyriel verstummte, drückte sich schwungvoll von der Wand ab und trat einen Schritt vor. Was ich mit meinem Leben nicht tun durfte, erfuhr ich nicht mehr, denn er starrte angestrengt auf die Leinwand.

»Das ist ... unglaublich!«, flüsterte er.

Ich war seinem Blick gefolgt – und bekam umgehend Kopfschmerzen. Der dunkle Fleck war kein Schwarz, wie ich es kannte. *Ich war blind!* Solange ich auf diese Stelle sah jedenfalls. Es war wie ein Loch in der Wirklichkeit.

»Das muss es sein!«, flüsterte ich zurück.

Wortlos ging er zur Matratze auf der anderen Seite des Raums und holte das Glas mit meinem Schatten. Nachdem ich nun wusste, was er vorhatte, versagte mir fast der Atem. Einerseits hatte ich panische Angst, dass es *nicht* funktionieren würde. Und andererseits graute mir davor, *dass* es funktionieren könnte.

Cyriel öffnete das Glas und das Dunkle darin erhob sich wie eine Kobra aus ihrem Korb. Plötzlich wischte es mit unerwarteter Geschwindigkeit durch den Raum, wirbelte einige Male um mich herum und blieb dann schwebend in der Luft über mir stehen.

»Er hat dich erkannt«, flüsterte Cyriel. »Beweg dich nicht.«

Er nahm den Pinsel wieder in die Hand, tunkte ihn in das Schwarz und kam auf uns zu.

»Jetzt hock dich auf den Boden.«

Ich tat es und der Schatten tat es mir nach. Kaum hatte er den Boden neben mir berührt, streckte Cyriel den Pinsel aus und zog einen Strich zwischen uns. Wie gebannt sah ich zu und auch der Schatten schien zu spüren, dass etwas mit ihm geschehen sollte. Doch nach einigen Sekunden, in denen absolute Stille herrschte, erhob sich mein Schatten und wirbelte wieder durch die Luft.

Ich stand auf und fluchte.

»Was ist falsch gelaufen?«, fragte ich. »Sollen wir es noch mal versuchen?«

Cyriel feuerte den Pinsel auf einen Tisch, sodass das Schwarz quer darüberspritzte. »Nein!« Er fuhr sich mit der Hand durch die Haare. »Ich habe es geahnt!«

Fragend sah ich ihn an. »Ist es doch nicht die richtige Farbe?«

Er schüttelte den Kopf, zu wütend, um reden zu können. Stattdessen nahm er das Glas und versuchte den Schatten wieder einzufangen. Dabei fuhr sein rechter Arm spiralförmig um den Schatten herum, während er seine Finger kreuzte. Irgendwann sammelte sich das dunkle Wesen und fuhr über die Fingerspitzen an Cyriels Arm entlang in seinen Ärmel. Cyriel legte seine Hand schnell in das Glas und schob den Schatten mit der anderen Hand zurück, sodass er an seinem Arm entlang wieder in sein Gefängnis kroch. Als die letzten dunklen Schwaden hineingewischt waren, verschloss er den Deckel. Und mir war zumute, als wäre meine letzte Hoffnung gerade in diesem Behälter verschwunden.

»Das war's also?«, fragte ich frustriert.

Cyriel zog mich an sich. Ich spürte sein Kinn auf meinem Kopf, aber ich spürte auch seine Unruhe.

»Es gibt noch einen Weg«, sagte er leise.

»Noch eine Theorie?«

Er zuckte zusammen, dann ließ er mich los. »Ich werde nicht zulassen, dass Ruben dir alles nimmt.«

»Und was willst du tun?«

Sein bestimmter Ton machte mich nervös. Er klang, als hätte er einen Punkt erreicht, an dem er alle Vernunft über Bord werfen wollte.

»Das Messer! Ich hatte es schon vermutet, aber wir brauchen das dunkle Messer, das Ruben entwickelt hat, um Schatten abzuschneiden.«

»Das klingt ein bisschen wie im Märchen«, sagte ich und hoffte, dass mein Lächeln ihn wieder aus seiner seltsamen Stimmung zurückholen könnte. »Magie kann nur der rückgängig machen, der sie bewirkt hat.«

»Die Alchemie, wie Ruben sie anwendet, hat durchaus viel mit Magie zu tun«, nickte er. »Aber sie ist nicht personenbezogen. Der Gegenstand ist magisch. Ein Messer, das die Dunkelheit schneiden kann.«

»Ein Messer, das er jetzt bei sich trägt«, gab ich zu bedenken.

Cyriel schüttelte den Kopf. »Erinnere dich. Als er deinen Schatten abgetrennt hat, lag das Messer ...«

»... im Labor!«, vervollständigte ich den Satz. »Du wirst doch nicht so wahnsinnig sein ...!«

Seine Augen begannen wieder zu funkeln. »Mehr als

das haben wir nicht. Es ist unsere einzige Chance!« Ruckartig wandte er sich ab und griff nach dem Haken, der die Geheimtür öffnete.

»Cyriel!«, rief ich mit einer Stimme, die sanft klingen sollte, aber verzweifelt klang.

»Ich gehe allein. Als Schatten bin ich schneller und unauffälliger. Du musst inzwischen zu den anderen gehen. Versuch alle zu finden und vor dem Schattenraum zu versammeln. Ich bin bald wieder da.«

»Und wenn nicht ...?«

Ich glaubte nicht, dass er mich noch hörte, denn er war bereits durch die Tür und dort verlor sein Körper alle Farbe, bis er nur noch aus Dunkelheit bestand, die an den Wänden entlangkroch.

Die Vertrautheit, die ich mit Cyriel empfunden hatte, wich kurzfristig einer gewissen Panik. Wenn ich mich schon einmal für einen Mann interessierte – konnte der nicht einfach normal sein? Oder zumindest aufrecht gehen?

Als ich Jessys Tür öffnete, rechnete ich nicht damit, Anna zu sehen. Eine stark gealterte Anna. Ihre Augen wurden groß und ihre Nasenflügel bebten, als sie von ihrer Matratze aufstand.

»Du? Ich dachte, du wärst schon längst ohne uns geflohen?«

»Kira?« Jessys Stimme war dünn, als sie ebenfalls aufstand und näher kam. Ihr Gesicht zeigte Anspannung und Besorgnis, aber im Gegensatz zu Annas war es so jung und frisch, als wäre sie eben erst angekommen.

»Hallo Jessy!«, sagte ich. »Ich bin so froh, dass es dir gut geht!«

Und *wie* erleichtert ich war! Immerhin hatte ich sie

das letzte Mal gesehen, als sie auf dem dunklen Gang von Paul niedergeschlagen worden war, bevor Cyriel mir zu Hilfe kam.

Jessy flog mir entgegen und umarmte mich so fest, dass ich kaum Luft bekam. »Ich hab mich ganz verrückt gemacht! Der Schattenmann ist so schnell hinter dir hergestürzt, dass ich dachte, er müsste dich erwischt haben.«

»Der Schattenmann?«, fragte Anna misstrauisch. »Gabriel?«

Erstaunt wandte ich mich um. »Gabriel? Du hast gewusst, dass er dazugehört?«

Sie sah mich nachdenklich an. »Ja, natürlich. Er hat mich gebeten, eine Miniatur von ihm zu malen. Und dann hat er mich entführt. Ob er es getan hat, weil ich ihn nicht malen wollte?«

Verwirrt versuchte ich einzuordnen, was sie mir da erzählte. Warum sollte Gabriel so viel Wert auf eine Miniatur legen, dass er sie *deshalb* entführte? War der Grund nicht eher der gewesen, dass sie ihre Eltern anrufen wollte, um ihnen von dem Auftrag hier zu erzählen? Das Gespräch hatte er ja an meiner Seite belauscht. Aber es gab Dringenderes!

»Wir müssen Cyriel helfen!«, sagte ich ernst. »Er braucht unsere Hilfe und er hat mich gebeten dich zu suchen. Wir sollen alle Menschen, die hier leben, zum Schattenraum bringen.«

Das war zwar nicht ganz korrekt, aber ich konnte in Annas Gesicht lesen, dass sie alles tun würde, wenn *er* ausdrücklich *sie* um etwas bat.

»Was hat er vor?«, fragte Jessy neugierig.

»Wir glauben einen Weg gefunden zu haben, wie man

unsere Körper wieder mit unseren Schatten verbinden kann.«

»Du meinst, wir können diesen Ort verlassen – mit unseren Schatten?« Jessys Gesichtszüge wurden weich, als sie strahlte.

»Ja, in dem Gang ganz in der Nähe des Schattenraums soll es eine Geheimtür geben«, bestätigte ich. »Wir gehen zurück. Zurück in das Leben, wie es vorher war.«

»Als alte Leute, meinst du«, korrigierte Anna mich in bissigem Ton.

»Du weißt es also inzwischen?«, wandte ich mich voll Mitleid an sie. Das letzte Mal hatte sie es noch nicht glauben wollen.

»O ja, es dauert, bis man selbst es akzeptieren kann«, sagte sie trocken. »Kann es sein, dass du lange nicht in einen Spiegel gesehen hast?«

Ich zuckte zusammen. Meine Finger fuhren über mein Gesicht und ich hielt den Atem an. Die Falten wurden tiefer und mein Haar dünner!

Jessy legte ihre Hand auf meinen Rücken und streichelte hilflos darüber. »Dann hat er dich tatsächlich gekriegt?«

»Ja, aber nicht Cyriel, sondern Ruben Nachtmann. Ich bin dem Teufel direkt in die Arme gelaufen, ich Idiot!«, stieß ich wütend hervor.

»Und du glaubst, dass wir wirklich fliehen können? Mit unserem Schatten?«, fragte Jessy enthusiastisch.

»Das hoffe ich! Jetzt müssen wir erst mal alle Schattenlosen finden. Anna, übernimm du doch bitte die Zimmer und die Gänge in den oberen Stockwerken. Jessy, du übernimmst die Halle und den Speisesaal. Und ich nehme die Gänge unten.«

Anna nickte und lief eilig voraus. Dabei wirkte sie beinahe wieder jung. Ich nutzte die Gelegenheit und wandte mich an Jessy.

»*Du* musst mit den Leuten reden«, flüsterte ich ihr zu. »Du bist mein Schlüssel zu ihnen, du hast irgendwie den richtigen Draht zu allen.«

Sie lächelte. »Danke. Aber ich habe immer nur ganz normal mit ihnen gesprochen.«

»Genau!«, nickte ich. »Deshalb ja!« Ich nahm ihre Hand und drückte sie. »Wenn ich blind in einem Labyrinth stünde, würde ich mir wünschen, dass du bei mir bist. Weil ich weiß, du würdest mich sicher zum Ausgang führen.«

Da sie rot anlief, verschwand ich schnell genug, damit sie meinen konnte, ich hätte nichts bemerkt.

Die Wege im Keller waren endlos und so kurvig, dass ich irgendwann die Orientierung verlor. Und es gab keine Verbindungen zwischen den Gängen. Konnte ich es riskieren, laut zu rufen? Vermutlich nicht.

Als ich schließlich vor einer Wand stand, an der der Gang endete, drehte ich frustriert um. An der nächsten Gabelung würde ich es links versuchen. Vielleicht fand ich noch ein paar Menschen auf der Suche nach der verlockenden Tür nach draußen.

Auf dem Rückweg waren ein paar Fackeln ausgegangen. Ungewöhnlich! Ob es hier einen Luftzug gab? Oder war mir wieder der charmante Paul auf den Fersen? Als ich um die letzte Kurve bog, war vor mir aber keine Gabelung zu sehen. Diesmal bestand die Wand nicht aus Stein, sondern aus Schatten. Aus mehreren, ineinanderwogenden Schatten, die mir eindeutig den Weg versperrten.

Jessy

Lara hakte sich unter und fragte immer wieder, ob das auch wirklich kein Scherz sei. Jessy empfand ihre Nähe trotz ihrer Anhänglichkeit als sehr hilfreich, denn so konnte sie schneller gehen. In dem laut schwatzenden Pulk von Leuten war ihre Orientierungsfähigkeit auf null gesunken.

Die meisten von ihnen hatte sie im Speisesaal gefunden, und als die Schattenlosen begriffen hatten, dass sich nach langer Zeit endlich eine echte Fluchtmöglichkeit ergab, waren sie Jessy alle gefolgt. Gut, ein paar von den ganz Verwirrten folgten vermutlich nur der Herde, aber Jessys beruhigende Stimme hatte sie alle überzeugt und Jessy war zufrieden, dass es so gut klappte.

Als sie vor dem Schattenraum zum Stehen kamen, wurde es plötzlich still. Bis jemand fragte: »Und was jetzt?«

Jessy wandte sich um. »Jetzt müssen wir warten.«

Gleichzeitig kam es ihr selbst wenig zufriedenstellend vor. Sie hätte gern etwas getan, und ihre innere Stimme sagte ihr, dass es auch etwas gab, was sie tun *konnte*. Kiras Kompliment ging ihr nicht aus dem Kopf. *Wenn ich blind in einem Labyrinth stünde, würde ich mir wünschen, dass du bei mir bist. Weil ich weiß, du würdest mich sicher zum Ausgang führen.* Jessys Gesicht begann zu leuchten. Natürlich!

»Der Ausgang soll hier ganz in der Nähe sein. Möchtet ihr mir helfen, ihn zu suchen?«

»Dann verpassen wir garantiert den Schattenmann!«, brummte Paul.

»Nein. Nicht wenn wir darauf achten, dass wir uns schnell verständigen können. Ich schlage vor, wir bilden eine Kette. Kira sagt, dass wir die Tür nur im Stockdunkeln finden können. Deshalb hatte bisher niemand Erfolg. Also löscht alle Fackeln, wenn ihr sucht. Fangen wir mit dem Gang hier an.«

Jessy spürte die Unsicherheit der Leute. Nicht alle hatten verstanden, was sie von ihnen wollte. Deshalb nahm sie etwa alle fünf Meter jemanden bei der Schulter und deutete auf die Wand – in der Hoffnung, dass dies tatsächlich die Außenwand war. Immerhin, alle blieben an dem ihnen zugewiesenen Platz stehen und einige riefen sich gegenseitig zu, dass die letzten Fackeln endlich gelöscht werden sollten.

Sie selbst war die Letzte und sie ging noch ein Stück weiter in den Gang hinein. Wie tief mochte er sein? Wenn sie die Leute richtig einteilen wollte, musste sie es herausfinden! Langsam tastete sie sich mit ihrem Langstock weiter und weiter. Irgendwann erreichte sie die letzte Wand. Der Gang war eine Sackgasse! Jessy lehnte sich gegen die Mauer. Hatte sie sich jetzt zu weit hineingewagt? Würde sie die anderen überhaupt noch hören können, wenn sie nach ihr riefen? Ihre Finger fuhren immer schneller über die Fugen und den Stein. Da! Ein Spalt!

»Und dann? Was willst du auf der anderen Seite?«, fragte eine Stimme hinter ihr.

Jessy fuhr herum. Sie war absolut sicher, dass sie niemanden gehört hatte. Keine Schritte, keinen Atem …

»Wer bist du?«, fragte Jessy und sie verfluchte sich selbst für das Zittern in ihrer Stimme.

»Nicht der, der euch helfen will«, erwiderte der Schattenmann. Und plötzlich kicherte er. »Der wird niemandem mehr helfen! Ich bin Gabriel.«

»Und was willst du von mir?«, fragte Jessy.

»Dich beschützen!« Die Stimme klang verwundert. »Was willst du denn da draußen in den Ruinen? Du würdest keine drei Schritte weit kommen, sondern in ein tiefes Loch fallen und dir alle Knochen brechen. Das kann ich doch nicht zulassen ...«

Jessy krallte ihre Finger hinter sich in die Mauer. »Bist du deshalb nie durch diese Tür gegangen und geflohen? Weil du fallen könntest?«

»Warum sollte ich fallen? Ich bin ja nicht blind«, knurrte Gabriel.

»Ach, *du* bist nicht blind?«, zischte Jessy. »Warum erkennst du dann nicht, dass dein Herr, dieser Ruben Nachtmann, dir das Schlimmste angetan hat, was man einem Menschen antun kann?«

Er schwieg eine Weile und Jessy fürchtete, zu weit gegangen zu sein. Aber gleich darauf ertönte seine Stimme ein Stück entfernt, als hätte er nachdenken müssen.

»Ja, das hat er allerdings. Aber niemand kann es rückgängig machen. Wäre ich ein Mensch, würde ich so denken wie du. Doch wir sind zu Höherem fähig als ihr. Und bald werde ich sehr viel Macht ...«

In diesem Moment rannte Jessy so schnell, wie sie noch nie gerannt war. Die letzten Sekunden hatte sie genutzt, um den Weg genau abzuschätzen. Das Echo der Stimmen, die Wände an den Seiten. Sie mussten ihr genügend Hinweise geben, um zumindest ein gutes Stück zu schaffen. Gleichzeitig begann Jessy so laut wie möglich zu schreien.

»Hilfe! Hierher!«

Die Panik ließ sie alles auf eine Karte setzen – aber war es die richtige? Konnten die anderen ihr überhaupt helfen? Was konnten sie gegen ein Schattenwesen ausrichten? Sie erinnerte sich deutlich: Paul hatte nach dem Kampf mit Cyriel große Schmerzen gehabt und Lara hatte erwähnt, dass er an der Stirn geblutet hatte. So viel zur Theorie, dass dieses Ding »nur« ein Schatten war!

Dann hörte sie Stimmen. Dicht vor sich und sehr viele.

»Was ist passiert?«, fragte Lara.

Als alle mit einem Schlag verstummten, wusste Jessy, dass sie das Schattenwesen gesehen hatten. Was konnten sie tun? Wenn Gabriel jetzt entkam, wäre Cyriel nicht mehr in der Lage, sie zu retten, das war ihr klar – und sie vermutete, auch allen anderen.

»Schafe!«, murmelte sie plötzlich. Vielleicht war die Idee verrückt, aber es war eine Idee! »Habt ihr schon mal gesehen, wie ein Hund viele Schafe vorwärtstreibt? Habt ihr euch nie gefragt, was passieren würde, wenn die Schafe den Hund treiben würden?«

Ein Raunen ging durch die Menge, die meisten hatten es wohl verstanden. Sie hörte Gabriel fluchen, als sie spürte, wie die Menge ihn einkreiste.

»Vorne verstärken!«, brüllte Lara mit fester Stimme.

»Er kommt auf mich zu!«, rief eine dünne Frauenstimme und gleich darauf ertönte ihr Schmerzensschrei.

»Hast du das gesehen?«, flüsterte ein Mann. »Wenn wir die

Hände heben wie zu einem Käfig, dann kann er nicht an uns vorbei!«

»Lasst ihn nicht entwischen!«, zischte eine Frau.

Eine Weile hörte Jessy nur noch kurze Aufschreie und kurze Befehle, die hin und her gingen. Manche der Schattenlosen wurden anscheinend kräftig attackiert und verletzt. Aber sie hielten zusammen wie eine Wand.

Jessy versuchte sich an ihnen vorbeizudrängeln. Als sie den Schattenraum ertastet hatte, öffnete sie die Tür.

»Hier rein! Hier wird er eine Weile sicher sein!«

»Hey!«, schrie Gabriel, als sie ihn mit Wucht durch die Öffnung drückten. Dann wurde seine Stimme auf einmal sanft. »In diesem Raum sind alle eure Schatten. Wusstet ihr das? Hat die kleine Blinde euch das eigentlich erzählt?«

Jessy keuchte auf. »Wer mit reingeht, wird mit ihm drinbleiben. Haltet noch ganz kurze Zeit durch ... Heute werden wir gerettet.«

Sie spürte das Zögern und dass alle sie anstarrten. Bis auf ein paar, die sich zur Tür drängelten.

»Ich schwöre euch«, sagte Jessy und berührte die Schulter des vordersten Dränglers, »dass ihr heute nach Hause könnt. Aber wenn ihr dieses Schattenwesen entkommen lasst, bleiben wir alle unser kurzes Leben lang hier.«

Die Luft schien zu vibrieren und Jessy hörte einen scharfen Wind – als wollte Gabriel über ihre Köpfe hinweg fliehen. Doch kurz bevor der Wind die Tür erreichte, knallte die Steintür mit Schwung zu. Und etwas knallte von innen dagegen.

»Sie haben auf dich gehört«, erklärte Lara unnötigerweise, aber das Lächeln in ihrer Stimme tat Jessy unglaublich gut.

Kira

Die schwarze Wand vor mir schien regelrecht zu pulsieren, als würden die Schatten ungeduldig auf den Befehl zum Angriff warten. Instinktiv machte ich kehrt und rannte, so schnell ich konnte, in die andere Richtung. Ich brauchte keine Bestätigung, wer das war. Die Wesen im Schattenraum waren ruhig und freundlich gewesen – diese hier waren anders. Ich *spürte* das Böse in ihnen.

Irgendwo unterwegs hatte ich doch eine Wendeltreppe gesehen! Verdammt, wie weit konnte das noch sein? Meine Schritte hämmerten auf den Steinboden, all meine Gedanken schrien nur noch: *Flucht!*

Ein kurzer Blick zurück zeigte mir, dass sie die Verfolgung aufgenommen hatten. Fünf Schatten sausten dicht am Boden entlang wie jagende Hunde auf der Fährte.

Da war der Durchgang endlich und dahinter eine Wendeltreppe in einem runden Gemäuer. War das der Boden eines Turms? Dann würde es doch bestimmt seitlich einen Übergang zum ersten Stock geben und dort konnte ich vielleicht die Tür zur Galerie finden und durch Rubens Haustür hinaus ins Freie. Wenn ich schnell genug war!

Ich rannte hinauf und keuchte und rannte. Musste ich nicht inzwischen am ersten Stock vorbei sein? Die Hoffnung weigerte sich, mich zu verlassen, aber bald musste ich es mir eingestehen: Es gab keinen Übergang. Vielleicht im zweiten Stock? Vielleicht traf ich dort auf andere Menschen!

Irgendwann musste ich mir eingestehen, dass es keine Übergänge gab. Ich war vergeblich gerannt, vergeblich hinaufgekeucht. Am oberen Absatz gab es nur eine Tür. Als ich sie aufriss, wusste ich schon, warum mich die Schatten trotz ihrer Schnelligkeit noch nicht erwischt hatten: Sie hatten es gar nicht nötig. Dieser Weg war eine absolute Sackgasse. Ich befand mich in einem leeren Turmzimmer, und das Fenster, in dem es weder Glas noch Bretter gab, bot einen großartigen Blick über eine unbewohnte grüne Landschaft. Einen wilden Hügel, der noch lange nicht im 21. Jahrhundert angekommen war.

Es machte wenig Sinn, die Tür hinter mir zu schließen. Wo sollte ich hin? Also wartete ich und starrte auf die obersten Treppenstufen. Auf einmal hörte ich Schritte – als hätten sie erst kurz vor der Tür angefangen. Nun, das hatten sie wohl auch.

Ruben Nachtmann betrat den Raum mit besitzergreifenden Schritten, als hätte er diesen Turm gerade gekauft. Hinter ihm erschienen Richard, Antonia, Jolanda und Katharina, die sich in zweiter Reihe aufstellten wie Dienstboten hinter dem Butler.

»Wie passend!«, rief mein ehemaliger Gastgeber aus. »Hier, wo alles begonnen hat, wird es auch enden!«

Irritiert sah ich ihn an. »Enden?« Ich spürte den Luftzug des Fensters hinter mir – einen Luftzug, der sich nach großer Höhe anfühlte ... »Sie meinen, wie bei meinem Vater?«

Nachtmanns Lächeln erinnerte mich an die ersten Tage mit ihm, als ich in ihm noch einen Über-Vater gesehen hatte. Das Lächeln eines Eisbären – mit einer Mischung aus eiserner Stärke und kuscheliger Freundlichkeit. Aber dabei hatte ich wohl nur gesehen, was ich sehen wollte. Plötzlich hatte ich eine Szene aus dem Zoo vor Augen. Damals war ich vier Jahre alt gewesen und ich hatte meinen Vater gefragt, ob man die wuscheligen Bären nicht mal streicheln dürfe. Mein Vater hatte gelacht und mir gesagt, dass nicht mal ein Tierpfleger auf diese verrückte Idee käme – weil der Eisbär das größte und gefährlichste Landraubtier der Welt sei.

»Nein! Es muss nicht so sein wie bei Ihrem Vater. Er war verwirrt und hat mich völlig missverstanden. Gut, ich wollte die Formel. Aber was ist so schlimm daran, sie mir zu geben?«

Er blieb stehen und stützte den rechten Ellenbogen nachdenklich auf den linken Arm. Mit der Hand fuhr er sich über das Kinn.

»Hat Cyriel vielleicht Unsinn über mich erzählt? Dinge, die er sich in vierhundert Jahren der Verbitterung zusammengereimt hat? Glauben Sie mir, ich kenne seine seltsamen ... Stimmungen. Er braucht diese Verschwörungstheorien, um sein Schicksal akzeptieren zu können.«

Ich lachte auf. »Ach? Und dass Sie mir den Weg versperrt und mich hier hochgejagt haben, war vermutlich Einbildung?«

Sein Gesicht zeigte Verblüffung. »Gejagt? *Kira!* Wir haben uns solche Sorgen um Sie gemacht. Wir haben jeden einzelnen Gang nach Ihnen abgesucht und in der Gestalt von Schatten sind wir nun mal schneller. Als wir Sie fanden, haben Sie uns ja keine Möglichkeit gegeben, etwas zu erklären.«

»Zum Beispiel die Geschichte mit dem Schatten-Abschneiden?«

Die Verzweiflung gab mir den Mut, mit Ruben Nachtmann so zu sprechen, wie ich es schon lange hatte tun wollen. Er zuckte lächelnd mit den Schultern wie ein Mann, der beim Naschen einer Kirsche in einem Obstladen erwischt worden war.

»Das war nicht böse gemeint. Ich wusste, dass Sie sonst fliehen würden, und ich musste ein bisschen Druck machen, um die Formel zu bekommen. Natürlich gebe ich Ihnen den Schatten sofort zurück, wenn ich habe, was ich brauche.«

Er kam näher.

»Kira, verstehen Sie denn nicht? Ich bin seit Jahrhunderten gezwungen Menschen zu entführen, damit meine Familie überleben kann. Glauben Sie, das macht mir Spaß?«

Er wollte noch einen Schritt näher kommen, aber ich streckte die Hand aus und funkelte ihn an. »Nicht weiter – oder ich springe! Sie wissen, dass ich dazu fähig bin!«

Herr Nachtmann blieb stehen und sein Gesicht wurde ernst. »Nein, das weiß ich nicht. Es wäre verrückt, zu springen. Wissen Sie, wie tief Sie fallen würden? Ihre Knochen würden nicht brechen, sondern splittern. Wenn Sie Pech haben, sind Sie nicht einmal tot. Und in dieser Welt gibt es keine Chirurgen und Krankenhäuser. Also lassen Sie es bitte! Seien Sie vernünftig und hören Sie mir zu!«

Ich gab es nur ungern zu, aber er hatte mich so weit, dass ich ihm zuhören *wollte.* War da in seinem Gesicht nicht eine Aufrichtigkeit, die mich zweifeln ließ an meiner Sicht der Dinge?

»Wenn ich dieses Schwarz hätte, das Ihr Vater in einer genialen Stunde entdeckt hat – dann müsste ich niemanden mehr entführen«, erklärte Herr Nachtmann und seine Augen glitzerten, als hätte er Tränen darin. »Dieser dumme Fehler meiner Jugend ... Hat Cyriel davon erzählt?«

Ich nickte schweigend, während mein Herz hämmernd darauf wartete, dass er näher kam. Andererseits hatte dieser Eisbär recht: Ich war längst noch nicht zu dem Sprung entschlossen. Ein tödlicher Sprung, um die Menschheit vor den Folgen einer Erfindung zu schützen! Vor Nachtmanns Plänen – von denen ich immer noch nicht wusste, ob sie so schrecklich waren, wie Cyriel befürchtete. Aber mein Vater schien der gleichen Meinung gewesen zu sein. Und warum sollte ich den beiden Männern misstrauen, die ich liebte? Plötzlich ordneten sich meine Gedanken wieder. Es tat gut, jemandem zu vertrauen. Und es tat gut, dass ich meinen Vater jetzt verstehen konnte. Ich bewunderte ihn für seine Weitsicht und Entschlossenheit. Er war kein Feigling gewesen, sondern sehr, sehr mutig!

»In diesem Raum habe ich ein Gespräch belauscht, das nicht für meine Ohren bestimmt war«, fuhr Nachtmann in Gedanken versunken fort. »Ein fremder Alchemist sollte mir meine Stellung streitig machen ...«

Plötzlich hörte ich ein Kratzen direkt hinter mir. Während Ruben weitersprach, lauschte ich angestrengt nach hinten. Dort konnte doch nichts sein? Nur das Fenster.

Unauffällig lehnte ich mich mit dem Po gegen den Sims, legte die Hände auf die Steine und sah hinunter. Uuuuups, dort ging es richtig tief runter! Erst als ich noch mal hinsah, bemerkte ich eine dunkle Stelle, die dicht an der Wand klebte. Ein Schatten! Seine Finger berührten fast meine.

»Geh mit ihm ins Labor und mix ihm seine Black Lady«, raunte eine Stimme so leise, dass ich sie kaum hören konnte. »Lass dir viel Zeit dabei!«

Was verlangte Cyriel da von mir? Dass ich mein Leben um jeden Preis retten sollte? Damit Ruben Nachtmann weitere vierhundert Jahre lang Menschen entführte, um sie in dunklen Gängen altern und sterben zu lassen oder gar die gesamte Menschheit vernichtete? Diese Entscheidung ging gegen alles, was ich je von meinem Leben erwartet hatte – oder vom Tod. Aber ich hielt die Hand aus dem Fenster und streckte den Daumen nach unten.

»Mach keinen Quatsch und vertrau mir!«, zischte die Stimme schon lauter. Aber war es noch wichtig, ob wir gehört wurden? Langsam lehnte ich mich weiter zurück, um mich notfalls kippen zu lassen.

»Willst du, dass ich den Rest der Ewigkeit mit einem Schuldgefühl verbringe, weil ich das Mädchen, das ich liebe, nicht fangen konnte?«

Ich zögerte und meine Finger krallten sich in die Steine. Hatte ich richtig gehört? *Das Mädchen, das ich liebe?* Hatte Cyriel das wirklich gesagt? Noch während ich an meinem Gehör zweifelte, spürte ich eine Berührung an meiner Hand – leicht wie ein Hauch. Aber auch warm und voll von dem Mut, den ich jetzt brauchte.

»Ich komme, sobald ich kann!«, raunte es hinter mir.

Herr Nachtmann hatte wohl seine ganze Geschichte erzählt und sah mich nun erwartungsvoll an. Ich hatte kein Wort davon mitbekommen, was sicherlich in Leuchtschrift in meinen Augen stand.

»Nun? Was sagen Sie?«, fragte er misstrauisch und ich spürte, dass er kurz davor war, mich vom Fenster wegzureißen. »Verstehen Sie jetzt, warum ich das Schwarz unbedingt brauche?«

Einen Moment war ich noch leicht verwirrt und sicherlich rot im Gesicht. Dann nickte ich voller Einsicht. »Vielleicht ist das wirklich der beste Weg für alle«, war das Erste, was mir einfiel. »Ich komme mit ins Labor und zeige Ihnen, wie es geht. Und danach will ich meinen Schatten zurückhaben!«

Als ich an Ruben Nachtmann vorbei in Richtung Treppe gehen wollte, umfasste er meinen Oberarm so fest, dass es wehtat.

»Geben Sie mir doch einfach die Formel, dann müssen Sie nicht stundenlang danebenstehen. Ich gebe Ihnen gern Bescheid, wenn ich fertig bin.«

Verstanden hatte ich auch das Ungesagte: Er würde mich warten lassen, bis er wusste, dass die Formel echt war. Danach wäre mein Leben keinen Cent mehr wert.

»Das ist sehr rücksichtsvoll von Ihnen«, lächelte ich ihn an. »Aber ich habe die Formel nicht aufgeschrieben aus Angst, dass sie mir gestohlen werden könnte. Ich kann Ihnen nur zeigen, wie es geht.«

Mit rasendem Herzen ging ich an ihm vorbei, bemüht um eine Coolness, die ich nicht empfand. Aus dem Augenwinkel bemerkte ich, dass Nachtmann zögerte. Doch dann kam er mit und seine Familien-Untertanen folgten uns schweigend.

Ich spürte seine scharfen, bohrenden Blicke. Sicherlich kreisten seine Gedanken um die Frage, ob er mir trauen konnte. Als wir das Kellerlabor erreicht hatten, schickte er mich mit einem freundlichen Lächeln hinein, blieb aber selbst in der Tür stehen.

»Und ihr sucht Cyriel!«, flüsterte Nachtmann an die anderen Schatten im Gang gewandt. »Der Ärmste wird sich doch nicht verlaufen haben?«

Schnell wandte ich mich den Gläsern im Regal zu, die mit altmodischer Handschrift etikettiert waren. Ruben sollte meine Bestürzung nicht sehen. Ob Cyriel eine Chance hatte, sich vor so vielen Suchenden zu verstecken? Und was würden sie mit ihm machen?

»Wo finde ich Phosphorsalz?«, fragte ich mit wackeliger Stimme.

Eine Hand legte sich auf meine Schulter und ich zuckte zusammen.

»Na, na!« Nachtmanns breites Lächeln drängte sich vor das Regal. »Sie fürchten sich doch nicht vor mir, oder?«

Da er mir ins Gesicht sehen konnte, brauchte ich ihm wohl keine Freundschaft mehr vorzuspielen, also schwieg ich.

Inzwischen konnte ich den Versuchsaufbau zum Glück auswendig. Trotzdem überlegte ich immer wieder, stellte ein Glas mit einer Substanz wieder weg und ein anderes hin. Mit stoischer Ruhe und Gelassenheit zerstieß ich die grünen Kristalle des Nickelsulfats. Und ich sah Herrn Nachtmann an, dass ihn meine Verzögerungstaktik wahnsinnig machte.

»Können Sie sich nicht mal konzentrieren?«, platzte er heraus.

»Ohne meinen Schatten nicht so richtig«, gab ich giftig zurück. »So geht es allen Menschen hier. Wussten Sie nicht, dass wir langsam den Verstand verlieren?«

Tatsächlich war ich überzeugt davon, dass ich schon längst im Trallala-Land leben würde, wenn Cyriel nicht meinen Schatten in meine Nähe gebracht hätte. Ich hatte neben meiner dunklen Seite geschlafen und dadurch offenbar »aufgetankt«. Aber für wie lange ...?

Nachtmann musterte mich so intensiv, als wolle er sich meine Bestandteile genau einprägen, bevor er mich auseinandernahm.

»Das könnte natürlich stimmen. Ich werde Ihren Schatten holen!« Er wandte sich zur Tür.

»Nein, nicht nötig!«, entfuhr es mir. Und sofort wusste ich, dass ich einen Fehler gemacht hatte.

»Warum nicht?«, fragte Nachtmann mit schneidender Stimme und kam auf mich zu. »Ist es nicht das, was Sie sich am meisten wünschen? Sollten Sie nicht glücklich sein über mein Angebot? ... *Was* hat Cyriel mit Ihrem Schatten gemacht?«

Ich schüttelte den Kopf. »Nichts. Ich weiß nicht, wo er ist.«

Im nächsten Moment flog die Tür auf und die anderen Schatten kamen herein. Sie machten sich nicht die Mühe, für mich Gestalt anzunehmen. Nur an ihren Stimmen konnte ich sie erkennen.

»Etwas Seltsames geht vor«, sagte Richard. »Alle haben sich vor dem Schattenraum versammelt.«

»Als ob sie auf etwas warten würden«, ergänzte Jolanda.

»War Cyriel dort?«, fragte Ruben ungewohnt nervös.

»Nein, keine Spur von ihm.« Das war wieder Richard.

Erstaunt stellte ich fest, dass Gabriel nicht bei ihnen zu sein schien. Sonst hätte er die Gruppe bestimmt angeführt. Ob er Cyriel irgendwo erwischt hatte? Meine Sorge wurde immer größer.

»Schattenraum«, murmelte Nachtmann abwesend. »Cyriel will ihnen helfen!« Gleichzeitig riss er eine Schublade auf, starrte eine Weile ungerührt hinein und knallte sie mit Schwung wieder zu.

»Das Messer!«, flüsterte er. »Der Verräter!« Plötzlich stand er neben der Tür, schnell und lautlos.

»Ihr bleibt hier und leistet Kira Gesellschaft. Antonia, du wirst dir genau merken, was sie mischt. Ich werde mich inzwischen um unser ... Problem kümmern.«

Ruben Nachtmann verschwand durch die Tür wie ein wütender Wind – und mir lief ein kalter Schauer über den Nacken. Die anderen mochten zu gleichgültig gewesen sein, um Cyriel zu finden. Er hingegen hatte die Sinne eines hungrigen Tieres.

Die Schatten nahmen nun wieder menschliche Gestalt an, was ich nicht unbedingt beruhigender fand. Dass sie sich wandeln konnten, wann sie wollten, machte mich verrückt. Mein Herz schlug schneller und meine Hände begannen zu zittern. Konnte das sein? Ich fürchtete um Cyriels Leben genauso wie um meines. Seit seinem letzten Satz am Turmfenster musste ich ständig an ihn denken. *Er liebte mich!* Hatte er das ernst gemeint? Nachtmann durfte ihn auf keinen Fall finden!

Das Glas, das ich gerade in die Hand genommen hatte, kippte seitlich weg und ich sah es wie in Zeitlupe fallen. *Mist!* Lila Nebel trat zwischen den Splittern am Boden aus, während die Flüssigkeit schnell verdunstete. Die Schattenfamilie funkelte mich wütend an. Antonia quiekte und raffte schnell ein paar Lappen zusammen.

»Helft mir! Ruben wird rasen vor Wut, wenn sein Labor so aussieht!«

Erstaunlich rasch ließen die anderen sich überzeugen und bückten sich über die Sauerei. Meine Hoffnung, dass die Dämpfe ihnen schaden könnten, hielt sich in Grenzen. Was konnte ihnen überhaupt schaden?

»Und Sie arbeiten weiter!«, ordnete Antonia in einem Befehlston an, der nicht zu ihr passte.

Zurück an der Arbeitsfläche baute ich die Geräte auf, öffnete Schränke und murmelte unzusammenhängendes Zeug, als ob ich ständig etwas suchte. Dabei zog ich immer mal wieder an einer Schublade, hauptsächlich um beschäftigt auszusehen. Noch immer war mein Plan die Verzögerungstaktik, denn wer konnte wissen, wie lange Cyriel brauchte? Falls er überhaupt zurückkehren konnte.

Plötzlich bemerkte ich, dass ich auf eine offene Schublade starrte, in der etwas lag. Meine Gedanken waren bei Cyriel, aber mein Verstand klopfte ständig bei mir an, um mir zu sagen, dass das Ding in der Schublade wichtig war. Es war eine Miniatur, ein winziges Ölgemälde, das eindeutig Ruben Nachtmann darstellte. Schnell nahm ich es heraus und steckte es in meine hintere Jeanstasche. Meine Aufpasser hatten nichts bemerkt, sie waren noch mit der Entsorgung der feinen Splitter beschäftigt. Gut so!

Langsam füllte ich die zerriebenen Kristalle in einen Glaskolben und stellte ihn über den Bunsenbrenner.

»Wie kommt es, dass *er* das Haus verlassen kann – und Sie nicht?«, fragte ich beiläufig.

Antonias Kopf kam zuerst hinter der Arbeitsfläche hoch. »Sie sollen arbeiten!«, sagte sie ungeduldig.

»Weil er Ihnen sonst die Meinung geigt? Warum kann

er sich eigentlich alles leisten? Während Sie hier am Boden herumkrabbeln, damit der Meister kein Stäubchen findet, kann er reisen, andere Leute treffen und seine Freiheit genießen.«

Antonia warf mir einen bösen Blick zu und tauchte wieder nach unten ab.

Dann stand Richard ganz langsam auf. »Es geht im Leben nicht darum, wer der Netteste ist, sondern wer die Macht hat. Früher war ich der Burgherr. Heute ist es Ruben.«

»Weil ein Alchemist stärker ist als sein Herr?«

Er zuckte mit den Schultern. »Wahrscheinlich ist er das. Alchemisten haben keine Herren. Nur Geldgeber. Das habe ich zu spät erkannt.«

»Aber wie und um welchen Preis?«, fragte ich weiter. »Schwarze Magie?«

»Ist es wichtig, ob es Magie ist – oder billige Tricks sind? Er hat dafür gesorgt, dass niemand von uns ein weiteres Bild von sich hat. Das Fresko bindet uns an das Haus.«

»Psst!«, fuhr Antonia auf. »Hör auf! Erinnerst du dich, was geschehen ist, als Gabriel mit einem Restaurator über ein Porträt von sich gesprochen hat?«

Ich bemühte mich, konzentriert weiterzuarbeiten – was bei diesen neuen Fragen nicht ganz leicht war. Das Bild war Rubens Freiheit, so viel hatte ich verstanden. So konnte er als Einziger das Haus verlassen, zumindest in Menschengestalt. Aber was hatte diese Geschichte mit Gabriel zu bedeuten?

»Und wenn ich Ihnen Bilder malen würde?«, fragte ich ganz nebenbei. »Was kann er Ihnen denn antun?«

Antonia wurde rot und stemmte die Hände in die Hüften. »Schluss jetzt! Gabriel hat bezahlen müssen, als Ruben in einem Wutanfall mit dem dunklen Messer sein Bein erwischt hat. Ich bin mit diesem ärmlichen Leben schon genug bedient, auch ohne Humpeln!«

Jolanda stand auf und sah mich erwartungsvoll an, aber sie schwieg. Ebenso Katharina, doch ihr Schweigen wunderte mich mittlerweile nicht mehr.

Verblüfft starrte ich sie alle an. Nachtmann hatte seinen eigenen Sohn verletzt, um ihm zu zeigen, wer hier das Sagen hatte. Wer konnte so brutal sein?

Ich hatte inzwischen fast alle Chemikalien zugefügt und rührte seit einer Weile gedankenverloren in dem Glaskolben herum, als Ruben mit einem Knall zurückkehrte. Erschrocken zuckte ich zusammen. Die Tür war gegen die Wand gedonnert und schwang nun in die andere Richtung. Gleich würde sie noch einmal knallen, wenn sie zufiel. Aber stattdessen blieb sie ganz sanft stehen.

Zögernd wandte ich meinen Blick in Richtung Nachtmann, um den sich alle scharten.

»Sie haben gedacht, ich wäre Cyriel. Ihr Retter!«, knurrte er. »Nachdem ich mich vor ihnen verwandelt hatte, wichen sie zurück.« Er lachte verächtlich auf. »Als ich auf sie zugeflogen kam – in menschlicher Gestalt, aber mit der Schnelligkeit eines Schattens –, da sind sie gerannt wie die Hasen!«

»Und Cyriel?«, fragte Richard.

Ruben zuckte mit den Schultern. »Keine Spur. Sucht nach ihm!«

Richard, Antonia, Katharina und Jolanda wandten

sich, ohne zu zögern, der Tür zu. »Und findet heraus, wo mein Sohn sich schon wieder herumtreibt!«

Die Schatten verschwanden lautlos in den Gang. Ich war mit Herrn Nachtmann allein. Seine Augen funkelten ungeduldig.

»Wie weit bist du?«

»Im Prinzip fertig. Wir müssen jetzt nur eine Weile warten ...«

»Gut!«, sagte er knapp und beruhigte sich langsam wieder.

»Sag mir, was du alles hinzugefügt hast. Ich werde es überprüfen.«

Mit einer Pipette entnahm er etwas von meiner Wundermischung und träufelte es in ein Reagenzglas. Ob er wirklich bestimmen konnte, was ich gemischt hatte? Vermutlich schon. Was hatte ich getan?

»Versuch nicht, mich zu betrügen!«, sagte Herr Nachtmann leise.

»Das habe ich nicht vor!«, erwiderte ich, obwohl mir der Gedanke in der letzten Stunde etwa dreitausend Mal gekommen war.

Er wandte sich ab und stellte das Reagenzglas in einen Halter, wo er es näher untersuchte.

Plötzlich spürte ich eine Hand an meinem Fuß. Beinahe hätte ich laut aufgeschrien, doch ich konnte mich gerade noch bremsen. Unter dem Tisch war jedoch nichts und niemand zu sehen. Nicht einmal ein Schatten ... Oder ...? Verwirrt starrte ich auf den Boden.

»Lass dir nichts anmerken!«, zischte eine Stimme von unten.

Jetzt hatte ich endlich begriffen! Ich konnte nichts sehen, weil ich den Anblick als vollkommen normal empfand: Ich hatte wieder einen Schatten! Nicht den Schatten, den ich früher gehabt hatte. Als ich genauer hinsah, bemerkte ich auch, dass er sich nicht ganz synchron mit mir bewegte. Außerdem war ich sicher, dass mein alter Schatten nicht sprechen konnte.

Kira

Meine innere Stimme lachte und fühlte sich befreit, ließ mich tiefer atmen. Cyriel ging es gut! Er musste mit Nachtmann in den Raum hineingewischt sein. Die ausgebremste Tür – das war er!

Ich nahm einen Zettel, kritzelte etwas darauf und ließ ihn zu Boden gleiten.

Du liegst mir zu Füßen. Daran könnte ich mich gewöhnen. Wie geht's weiter?

Den Stift reichte ich nach unten. Die Antwort kam prompt und der Zettel wehte leicht zu mir hoch. Aufgeregt, aber mit einer guten Portion Optimismus fischte ich ihn aus der Schattenhand.

Wenn ich Ruben ablenke, lauf rüber ins Verlies. Du musst dort etwas zu Ende bringen. Schwarze Farbe steht bereit, ich habe in der letzten Stunde größere Mengen davon hergestellt.

So viel zum Thema Optimismus. Die Anweisung klang nicht gut. Wenn ich vor Nachtmann weglief, würde er mir doch folgen – und im Verlies saß ich in der Falle!

Aber ich hatte Cyriel unterschätzt. Er konnte in meinem Gesicht inzwischen lesen wie in einem Buch und so flüsterte er sehr sanft: »Vertrau mir! *Bitte!*«

Rubens Kopf schwang herum und seine Blicke durchbohrten mich. »Was war das?«

Noch bevor ich etwas erwidern konnte, stieg neben mir eine Schattensäule auf. Als Cyriel in Farbe und 3-D neben mir erschien, wich ich zurück, als hätte ich Angst bekommen, und ging langsam und rückwärts in Richtung Tür. Herrn Nachtmann war die Verblüffung ins Gesicht geschrieben.

»Wie kannst du …? Ich habe dein Bild doch zerstört!«

»Ich habe mich selbst gemalt!«, behauptete Cyriel.

Nachtmanns Augen verengten sich zu Schlitzen. »Du hast mir immer erzählt, dass das nicht geht. Hast du deine Farbenblindheit kuriert?«

Als er drohend auf Cyriel zuging, flitzte ich leise hinaus und in das Verlies gegenüber. Die Tür schloss ich sofort hinter mir.

Nervös sah ich mich um. Cyriels Abbild war mit einem Meißel auf brutalste Art herausgehauen worden. Der Hausherr hatte mehr als deutlich gemacht, was er von seinem Dauergast hielt. Ich musste den Blick abwenden. Auf dem Arbeitstisch standen keine Farben mehr, sondern drei Glaskolben mit tiefstem Schwarz. Daneben standen zwei Zerstäuber.

Cyriels Aufforderung war deutlich: Er wollte, dass ich die Abbilder der Schattenmenschen übersprühte. Aber würde ich schnell genug sein? Nachtmann würde mir gleich hierher folgen! Die Tür hatte keinen Schlüssel …

Vertrau mir!, flüsterte es tief in mir drin.

Cyriel verließ sich auf mich, während er sich seinem ehemaligen Herrn ausgeliefert hatte. Hastig griff ich nach einem Zerstäuber, füllte ihn mit Farbe und wollte beginnen zu sprühen. Vor dem Bild von Ruben Nachtmann zögerte ich. Wenn ich mit ihm anfing, würde er sofort wissen, was los war, und noch wütender werden. Also zuerst Jolanda. Das Schwarz so dicht vor mir zu haben, tat weh, deshalb sah ich immer wieder zur Seite, um möglichst schnell weiterarbeiten zu können. Weiter zu Katharina.

Plötzlich wurde die Tür aufgerissen und gleich darauf wieder geschlossen. Ein Schatten stand dort und schien mich anzustarren. In der wabernden dunklen Hand hielt er das dunkle Messer. Jetzt war ich geliefert! In Ermangelung einer guten Idee hielt ich die Sprühflasche in seine Richtung.

»Mach keinen Unsinn!«, flüsterte der Schatten.

Diese Stimme hätte ich unter allen anderen erkannt! Erleichtert atmete ich auf. Im gleichen Moment rammte etwas Großes, Schweres die Tür. Cyriels Schatten warf sich über das Holz und drückte offensichtlich dagegen.

»Entschuldige, wenn ich dich erschreckt habe, aber ich kann mich jetzt nicht verwandeln. Das kostet mich zu viel Kraft. Tu mir nur einen Gefallen und *beeil dich!* Übermal alle Figuren!«

Die Tür wurde wieder von einem heftigen Schlag erschüttert und diesmal öffnete sie sich ein kleines Stück. Der Schatten legte sich quer über den Spalt und drückte ihn langsam und ächzend kleiner und kleiner, bis die Tür wieder zu war.

»Er hat die anderen gerufen!«, zischte Cyriel mit einem leichten Anflug von Verzweiflung in seiner Stimme.

Hastig wandte ich mich um und versprühte großflächig das Schwarz. Was würde es bewirken? Ich hoffte, dass es richtig war, was wir hier taten. Gleichzeitig tat mir der Anblick des zerstörten Freskos weh. War ich eine Restauratorin – oder eine Graffiti-Sprayerin?

Der nächste Angriff von außen hatte mehr Erfolg. Eine Hand streckte sich durch den Spalt, sodass Cyriel die Tür nicht mehr schließen konnte. Ich starrte auf Richards Ärmel und seine menschliche Hand. Rasch nahm ich die Sprühflasche, richtete sie auf Richards Bild und ließ seinen Arm unter dem Schwarz verschwinden. Gleichzeitig sah ich aus dem Augenwinkel, dass Richards echter Arm durchscheinend wurde und dass die Tür wieder zuknallte.

»Lange kann ich das nicht mehr!«, rief Cyriel mir zu.

»Ich bin gleich fertig!«, rief ich zurück und nahm der letzten Figur ihre Menschlichkeit. »Aber was passiert jetzt? Sie sind doch immer noch als Schatten vorhanden, oder?« In Gedanken fügte ich hinzu: Und die Tür ist nur eine Holztür.

Der Schatten, der Cyriel war, lag immer noch quer vor der Tür und wirkte erschöpft. »Tut mir leid. Der Plan war ganz anders.«

»Gibt es einen Plan B?«, fragte ich nervös.

»Das *ist* Plan B«, erwiderte er zögernd.

Na großartig! Bis jetzt hatte ich geglaubt, Cyriel hätte eine Idee, wie wir die Schatten besiegen könnten!

»Ich wollte alle Schattenlosen befreien und damit Rubens Familie die Lebenskraft nehmen, bevor sie es merken«, fuhr er müde fort.

Und dir selbst, fügte ich innerlich hinzu.

»Dann wollte ich zurückkommen, mit dir das Fresko übermalen und darauf warten, dass die Schatten verblassen.«

Er hatte seinen eigenen Tod geplant!

»Stattdessen hat Ruben die Schattenlosen in alle Richtungen vertrieben und ich hatte keine Zeit mehr für sie. Ich wusste ja, dass du hier in Gefahr bist!«

An der Tür rüttelte es nicht mehr. Es war still geworden.

»Plan B war, dass ich Ruben mit dem dunklen Messer angreife und ihn dabei verletze – oder vielleicht sogar töte, wenn das Messer das kann.«

»Gabriels Verletzung ...«, sinnierte ich.

Er nickte. »Die hat mich damals darauf gebracht, dass es möglich sein muss. Und seit etwa hundert Jahren warte ich auf eine Gelegenheit ... Aber ohne Schwarz hätte ich den Menschen nicht ihren Schatten zurückgeben können. Ich habe also hundert Jahre auf dich gewartet.«

Ich lächelte und war dankbar für seinen Versuch, mich von der Katastrophe abzulenken, die hinter der Tür auf uns wartete.

»Sollte Ruben meinen Angriff überleben, dann hatte ich ihn abhängen und so schnell wie möglich zum Schattenraum gelangen wollen.«

»Was ist schiefgegangen?«, fragte ich. Meine Hände taten auf einmal weh und ich bemerkte, dass ich schon längere Zeit meine Finger ineinander verknotet hatte.

»Ruben hat mir irgendetwas über die Hand geschüttet, als ich ihn angriff, und es war, als ob sich ein Loch in das Gelenk brannte. Ich ... habe das Messer fallen gelassen und Ruben hat es zur Seite gekickt. Als er es aufheben wollte, hat er unseren Zettel gefunden.« Seine Stimme war voller Selbsthass.

»Du kannst nichts dafür!«, sagte ich eindringlich.

»O doch! Durch mich wusste er, dass du hier warst. Meine Schuld!«, raunte er.

Ich ging auf ihn zu und lehnte mich an ihn. Obwohl ich noch immer einen Schatten vor mir sah, zerstob die dunkle Gestalt nicht, sondern nahm mich warm und weich in den Arm. Ich spürte einen Hauch in meinem

Nacken, viel sanfter als ein menschlicher Kuss, und trotzdem fühlte ich die Leidenschaft darin.

»Wie romantisch!«, erklang eine Stimme, die von den Wänden hallte. »Schade nur, dass ich das jetzt beenden muss.«

Wir blickten gleichzeitig nach oben. Durch das Gitter des Angstlochs wirbelte schwarzer Rauch. Schnell wie ein Raubvogel stieß er herunter und sammelte sich am Boden zu einer Säule. Dort nahm er Gestalt an.

Cyriel trat vor mich, noch immer als Schatten. »Die Frage, warum du noch immer Mensch sein kannst, erübrigt sich wohl«, erklärte er mit erstaunlicher Ruhe.

Nachtmann lachte. »Du hast doch bestimmt geahnt, dass dies nicht das einzige Bild von mir ist?«

Er zückte sein Messer und bedrohte Cyriel damit. Das dunkle Metall jagte mir einen Schauder über den Rücken, so ohne jedes Glänzen und voller magischer Symbole. Aber ob er das Messer immer noch fest in der Hand halten könnte, wenn er ein Schatten war?

Vorsichtig ging ich ein paar Schritte seitwärts.

»Komm her, du feiger Verräter!«, rief Ruben mit wilder Entschlossenheit. »Ich hätte dich gleich damals in diesem Verlies verrecken lassen sollen!«

Cyriel wich seinem Hieb geschickt aus. In seiner Schattengestalt war er schneller, obwohl Nachtmann mit seinem Messer natürlich deutlich im Vorteil war. Schon bald hatte er Cyriel an die Wand gedrängt und attackierte ihn heftig. Cyriel war in der Defensive, dann aber hob er den schweren Koffer mit meiner Tageslichtlampe und schleuderte ihn auf Nachtmann. Mit einem Donnerschlag prallte der Koffer gegen die Mauer. Während meine Lampe auf immer und ewig ihr Leben aushauchte, zerstob Ruben – und setzte sich wieder zusammen. Als Schatten hatte er das schon einmal gemacht, aber in Menschengestalt fand ich es noch wesentlich unheimlicher. Das alles passierte in Sekundenschnelle und gab Cyriel kaum die Möglichkeit eines zweiten Angriffs.

Inzwischen hatte ich den Arbeitstisch erreicht und zog das kleine Bild aus meiner Jeanstasche heraus. Mit einem leisen Platschen ließ ich es in den Glaskolben fallen.

Nachtmann flackerte, verlor kurz die Farbe – und sah gleich darauf wieder haargenau so aus wie zuvor. Sein Kopf fuhr herum und er funkelte mich an. »Du kommst auch noch dran! Stell dich hinten an!«

»Er hat mehrere Bilder«, flüsterte Cyriel mit unendlich sanfter Stimme.

Ich vermutete, dass er mich in diesem Moment anblickte. Nachtmann nutzte die Gelegenheit und stieß das Messer so schnell nach vorn, dass weder Cyriel noch ich die Bewegung rechtzeitig bemerkten. Cyriel keuchte auf und wirbelte zur Seite. Aber an seiner Haltung konnte ich sehen, dass sein Gegner ihn diesmal erwischt hatte. Ruben wirbelte jetzt umso wilder auf ihn zu, um ihn herum und versuchte die Verletzung für sich zu nutzen. Plötzlich begann Cyriel nach oben zu steigen. Sein Schatten sauste auf das Gitter zu.

»Komm her und fang mich!«, rief er herausfordernd.

Ich begriff, dass er Nachtmann von mir weglocken wollte, damit ich fliehen konnte, und ich war sicher, dass ich ihn nie wiedersehen würde. Vielleicht wäre es auch so gewesen – aber Ruben kam nicht auf die Idee, hinter ihm herzurasen.

»Verschwinde nur, Feigling!«, erwiderte er und der Triumph in seiner Stimme gefiel mir gar nicht. Auf einmal umklammerte er meinen Arm und zerrte mich schneller, als ich folgen konnte, zur Tür.

»Lassen Sie die Finger von mir!«, fauchte ich, während meine Beine den Bodenkontakt verloren, sodass ich schmerzhaft hinfiel. Nachtmann ließ mich kurz los und brüllte: »Cyriel de Vries, der Feigling! So wirst du in die Geschichte der Schatten eingehen, weil du mir deine Freundin überlassen hast. Wie schön, dass du mir eine neue Assistentin verschafft hast.«

Noch bevor ich ihm antworten konnte, dass er sich diese Idee in die Haare schmieren sollte, sauste ein wild gewordener Schatten durch das Angstloch auf uns zu. Schwarze Schlieren rasten um Nachtmanns Kopf und wurden immer schneller.

Während ich den beinahe selbstmörderischen Angriff beobachtete, sah ich schon vor meinem inneren Auge, wie Ruben Cyriel einen tödlichen Stoß versetzte. Aber Nachtmann wollte diesmal anscheinend auf Nummer sicher gehen. Er nahm all seine Kraft zusammen und drängte Cyriel wieder gegen die Wand. Diesmal hatte Cyriel keine schweren Gegenstände in Reichweite, die er werfen konnte. Jetzt wurde es eng für ihn, sehr eng.

Und in diesem Moment, in dem meine Welt regelrecht in ihre Einzelteile auseinanderfiel, fügte sich in meinen Gedanken alles zusammen wie ein Puzzle. Cyriel hatte vorhin etwas Wichtiges gesagt: Nachtmann hatte ihm mit *etwas* das Handgelenk verbrannt. Aber Schatten konnte man nicht mit irgendwelchen Chemikalien besiegen – sonst hätte Cyriel diese Idee längst gehabt.

Nachtmann holte mit dem Messer aus – das nun sein Ziel sicher treffen würde. Gleichzeitig umfasste ich einen der Glaskolben und schrie, so laut ich konnte: »Cyriel!«

Sein Schatten schien mich anzusehen – trotz der Waffe, die auf ihn gerichtet war – und sprang im gleichen Moment zur Seite, als der Kolben Rubens Rücken traf. Das Schwarz explodierte förmlich, als das dünne Glas zerbrach. Tausende von Spritzern trafen Nachtmann am ganzen Körper, verteilten sich, wurden größer – und verschlangen, was sie berührten. Seine Augen waren weit aufgerissen, als er sich nach mir umdrehte. Gleichzeitig schwand die Farbe an seinem Körper, er wurde schwarz und formlos. Das Messer fiel ihm aus der Hand und Cyriel schnellte vor, um es zu retten. Der sich windende Schatten versuchte noch, sich danach zu bücken, dann war er verschwunden. Auf dem Boden blieb nicht ein einziger schwarzer Tropfen zurück.

Eine ganze Weile schwiegen wir. Ich hörte meinen Herzschlag wie einen Trommelwirbel im Zirkus. Auf einmal stieß Cyriel einen fast unmenschlichen Seufzer aus und kam auf mich zu, umschlang mich mit seinen Schattenarmen und hielt mich fest. Ich verkroch mich tief in dieses Gefühl, das ich für immer festhalten wollte. Als ich die Augen wieder öffnete, sah ich den menschlichen Cyriel vor mir. In seinem Gesicht konnte ich lesen, dass er das Gleiche empfand wie ich.

»Wie bist du darauf gekommen?«, fragte er mich und lächelte.

»Dein verbranntes Handgelenk«, erwiderte ich und strich sanft darüber. Es war an dieser Stelle schwarz, aber er hatte Glück gehabt, dass ihn nur ein winziger Spritzer getroffen hatte. Außerdem bemerkte ich jetzt die Wunde am Arm, die Nachtmann ihm mit dem Messer zugefügt hatte. Auch hier floss kein Blut, sondern unter dem aufgerissenen Stoff war reines Schwarz zu sehen.

»Du bist genial!«, flüsterte er direkt in mein Ohr, bevor er begann, mit seinen Fingern vom Nacken aufwärts durch mein Haar zu fahren.

»Meinst du, er ist in einer anderen Wirklichkeit verschwunden?«, überlegte ich leise.

Cyriel hob die Augenbrauen. »Das ist anzunehmen. Na, die Leute auf der anderen Seite werden sich herzlich bedanken.«

»Hoffen wir, dass er in der Eiszeit gelandet ist ...«, grinste ich und schmiegte mich an ihn.

»Oder ein bisschen davor ...«, erwiderte Cyriel trocken. »Aber keine Sorge. Ruben ist ohne das dunkle Messer und ohne viel Lebenskraft gegangen. Ihm wird kaum Zeit bleiben, um ein neues Messer herzustellen. Die Zeit der Schattenjagden ist damit beendet.«

»Was ist los, Ruben?«, brüllte vor der Tür eine laute Stimme. Gabriels Stimme!

»Die Schattenjagden gehen weiter. Hier!«, stöhnte ich.

Cyriel schüttelte grimmig den Kopf, ließ mich los und stellte sich vor die Tür. Mit einer schnellen Geste deutete er auf den Arbeitstisch.

Ich folgte seinem Blick, nickte und tat, was er wollte.

»Wir kommen jetzt rein!«, brüllte Gabriel ungeduldig und die Klinke bewegte sich einige Male auf und nieder. Stille. Plötzlich erzitterte die Tür unter einem heftigen Stoß und Cyriel verzog schmerzhaft das Gesicht. Dann deutete er lautlos neben sich auf den Boden und machte ein eindeutiges Zeichen mit der Hand über den Hals. Inzwischen verstanden wir uns auch ohne Worte, kurz darauf war ich so weit. Während Cyriel sich in die Schattengestalt zurückverwandelte, legte ich mich hin und streckte mich so aus, dass ich möglichst tot aussah, mit dem Gesicht nach unten.

Cyriel öffnete die Tür. Da man diese verdammten Schatten nicht hören konnte, konnte ich nur vermuten, dass sie alle hereinkamen.

»Was ist passiert?«, fragte Gabriel mit schneidender Stimme. Ich war mir sicher, dass er mich gerade entdeckt hatte.

»Ruben hat sie getötet«, sagte Cyriel sehr, sehr leise und er klang, als wäre er wirklich überzeugt davon. »Dann hat er unsere Schwarz-Vorräte mitgenommen und ist in sein Schattenreich gegangen.«

»Was?« Das klang nach Antonia, völlig verzweifelt.

»Ich musste die Tür so lange zuhalten«, fügte Cyriel hinzu. »Er hat versprochen, dafür Kira ihren Schatten zurückzugeben – und sie am Leben zu lassen. Der Mistkerl!«

»Warum sollte er das tun? Allein gehen?«, fragte Richard.

»Er hat uns von Anfang an betrogen«, keuchte Gabriel, dessen Stimme so gepresst klang, als würde er gleich platzen. »Er wollte von Anfang an ohne uns gehen. Kann man ihm verdenken, dass er uns nach vierhundert Jahren satthat?«

»War *er* das?« Diese Frauenstimme kannte ich nicht. Sie klang kratzig und rau – wie eine Stimme, die lange nicht benutzt worden war. Das musste Katharina sein! Ungläubig – und stinkwütend. »Hat *er* uns alle im Fresko schwarz übermalt?«

»Ja, und er hat den Schattenlosen ihre Schatten zurückgegeben«, fügte Cyriel hinzu. »Er wollte nicht, dass wir noch die Kraft haben, ihm zu folgen.«

»Ich spüre schon, dass ich schwächer werde«, erklärte Jolanda panisch.

Was Einbildung bewirken kann!, dachte ich erstaunt.

»Und wir haben leider kein dunkles Messer mehr, um neue Besucher ins Haus zu holen«, sagte Antonia mit einem Unterton, den ich an ihr nicht kannte.

»Meint ihr nicht, es ist besser so?«, warf Cyriel ein. »Wir haben bisher vom Tod anderer Menschen gelebt!«

»Glaubst du, wir wollen hier elend verrecken?«, gab Antonia mürrisch zurück.

Gabriel fauchte. »Ganz bestimmt nicht! Nicht mit mir! Wo ist er durchgegangen?«

»Mitten durch das tiefste Schwarz«, sagte Cyriel ruhig. »Dahinter liegt das Schattenreich, wie er es immer versprochen hat.«

Ich wagte, kurz die Augen aufzuschlagen, um nichts zu verpassen. Vor dem Bild drängten sie sich zusammen wie eine Gewitterwolke. Sie streckten sich zur Wand hin und begannen in das Schwarz einzutauchen. Fast gleichzeitig ertönte ein Wimmern. Als einzelne Gestalten fuhren sie zurück und auseinander. Die Teile, die ihre Arme sein mochten, waren kürzer als zuvor. Ich spürte ihre Wut wie ein Knistern in der Luft.

»Jetzt!«, rief Cyriel unnötigerweise.

Ich stand bereits und zog die beiden Sprühflaschen hervor, die ich mit meinem Körper verdeckt hatte. Eine warf ich Cyriel zu, mit der anderen hielt ich auf die Schatten drauf. Wieder ballte sich das Dunkel im Raum wie eine

Gewitterwolke zusammen, ein Schatten suchte Schutz hinter dem anderen. Aber es war zu spät. Ihre Schreie hallten schrecklich von den Wänden wider. Das Schwarz verschluckte die Schatten mitleidlos, als hätte es sie nie gegeben, und wir hörten erst auf, als die Sprühflaschen leer waren. Wohin wir sie damit schickten, wussten wir nicht. Nur dass sie dort nicht lange überleben würden.

Wenn ich zuvor noch ein schlechtes Gewissen gehabt hatte, so war es spätestens mit Antonias Äußerung verschwunden. Antonia, die ich immer bedauert hatte! Diese Wesen *wollten* so leben. Sie hatten akzeptiert, dass sie morden mussten, um existieren zu können – und sie hätten es mitleidlos immer wieder getan. Ich hatte sie für Opfer gehalten, aber in all den Jahrhunderten waren sie zu Tätern geworden.

Mein Herz schlug wie verrückt, als könnte es nicht glauben, dass es vorbei war. Die innere Anspannung ließ mich noch einmal blitzschnell den Raum absuchen. Da entdeckte ich den ungewöhnlichen Schatten unterhalb der Klimaanlage. Kein Licht der Welt konnte *vor* dem Kasten einen Schatten erzeugen!

»Cyriel!«, zischte ich atemlos.

Wie ein Blitz sauste er zum Tisch, zu unserem letzten noch halb gefüllten Glaskolben. Gleichzeitig wurde mir klar, dass *er* ihn nicht werfen konnte – das Schwarz durfte ihn auf keinen Fall treffen! Also streckte ich die Hand aus und Cyriel legte unseren letzten Rest Hoffnung in meine Hände. Aber wie sollte ich so genau treffen? Und so schnell?

Noch während das Ding sich von der Wand löste, um an der Klimaanlage entlang nach oben zu flüchten, nahm ich Anlauf wie beim Basketball. Nicht gerade meine Sportart, weil ich noch nie gut springen konnte. Mit dem Sprungbein stieß ich mich ab – und flog! Anders konnte man es nicht nennen! Aus dem Augenwinkel erkannte ich unter mir eine schattenhafte Gestalt und spürte einen leichten Druck an den Hüften. Cyriel! Er trug mich und mit ihm sauste ich höher und höher. Ohne nachzudenken, warf ich den Glaskolben senkrecht nach oben. Das Glas zersplitterte an den engen Wänden und ein erstickter Schrei ertönte. Eindeutig Gabriels Stimme! Dann stürzte ich aus etwa vier Meter Höhe in Richtung Boden, ungewöhnlich schräg fallend und so dem herabtropfenden Schwarz ausweichend. Sanft kam ich unten an, weiche Schattenarme umfingen mich.

Keuchend atmete ich auf, und als Cyriel mich losließ, blieb ich auf wackeligen Beinen stehen. Einen Augenblick lang schien er mich anzusehen und es machte mich verrückt, in seinem Schattengesicht keinerlei Mimik erkennen zu können. Ich wollte wissen, was in ihm vorging. Und warum sich bei mir kein Triumphgefühl einstellen wollte.

Als er vor meinen Augen menschliche Gestalt annahm, war von der unbändigen Kraft, die ich eben noch gespürt hatte, nichts mehr übrig. In seinem Gesicht spiegelten sich Wut und Trauer. Ich glaubte zu verstehen, was er empfand. Und ich ahnte, woran er dachte. Der nächste Schritt würde auch ihn vernichten. Wenn er mich und die anderen rettete, bedeutete das seinen Tod.

Kira

Cyriel schloss die Tür und nahm meine Hand. In seinen grünen Augen schimmerten Gefühle, die ich noch nie bei einem anderen Menschen gesehen hatte. Gefühle, die ein Morgen versprachen. Gleichzeitig spürte ich allerdings auch einen bohrenden Schmerz. Ich *wollte* mich nicht von ihm trennen! Wie konnte er das einfach so hinnehmen?

»Lass uns noch ein bisschen warten«, flüsterte ich.

»Dann wären wir nicht besser als die anderen«, erwiderte Cyriel und drückte meine Hand.

»Und wenn wir einen Tag für uns hätten? Eine Stunde?«

Cyriel stieß einen Seufzer aus und sah mich an. »Was für eine Versuchung! Glaubst du nicht, ich würde nicht gern alle meine guten Vorsätze hinschmeißen, damit ich den Rest deines Lebens mit dir verbringen könnte?«

Meines Lebens. Natürlich, er würde viel länger leben!

»Das will ich ja gar nicht …«, sagte ich widerstrebend.

»Aber ich!« Cyriel blieb stehen und gab mir einen Kuss, der mich an die Wand drängte. Diesmal küsste er mit einer Leidenschaft, die ich noch nicht kannte. Seine Finger strichen durch mein Haar, über meinen Nacken, meinen Rücken und meine Hüften und ich erwiderte den Kuss ebenso heftig. Eine Welle der Zärtlichkeit riss mich mit, unsere Finger ertasteten den Körper des anderen und trafen sich zum Schluss, verknoteten sich ineinander. Selten hatte ich so ein Schwindelgefühl erlebt. So musste sich der freie Fall ohne Fallschirm anfühlen. Völlig unkontrolliert – und mit dem Bewusstsein, dass es viel zu früh vorbei sein würde.

Schließlich nahm Cyriel unsere Hände hoch und wehrte damit weitere Berührungen ab. Ich öffnete die Augen und wir sahen uns einfach nur an. Traurig und glücklich und traurig.

In seinem Geheimlabor standen jetzt vier Versuchsaufbauten. Vier Bunsenbrenner, an denen er vorhin wohl in aller Eile gleichzeitig gearbeitet hatte, um möglichst viel Schwarz herzustellen. Aber er ließ alles links liegen und ging gezielt auf das Glas in der Ecke zu, hob es auf und drückte es mir in die Hände.

»Halt es gut fest!«

»Cyriel …«, fing ich noch einmal an.

»Nein!«, erwiderte er.

Obwohl er doch gar nicht wusste, was ich sagen wollte. Diesmal wusste er es wirklich nicht, sonst hätte er nicht zu diesem letzten Mittel gegriffen, um mich zu bremsen. Er öffnete eine Schublade und holte einen kleinen Spiegel heraus.

»Willst du so leben?«, fragte er.

Ich blickte hinein – und hätte es besser nicht getan!

»Und wie lange noch?«, fügte er hinzu.

Der Spiegel fiel mir aus der Hand und zerbrach auf dem Steinboden. Das Gesicht, das mich so erschreckt hatte, war locker fünfzig Jahre alt.

»Wie hast du mich eben noch küssen können?«, keuchte ich.

»Ich bin vierhundert und immer noch älter als du«, sagte er ohne jedes Zeichen von Humor in der Stimme. »Aber ich werde nicht zulassen, dass du dein Leben wegwirfst. Komm!«

Seine Hand strafte seine eiserne Miene Lügen, denn seine Finger streichelten meine, während er mich eilig durch die Tür nach draußen zog.

»Warum habe ich dann noch nicht den Verstand verloren?«, überlegte ich laut, während ich neben Cyriel durch die Gänge stolperte.

»Weil du an der Seite deines Schattens geschlafen hast«, erklärte Cyriel. »Zumindest glaube ich das. Du hast gespürt, dass er dich nicht für immer verlassen hat. Diejenigen, die oft an der Wand zum Schattenraum standen, kommen auch besser klar als die anderen. Am wenigsten betroffen ist das blinde Mädchen.«

»Warum wohl?«, murmelte ich. »Weil sie ihren Schatten gar nicht vermisst hat?«

Er nickte. »Wissenschaftler haben festgestellt, dass der menschliche Verstand den Schatten als einen Körperteil empfindet. Ich gehe sogar noch weiter und behaupte, dass dein Schatten viel mehr ist: deine Seele.«

Schweigend lief ich weiter an seiner Hand und spürte seine Wärme. Wie konnte dieser Mann nicht menschlich sein? War er die Seele eines Menschen, den es schon lange nicht mehr gab? Nun, was auch immer. Ehrlich gesagt war mir das total egal. Hauptsache, er war bei mir!

Vor dem Schattenraum erwartete uns eine Überraschung. Alle Schattenlosen standen bereit und warteten auf uns. Als die ersten unsere Namen murmelten, sprang Jessy auf mich zu.

»Kira!«, schrie sie und umarmte mich.

Sofort hatte ich ein schlechtes Gewissen. Wie hatte ich diese Menschen nur warten lassen wollen? Und vor allem Jessy? Ich drückte sie ganz fest an mich.

»Ich dachte, Ruben hätte euch auseinandergetrieben? Ich hab mir Sorgen gemacht, dass er euch zu Tode erschreckt hat.«

»Das hat er auch«, lachte Jessy und in ihrer Stimme schwang trotz Lachen die Wahrheit mit. »Aber wir wussten ja, dass ihr kommt!«

»Wussten?« Ich schluckte. »Zwischendurch war es ganz schön eng.«

Aber ich wollte ihr die Erleichterung nicht durch Gruselgeschichten verderben. Dafür war später noch Zeit – in ein paar Tagen, in einer schöneren Umgebung, in der ich wahrscheinlich meine Erlebnisse selbst nicht mehr glauben konnte.

Cyriel zog sein Messer und erklärte den Schattenlosen, was er vorhatte. Dann öffnete er die Tür und begann. Ich blieb draußen, lehnte mich an die kalte Wand und hörte die Jubelschreie. Als die Ersten heraustraten, hätte ich am liebsten ebenfalls laut geschrien: Sie hatten nicht nur ihren Schatten zurückbekommen – sie waren auch alle wieder jung! Ich erkannte sie kaum wieder: ganz normale Jugendliche, die mich glücklich anstrahlten und Jessy in den Gang folgten, in Richtung Ausgang. Jessy, die auch ohne Schatten so frisch wirkte wie am ersten Tag, kehrte allerdings jedes Mal wieder zurück. Ab und zu rubbelte sie ganz aufgeregt meinen Arm oder meine Hand, bevor sie wieder losging.

Irgendwann kam Anna. Sie sah zwar anders aus, als

ich sie kannte – ohne Schminke war sie ein ganz anderer Mensch –, aber auch ungewohnt glücklich. Sie blieb vor mir stehen.

»Du kannst ihn haben!«, sagte sie trocken. Als ich ihren Blick prüfend erwiderte, breitete sich ein Grinsen auf ihrem Gesicht aus. »War ein Witz! Ständig haben wir uns seinetwegen gestritten und jetzt will ihn keine von uns beiden mehr, oder?«

Ich zuckte mit den Schultern und lächelte ausweichend – was Anna nicht entging.

»Oder?«, wiederholte sie eindringlich und wurde wieder ernst. »Hey, der Typ hat sich da drin in einen Schatten verwandelt, um die anderen Schatten einfangen zu können. Kira ... wenn du das noch nicht gesehen hast, solltest du mal reingehen. Das kuriert dich ganz schnell! So verrückt kannst selbst du nicht sein.«

»Wenn du meinst«, sagte ich und umarmte Anna.

»Mach's gut«, sagte sie. »Und besuch mich demnächst mal in München, bevor das Semester anfängt! Vielleicht kannst du mit meinen Eltern ja mal über die Vorteile eines Kunststudiums sprechen ...« Sie lächelte mir verschwörerisch zu. »Ich habe nämlich ganz fest vor, sie zu überreden.«

An der Furche auf der Stirn sah ich, dass sie starke Zweifel hatte. Und gleichzeitig fand ich, dass sie ernsthafter und erwachsener wirkte als noch vor wenigen Tagen.

»Ich komme gern und ich werde ihnen sagen, dass du echtes Talent hast. Aber ich glaube, du brauchst meine Unterstützung gar nicht«, sagte ich. Und das meinte ich auch.

Zuletzt blieben Jessy und Lara vor mir stehen. Jessy und Lara mit ihren Schatten.

»So, jetzt bist du an der Reihe! Gehen wir zusammen?«

Ich biss mir auf die Lippe. »Nein, tut mir leid. Ich bleibe noch ein wenig. Aber ich besuche dich sehr bald, damit wir reden können, okay?«

Sie zögerte und nickte. »Ich weiß, dass du viel für uns riskiert hast. Vielen Dank!«

Ich schüttelte den Kopf. »Ich hab vor allem für mich viel riskiert. Und wenn ich dabei auch etwas für euch getan habe, hab ich das von dir gelernt. Wie so vieles ...«

Sie lachte auf. »Mach dich nicht schlechter, als du bist. Wir Zombies sind jedenfalls zufrieden!«

Ich lachte mit ihr. Doch als sie eine Hand auf meine Schulter legte, wurde sie wieder ernst. »Kira ...«. Eine steile Falte zeigte sich auf ihrer Stirn. »Überleg dir gut, was du tust! Wenn du blind in einem Labyrinth stehst, brauchst du eine Hand, der du vertrauen kannst.«

»Ich weiß!«

Ihre Mundwinkel zuckten und ich umarmte sie und drückte sie noch einmal ganz fest.

Einige Minuten später waren wir allein. Cyriel und ich, ganz allein in dieser Burg. Er gab mir meinen Schatten wieder und das war ein Gefühl, als würde eine Leichtigkeit mich erfüllen, mit der ich sofort abheben könnte. Als Erstes befühlte ich mein Gesicht. Aber das wäre nicht nötig gewesen und ich brauchte auch keinen Spiegel – Cyriels Augen sagten mir, dass es gelungen war. Und dass er nach Worten suchte, was er mir zum Abschied sagen wollte. Ich schüttelte den Kopf und zog ihn mit mir.

»Ich habe nicht mehr lange«, sagte er und blieb so angewurzelt stehen, dass ich ihn loslassen musste. »Und ich möchte nicht, dass du dabei bist.«

Ganz langsam ging ich auf ihn zu und versuchte in seinem Gesicht seine Gefühle zu lesen. Und ich wollte, dass er meine las.

»Ich habe eine Theorie und die möchte ich beweisen«, sagte ich leise und küsste ihn auf den Mund. Wieder nahm ich seine Hand und nun folgte er mir.

In der Mitte des Verlieses sah Cyriel sich um, als sähe er das zerstörte Fresko zum ersten Mal. Aber er betrachtete nicht die schwarzen Figuren, stellte ich fest. Nur die unzerstörten Fenster im Hintergrund.

»Das ist die Landschaft, die man aus meinem Elternhaus sehen konnte«, sagte er. »Wenn ich meinem Vater nicht bei der Arbeit helfen musste, war ich als Kind gern am Fluss. Ich hab mich immer gefragt, wo all das Wasser wohl hingeht. Und ob ich auch mal so weit reisen würde.«

»Dann bist du also der Junge, der am Fluss steht, mit dem Blick in die Ferne?«

Ich spürte einen Kloß in meinem Hals, wenn ich an das Kind dachte, das seine Zukunft noch vor sich hatte.

Er nickte. »Ich bin später tatsächlich viel gereist. Mein Vater wollte mich zwingen Holzfäller zu werden, aber ich hatte meine eigenen Pläne und bin weggelaufen. In einem anderen Land bin ich Maler geworden, weit weg von zu Hause. Manchmal habe ich es bereut, ohne Wurzeln leben zu müssen, und oft habe ich von dieser Landschaft geträumt. Als ich sicher war, dass ich an diesem dunklen Ort sterben würde, war es das, was ich als Letztes sehen wollte.«

Ich stellte mich hinter ihn und schlang meine Arme um ihn. »Aber du bist hier nicht gestorben.«

»Doch. Nur mein Schatten hat überlebt. Ich nicht.«

Cyriel drehte sich um. *Und nun geh!*, sagten seine Augen, aber er sprach es nicht aus.

»Und ich soll dich hier zurücklassen und ein zweites Mal sterben lassen? Das werde ich nicht tun«, erklärte ich. Dann ließ ich ihn los, nahm einen Pinsel vom Tisch und eine der Sprühflaschen. Ich öffnete sie, tunkte meinen Pinsel in den letzten Rest Schwarz und kam auf Cyriel zu.

Mit beruhigender Geste wehrte er mich ab. »Glaubst du ernsthaft, ich möchte lieber in eine andere Welt gehen? Dort habe ich keine besseren Chancen, also lass mich hier. Allein.«

Ich schüttelte den Kopf und ließ den Pinsel wieder sinken. »Du hast einmal gesagt, dieses Fresko sei ein Gegengewicht zum Schatten. Farbe und Schwarz, Schatten und Licht – nicht wahr?«

Er nickte ungeduldig.

»Ihr habt euch einen neuen Körper geben können. Aber ihr hattet alle keinen Schatten.«

»Du hast etwas von einer Theorie gesagt«, murmelte Cyriel mit gerunzelter Stirn.

»Ja. Ich glaube, ihr seid alle sehr menschlich geworden, im negativen wie im positiven Sinne. Der Schatten ist zum Körper geworden. Aber um allein – ohne Kräfte von außen – leben zu können, fehlt euch ein eigener Schatten – das Gegengewicht.«

Cyriels Stirn glättete sich. »Du glaubst doch nicht ...?«

Ich zuckte mit den Schultern. »Darf ich es versuchen?«

Er zögerte. »Vielleicht hast du recht. Aber du bist jung. Du kannst noch einen ganz normalen Mann kennenlernen und dein Leben leben.«

»Du bist auch jung«, erwiderte ich sanft. »Du bist immer noch der Junge am Fluss. Der Maler, der von anderen lernen wollte. Der Mann, der reisen wollte, um zu sehen, wo das Wasser hingeht.«

Er nahm mir den Pinsel ab, küsste mich diesmal sanft und vorsichtig und strich über meine Wange. »Das meinte ich mit zielstrebig. Du lässt dir nichts sagen.«

Eine Weile sahen wir uns nur an. Eine Frage – und ein Versprechen. Cyriel lächelte und gab mir den Pinsel zurück.

»Dann fang mal an – meine Schattenmalerin!«